最后的鲁班

薛勇 著

山西出版传媒集团 三晋出版社

图书在版编目（CIP）数据

最后的鲁班/薛勇著. -- 太原：三晋出版社，2018.12（2020.11 重印）
ISBN 978-7-5457-1789-1

Ⅰ.①最… Ⅱ.①薛… Ⅲ.①散文集-中国-当代 Ⅳ.①I267

中国版本图书馆 CIP 数据核字（2018）第 253639 号

最后的鲁班

著　　者：薛　勇
责任编辑：张继红
责任印刷：聂沛田

出 版 者：山西出版传媒集团
三晋出版社（山西古籍出版社有限责任公司）
地　　址：太原市建设南路 21 号
邮　　编：030012
电　　话：0357-4922268（发行中心）
0351-4956036（总编室）
0351-4922203（印制部）
网　　址：http://www.sjcbs.cn

经 销 者：新华书店
承 印 者：山西康全印刷有限公司

开　　本：850mm×1168mm　1/32
印　　张：10.125
字　　数：300 千字
版　　次：2019 年 2 月　第 1 版
印　　次：2020 年 11 月　第 4 次印刷
书　　号：ISBN 978-7-5457-1789-1
定　　价：30.00 元

作者近照

禅在水墨中　薛勇摄

最后的鲁班

薛勇 著

山西出版传媒集团 三晋出版社

图书在版编目（CIP）数据

最后的鲁班/ 薛勇著. -- 太原：三晋出版社，2018.12（2020.11 重印）
ISBN 978-7-5457-1789-1

Ⅰ.①最… Ⅱ.①薛… Ⅲ.①散文集-中国-当代 Ⅳ.①I267

中国版本图书馆 CIP 数据核字（2018）第 253639 号

最后的鲁班

著　　者：薛　勇
责任编辑：张继红
责任印刷：聂沛田

出 版 者：山西出版传媒集团
三晋出版社（山西古籍出版社有限责任公司）
地　　址：太原市建设南路 21 号
邮　　编：030012
电　　话：0357-4922268（发行中心）
0351-4956036（总编室）
0351-4922203（印制部）
网　　址：http://www.sjcbs.cn

经 销 者：新华书店
承 印 者：山西康全印刷有限公司

开　　本：850mm×1168mm　1/32
印　　张：10.125
字　　数：300 千字
版　　次：2019 年 2 月　第 1 版
印　　次：2020 年 11 月　第 4 次印刷
书　　号：ISBN 978-7-5457-1789-1
定　　价：30.00 元

如有印装质量问题，请与本社发行部联系　电话：0351-4922268

作者近照

禅在水墨中　薛勇摄

序

韩石山

张继红先生，是我近年来几本书的“掮客”。也不知道，这个词儿用得对也不对，我是想说，我的几本书，都是他在三晋出版社社长任上出版的。再就是，我的书没有那么好，经他这么一吆喝，居然也还说得过去。

忽一日，继红先生跟我说，薛勇的《最后的鲁班》一书，他什么都弄好了，即将出版，看我能不能写篇序。对这种事，我向来的态度是，能不写就不写，不能不写的，就痛快答应，甭说二话。见我答应了，他说，薛勇也有这个意思。

我一听，马上就知道是怎么回事了。薛勇不是图我对他的作品有怎样高的评价，是念旧，想在他的书上，留下一点我的印记。

对坦荡的人，你也得坦荡些。

在山西，我不知道，别人有没有地域偏见，我得承认，我是有的。我是晋南人，偏向晋南，自不必说，晋东南占了一个南字，也颇具好感。吕梁、晋中，无所谓好不好，独独对晋北，怎么也敬重不起来。那边人说话，鼻音重，囊囊的，听着就不舒服。虽说我也知道，大同乃山西之重镇，代州自古就是文风兴盛之地。偏见就是偏见，没有道理可言。能说清道理，也就不是偏见了。

让我改变这一看法的第一人，是薛勇。

本世纪初，有那么几年，我主持《山西文学》的编务，副手之一，是一位叫鲁顺民的青年作家。似乎苍天有眼，偏偏在我这个晋南人身边安插了个晋北人。某日，顺民拿来一篇散文，试探地说，你看看，好着哩。他知道我的德行，若一开口就说好，多半会反感。我是有偏见，还没有到“执”的程度，看了说，不错，文字好，有意境。还说，这么好的文字，先前怎么不见多写。顺民是怎么回答的，已记不清了。想来不外是，这主儿轻易不下笔，若下笔，就没有差的。很快就发了，就是这个集子里，做了书名的这篇。

转眼到了 2006 年，我已年近花甲，要退休了，刊物是公家的，退就退了，本没有可留恋的，毕竟是个人，还是想留下点什么的，于是便举办了一次颁奖活动。意在表彰这些年擢拔起来的新作者。选出的优秀作家里，就有一个是薛勇，商量是跟顺民商量的，想来也是他提出的。获奖作品嘛，仍是那篇《最后的鲁班》。

这次写序，拖拖拉拉，将书稿看了一遍。还是原先的感觉，文字好，有意境。只是不会再问谁，这么好的文字，怎么不见多写？在我看来，一个写散文的作家，写这么多，已然不能算少了。

他的文字，好在典雅，又能放得开，见才气，也见情趣。在山西,属于我看得上眼的那种。甚至想过,这样的文字,写散文,是可惜了。文字与文体,有种奇妙的关系,并非般配才好,有时相悖,反而会有一种特别的效应。汪曾祺的文笔,更贴近散文,他的小说,好多也像是散文,若说是散文,就平淡无奇了,偏偏都说是小说,就不一样了。还有史铁生,某年有篇东西寄给《上海文学》,编辑看了,都说是散文,可他力主是小说,只好按小说发了,出来竟人人叫绝。这两位,或许只是极端的例子,不是人人都可以这样乖张的。

这本书里,写新媳妇磨面的那篇(《磨房驴事》),放到小说里,作为一个情节,再好不过。就是写下雨天,与女同学相随回县城的那篇(《打碎了青花瓷》),从情节到文字,都是绝妙的小说构件。可以用作一场喜剧的起因,也可能用作一场悲剧的收束。搁在散文里,成了主体,就稀松平常了。

这个年纪了,说什么都晚了。我只能说,有这样的散文,在山西文坛上,要算好样的。

2018 年 9 月 5 日于京邸

目　录

茶余乱弹（小散文）

旧事反刍(纪实散文)

灯下杂俎(杂文杂感)

稿边手记(小文论)

门外说文(评论序跋)

文章道场（讲座谈话）

茶余乱弹

小散文

门前小梅

这是居所院内唯一的梅树，就那样孤独地立在楼门前，平日无人理睬，今年开得格外旺气了，便有人驻足凝眸。几年前四楼邻人从临海移植来时，只是柔柔弱弱的一枝小苗，最初两年无花，之后开始着花了，却也只是疏疏落落、薄薄瘦瘦的几朵，在寒风中与蜘蛛网一起纠缠着、凌乱着。

不想几年过来，这株红梅出落得如此健硕，开放得如此红火，枝枝干干间也似有几许风骨。今年春节来得晚，这花便按捺不住性子，从腊月中一直开到现在，几近一月。这几天开始有花瓣飘落，落在草地上，落在兰盆上，落在自己的枝干上。虽只是区区一株孤梅，却也称得起落英缤纷、红香满地了。

想起前年在苏州，曾带领全家去乾隆去过的光福梅山赏梅。梅山虽然规模很大，梅树品种也繁多，却由于人为造型太过手勤，显得生硬造作。特别是那株被严密保护的"隋梅"，更是花开廖廖，主干如骷髅狰狞，花容如病妇憔悴。不知是天冷还是阳光晦暗，总感觉这些梅树全无生气，阴柔有余，阳刚不足——如当地的一些男人，抠抠索索，模棱两可。又忆起十几年前驱车前往无锡赏梅，也是同样观感。

后来与友人说起，友人笑我“缺少传统文人的情怀”。的确，我从不认为自己是什么“文人”，也没有那种变态的审美情趣，欣赏不了病态的美，自是当然。

人老了记忆靠不住。趁兴查阅龚自珍的《病梅馆记》，他对“强奸梅意”的行为也是深恶痛绝的：“有以文人画士孤癖之隐明告鬻梅者，斫其正，养其旁条，删其密，夭其稚枝，锄其直，遏其生气，以求重价，而江浙之梅皆病。文人画士之祸之烈至此哉！”

老先生不仅对这些“以夭梅病梅为业者”口诛笔伐，而且付诸行动：自掏腰包购回三百盆病梅。先是为它们哭了三日，然后发誓要给它们治疗：放纵理顺枝条，捣毁栽种它们的花盆，全部埋于土地，松开束缚它们的棕绳；期望用五年的时间，想必可以全部恢复元气。“予本非文人画士，甘受诟厉，辟病梅之馆以贮之。呜呼！安得使予多暇日，又多闲田，以广贮江宁、杭州、苏州之病梅，穷予生之光阴以疗梅也哉！”

“予本非文人画士”，原来龚自珍也羞于自称“文人”，在那个年代无疑是个特立独行的另类吧。

梅花也被人赋予风骨气节的象征，且不说毛泽东的“梅花欢喜漫天雪”，陆游的《落梅》则更完美一些：“雪虐风饕愈凛然，花中气节最高坚。过时自合飘零去，耻向东君更乞怜……”

是啊，我楼门前这株小梅，不就是这样的一树“落梅”么？

看了台州这边的梅树，也如这边的人一样自然健硕，性格中坦露多而掩饰少。虽是南人，却近北性。依我之顽劣，还是适宜生活在这民风粗砺的边地为宜，实在难与那些咿咿呀呀、城府深沉的“病梅”们，共享一片晦暗的天空。

祈愿门前这株小梅，自由自在地长，轰轰烈烈地开，洒洒脱脱地落。过了春夏秋三季，待别的花儿败了，就该是你的花季了。

风来水面时

这是一幅袖珍的书法卷轴。

说它袖珍，是缘于它和常见的画轴相比，形制小了许多。虽也是精细的红木轴头，玄绿色绢绫装裱出素朴雅洁，却在小巧中罗致出几样东瀛的风韵来。

初时，隐堂先生将此立轴转赠于我，意在装点一间日式茶庐。这茶室，当间一躯原木，树皮斑驳，散发松香；顶上铺以苇编帘箔，野趣横生；不大的空间，以纸窗虚拟分隔，木格方灯映射出的光影柔和而朦胧。经沛见神手点化，不经意间就形成了茶道所言"清敬和寂"的氛围。众友七嘴八舌，议将此室名为"风入松"。

"风入松"甫成，先邀集长者至交品茗清谈。屋角几上，列置诸品名茶，皆以竹筒盛放；景瓷青花玲珑盖碗，摆设桌前。时值台湾茶人蔡老先生，携"高山冻顶"(茶)来演茶艺。众人围炉共话，不觉仲冬日短。饮到妙处，竟有些两腋生风、翩然欲飞的灵感了。座间，隐堂先生展示书法一轴，其上墨迹，如老松虬枝、奇崛佶屈；其字，似草蛇灰线、纵横恣肆；其意，更是如读天书、难以辨析。遂悬于壁端，供众友赏鉴，竟无人全字读出。

隐堂先生解道，此书为日本书家大野宜白和尚所作，其辞曰“风来水面时”，乃佛家禅语。意为：微风徐来，平静的水面泛起细微的波澜；而禅悟者，内心要比微风过后的水面还要平静。任何人世间的纷扰，也难以动摇清寂的禅心。众人听后嗒然若失、似有所悟。低头凝视茶碗，其内翠芽沉浮，香气氤氲，味如兰麝；一时举座无言，只闻壶中泉水将沸，响如山间松风。

如此情境，正好以“清茶润诗，冽酒泼画”。众人兴致转而浓郁，指点江山、激扬文字、谈诗论画，无不尽兴畅怀，极一时之乐。不觉时已近午，腹中几经茶汤涤荡，早已“虚怀若谷”。遂命撤换茶具，布置杯盏，安排佐酒小肴，开启陈年老窖。“风入松”中，茶烟未尽，酒香又来。席间，众友挟其茶趣，继以酒兴。谈锋机敏，妙语连珠。或睿智、或幽默，也高古、也朴率。皆以剖白肺腑，相与至性真情。于此，酒未醉人，心已半醺，不知今夕何夕，身在何处，颇似古人“浮一大白”之雅集情形。

时过半月，有省城友人携墨兰一盆来访，言其由蜀中托钵，辗转而至。遂将其置于“风来水面时”下，取其相映相谐，凑为清供雅玩之趣。此时酒店由北京大厨爱新觉罗·玉庆师傅掌勺，食客慕其名而来，熙熙攘攘。无奈之下，即将茶室兼作餐厅雅座，不意成了饕餮客的挥金之所。每日上午十时前，即有人持金预订，甚有为争此室发生口角者。席面一开，请客者诚惶诚恐，生怕不恭；赴宴者颟顸得志，倍受捧敬，自是吃得心安理得。“嗞啦”一下，“铁板鲜贝”上浇以汤汁，油烟四起；硕大的黄铜“宫廷八珍锅”点燃，木炭烟火，翻卷热气直冲屋顶。可怜那幅日本字画，受此烟汽熏蒸，已是皱皱巴巴，似如“下女”寒酸的和服，全然失去当初那种神韵。痛惜之下，几欲将牡丹之类花鸟替换，不料熟客不允。他们以字画行酒令，指认不出字来就“罚酒三杯”。大野宜白远在东瀛，断不会想到自己手书的禅语，竟悬于此等烟酒恶浊之处，饱受亵玩。那盆墨兰，却被我转送于隐堂先生，正在翰墨飘香的书房里蓄苞欲放。酒店转手时，我摘下画轴拿回家里，几经拂拭，将其装入一个带骨签的蓝布盒里保存。此盒原为仿品《清明上河图》的包装，五六米长的卷轴，已送给代县一个砖雕匠人。

这些年来我已惯于书斋独处，守着青灯一盏，坐拥旧书半壁，把玩砂壶数只，涂抹小文几段。置身于清寂的氛围，颇得“浮生半日闲”之趣。字画上的禅语，却被我淡忘了。这幅卷轴在书橱深处，一躺就是十年。

日昨，天低云暗，窗外八面来风，眼看骤雨将至。马路上车流奔逐，喧嚣愈甚，我却无端地想起那幅小巧的卷轴来。于是，拔开书丛将其找出，屏气凝神展开。不知是装裱材料好，还是多年的“静养”使其恢复元气，这幅字画居然平整雅洁，墨色如初。此时，“风来水面时”的字迹，正幻化为老僧脸上的菊花纹，映射于核桃木书桌上。我由倒影中看见一泓净水。水中有涟漪，正静静地、一圈一圈荡漾开来，飘浮着荷萍，上面全是墨写的字。

茶泡冰凌花

典型的冬日在晋北，寒冷之外还多了些干燥和风沙。夜深人静，窗外的北风和警车呼啸而过，窗上的冰花却正在结成“岁寒三友”的图画。不在同一帧画幅——阳台上湿度小些，冰花稀疏错落点点斑斑，像极了干枝梅；厨房里湿度大些，且背阴处冻得快，窗上的冰花就密密匝匝现出竹子的纹路来；在我的书房，兰盆的湿润和我呼出的气息扑到窗上，刚好形成虬枝佶屈针叶如铁的松树模样。坐拥这“松竹梅”三君子，枯寒的冬日就有些风雅奢华的意思了。

如果说，前面这景况有些意象或形而上了，那么泡茶、泡水仙、泡腊八蒜，则是我冬日里最钟情的“三泡”。

冬天泡茶要泡“铁观音”。绿茶讲究春芽，铁观音却要饮秋茶。秋茶味醇厚，有兰麝之香，最为茶人珍爱。曾请友人刻一枚“布衣茶人”随形石章，每购新书即印于扉页。随着饮茶有了年头，对茶的灵韵了解日深，方知当年的浅薄轻佻，有如春茶之铁观音，徒具形色，难有秋的底蕴和内涵。细想半生，书剑无成，做人没能纯粹，说是“布衣”吧，却忝列副七品闲职，至于

"茶人",更是不敢造次,离那境界远着哪,于是就藏掖了那枚"布衣闲人",只管泡茶饮茶。

闲散之人,自然心气平和,与人结交也不讲门当户对身份地位。社会上三教九流五行八作,凡我认为有亮点的各色人等,均在朋友之列。这也有个好处,比如说喝茶吧,春天刚到的龙井、碧螺春,接着黄山云雾、太平猴魁以及信阳毛尖等新货,早有熟稔的茶商朋友给备下了,电话催短信叫,唤我去尝鲜。临了大包小包大桶小桶,有买的有送的,拿回来再分送诸友,或与二三同好在家中聚饮。冬天天冷了,朋友间走动少了,寻常就一人自斟自饮。

茶具自然是规范齐备的,秋茶铁观音也备了几斤。收藏的近百只紫砂小壶,十来年也养熟了几只。烹茶讲究水,超市里六元多钱4升装的"农夫山泉"提它几桶回来,小巧的水铫子和不大的微波炉是一套烧水器具。水响了,飒飒如林间松风,铫子里的泉水冒泡了,沸腾了,关火后乂洛回纹丝不动。烫壶、洗盏、涤茶、冲泡、闻香、品味……尽管省去了几多程序,自己亲手泡的茶依然是那样的醇香。打量着橱中那些紫砂壶,那几把养出些成色,今年冬大该养这把了。泡好茶于新壶巾,也不饮它,只是摩挲着,欣赏着,让手泽与紫砂微孔中渗中的茶津,浸润着这把烟火气尚存的"生壶"。

正独饮间,适有友人登门,遂同饮。带来些街谈巷议、官场趣闻。什么同年仿岁的官员中谁谁刚考察过,要高升了;又什么惯熟人中谁谁被"双规"了,问题还很严重,怕是这个年过不成了。听罢,想想那几个人的音容笑貌，倒也好玩。于是哈哈一笑，反正与己无关，权当佐茶笑资。此时，一窗好阳光照进书房，茶香袅袅上升为汽。不知今天夜里，这些湿润的空气，又将在窗上冻出怎样美妙的图画来。

胡柚茶

冬日寂寥。虽有梅竹相伴,更兼水仙勤勉吐香,却因天寒而终日恹恹,心绪索然,祈盼老天回暖。

是日,独饮安化黑茶,忽见阳台有两箱胡柚,又想起冰箱尚存俄产雪蜜半罐,于是突发奇想,欲将三物缀成一品——柚子茶。

茶是湖南安化黑茶,呈砖头状,本是边销粗鄙之物,近年却登堂入室,为资深茶人所好。日前在广东潮州老街与一"茶虫"聊天,言及黑茶。他说龙井、乌龙、观音、普洱一路喝下来,也曾追求过千金一两的岩茶,却在黑茶前止步了。"别的都是猎奇尝新,只有黑茶才是过日子的口粮,消食养胃,还不影响睡眠。再有就是便宜。"看着他往手拉坯的潮州小红泥壶里塞那布满"金花"的黑茶块块,我笑了。心想还是用大铜壶煮了倒在大碗里喝爽快,天下第一精明、第一会吃的潮汕人,有时也是蛮可爱的。

胡柚产于浙省衢州常山,由度娘得知是一种自然杂交的品种。一个"胡"字,也许可以解为"五胡乱华"的乱,黄河以北之人或多或少都混有当年胡人血脉。别人不知,本人即是。其柚长相不雅,且产量巨大,售价低廉。新采之柚酸涩难食，要放至春末夏初方可。

蜂蜜为俄罗斯产的椴树花“雪蜜”，呈极细腻之白膏状，味醇厚而鲜灵，有辽阔原野森林之气。据闻食品添加剂在美国为合法，有“没有添加剂就没有现代食品工业”之说。中国蜂蜜产量不小却年年滞销，据说是因为空气质量和掺杂使假所致。我一向对俄罗斯食品颇有好感，皆源于对其民族性的理解。私以为俄国地大物博，民情豪放，不擅经商逐利，在国际一拼资源二拼拳头，打便打杀便杀，生便生死便死，应该不屑于蝇蝇苟苟的小人勾当。当然，这些印象并无亲历的实据，也许是小时读多了苏俄文学的缘故。

不知不觉之间，就扯远了。黑茶、胡柚、蜂蜜业已齐备，上火煮了半壶，倒在杯里加少许蜂蜜捧在手上，其色、香、味竟如此和谐完美。阴沉了多日的老天也知凑趣，放出和煦阳光洒了一窗一地。光束中照见了空中飘舞的微尘，也照见了杯中的一泓完美。

举杯，为了尚且存活的众生安好，为了前天那位英年早逝于脑疾的诗人安息，为了正在退去的寒潮，为了即将到来的春天，徐徐饮下这苦苦甜甜、酸酸涩涩的杯中之物吧……

梅　影

——为新开梅盆留影并记

梅影，自古以来就是一个很文艺的词儿。

宋词里有个词牌就叫《梅影》，而且还要写三叠（阕或段）。北宋林逋《山园小梅》中有“疏影横斜水清浅，暗香浮动月黄昏”句。“梅影”，也曾见于民国小说，一般为某才女或名媛之芳名。总之，是一个清新高雅的意象。

说来好笑，我第一次听说“梅影”这个词儿，却与上述无缘。1974 年下半年，也就是我高中的最后半年，我们 6 个毕业班竟被分成了与农业有关的各种专业，有畜牧、植保……等，我们班被分为“果林”专业。在不到半年的时间里，强化学习了有关果树的各种技能。记得我很会用小刀削“接穗”，嫁接在“砧木”上成活率最高。其实是我观察到老果农的一个妙招：削好接穗后将创口那头噙在口里以保持水份（那个季节空气干燥），再去劈开砧木上的接口，然后把接穗从口中拿出对准皮层轻轻插入，用塑料带绑紧扎好，成活不成活一周之后就见分晓。别人做的大都蔫头耷脑，我做的十有六七成活。

在学果树（梨树）修剪时，从果林研究所来了一位戴眼镜的师傅。在讲解树型要求时，他随口吟出了一段口诀："外面紧，中间空，地上落下梅花影。"

于是，我由此记住了"梅影"这个词儿，以至于以后在书上看到类似诗文，总要联想起当年回荡在黄土地、果树下的那首"歌谣"，并为此不搭调而哑然失笑。

惦记着泡水仙

每当寒冬时节,花事萧瑟,街市上就会有南方的小商贩来兜售水仙。二十多年前,我就留意这种花儿了。在街市上花五元钱买上几头,从厨房里随便找个浅盆深碟,由路边建筑工地上抓两把碎石子儿,将水仙浸养起来,等待花开。花开得好,自是喜欢。开得差,祥林嫂般憔悴的一两朵白花,心下就郁郁寡欢。有时,干脆收获一丛绿叶,花蕾却早早蔫了去。这一个“有时”,便是一年。水仙开得旺盛,可以让人高兴一冬一春。开得不够理想,只好企盼下一个冬天了。

往后渐入门道,也识得些爱花之人,常相约到省城的花市上流连。从此,每年水仙上市,自有熟识的花商从里面拿出上品。挑选水仙头,讲究“问庄、看形、观色、按压”。问庄:是问水仙头的包装。每箱装的水仙头数越少,水仙头就越大,开花也就越多。看形:是指从外表看水仙头的形态。优质的水仙头扁圆、坚实呈扇形,表皮纵脉条纹的距离较宽、中膜绷得很紧,上部花芽多而饱满,下部根盘宽大而肥厚,大头两侧旁生有小头,旁边的小头越多开花就越大而多;观色:是看壳的色彩,以深褐色,包膜完好明亮为优。按压:是用拇指和食指握住水仙头的上下两端稍用力按压。按压时如感到坚实、有弹性并呈柱形就是花芽，这样的水仙头一定能开出理想的香花。

有一年，机缘凑巧。先得友人馈赠雨花石一小袋，又购入宜兴紫砂水仙盆数只。相识十几年的茶商刘老板，代我从花商处匀得“八头庄”水仙两箱，计一十六头。拿回家里，先将那些直径在五六公分以上的肥硕花头，去其风干皮膜，露出白色鳞茎，用刀在上面纵向划开十字，刀口深达内部。待有粘液渗出，在清水里浸泡一晚。第二天，冲洗干净，摆放于紫砂浅盆中，周围护以雨花石，注入清水，置于阳台光线充足处。晚上将水倒掉，第二天再重新注入清水。如此往复五六天后，上面花芽努现，下面雪白的根须扎出，衬以五彩斑斓的雨花石，未到花开，就已经好看了。二十多天后，已近春节，水仙们憋足了劲儿似的，陆续绽开。由于浸养得法，花叶短粗，花葶超过花叶亭亭玉立，花朵外圈如冰做的五个花瓣，晶莹剔透；里圈金黄色一个杯状花蕊，正吐露着一脉清香。这便是人们所说的“金盏银台”，也就是诗中赞颂的“凌波仙子”了。

水仙的产地有两处，一是上海附近的崇明岛，二是福建的漳州。我养的是漳州水仙。别看这种花儿来自南国，浸养中却喜冷凉而不耐闷热。前年收到的花球，也是八头庄的上品漳州水仙。二十多天中，骤遇两次寒流，花盆里的水在夜里结了薄冰，花叶贴在玻璃的冰花上，第二天太阳出来融化了冰凌，再看那水仙，不仅没有冻伤，反而更加壮硕了，可见水仙们也是有风骨的。当年冬天最冷，出的花儿却最多。春节将近，我将她们合并到一个大盆里，保持较低的温度，清供在书桌上。那沁人心脾的冷香，一直持续到元宵将至。

去年我与妻到浙江过了个春节，临走时忘了向朋友们打招呼。海滨城市台州，四季常绿，月月有花，前花未谢，后花又开。山茶、梅花和玉兰们，一直挽留我住到新茶应季。回到晋省，坐在刘老板的茶店里，品啜着空运过来的极品碧螺春，说起年前他给留的好水仙，也不见我去拿。花期有信，人易爽约。今年，我得提前惦记着这事儿了。

猫人猫事

吴言本名邢建荣，“吴言”是专为写小说起的笔名。两三年下来写了几十万字，也发表了几十篇，说了那么多有用无用的废话，还“无言”。

吴言养猫的历史比他写小说长。他那对名为“萝萝”和“二赖”的老猫夫妻，十来岁了还繁殖力旺盛，后代遍及忻州。大前年吴言到太原给二赖做了绝育手术，收费还挺贵。夏天的时候，当你看到一个胖汉用铁练子拴着一个哲学家似的肥猫，擎在肩头在开发区的街道上招摇过市时，那定是吴言和他的二赖了。今年吴言写了篇颇为得意的中篇叫《猫事》，题记：“二赖是我家猫，就叫二赖。二赖最大的缺点是贪吃，多吃多占。除此之外，我实在找不出它还有什么缺点，如果抓沙发抠衣柜挖壁纸不算缺点的话。我家前前后后养了四只猫，加上二赖夫妇俩生出的三四十只小猫，可谓猫窝了。我观察猫很仔细，很想观察出这种小动物有什么缺点，诸如我们人类人性上的一些毛病，但始终没发现。我结论，猫们几乎没什么大毛病，跟人比了，跟人的劣根性比了，近乎圣洁，近乎完满……”

这天，吴言突然要请文友们吃个饭。原当是庆祝这篇《猫事》发在《小说林》6期头条，还当是预祝以《猫事》为书名的中短篇小说集不久面世。见面聚饮，才知道都不是。吴言说，叫我们吃饭是为了庆贺家中一只猫儿病癒。更为可恶的是，我花了很长时间为他设计的小说集封面，连北京的专业美编都说好，在他口里却只字未题。吴言和猫朝夕相处耳鬓厮磨，久了难免沾点儿猫气——自以为是的狡黠，故作高深状，恁老大的个子，竟还有些猫咪式的娇羞与妩媚，其实很善良也很少城府。

显然，这种人不宜当官也不宜经商，也就是养养猫写写小说罢了。就这么个“猫里猫气”的人，长得又活脱脱像一大脸猫，让你不知怎样对他才好。

五大三粗的吴言，其实心细如发。自打委托我为他设计封面，常不时不晌打电话来，绕着圈儿说一些不相干的话，末了儿话题总要落回到这上来。我这人有个毛病，凡应承了别人的事，总是放在心上，走着站着在琢磨。

就这样想了近一个月，才将吴言小说集的封面构思出来：满面灰色砂石质感的底纹，上端呲牙裂嘴半个猫脸探下来，弯曲的胡须斜穿过规整的细黑体小字，一直伸到画面中间。衬托书名的是斑驳的沙地，上面三两个猫爪印走过。整个构思意在体现吴言小说那种吊诡、荒诞而又多智的风韵，形成一种对现实社会的调侃与解构。构思好了，接着找素材，那半个怪异的猫脸，还有下面衬底的沙地，被我一一确定下来，只是那几个猫爪印子实在不好找，就想到吴言和他的猫。

和吴言一说，他立刻付诸行动，认真准备了宣纸墨汁。先将公猫二赖拴起，哄着母猫萝萝用蹄子蘸了墨汁，引诱她在铺开的宣纸上走一趟猫步。拴在一旁的二赖，不知道主人要让他的爱妻干什么，可能联想起两年前胯下那去势的一刀，这对一个雄性来说是何等的耻辱呵！于是，公猫二赖大发悲声，叫得母猫萝萝心乱如麻，也不顾淑女仪态了，满房间乱蹦乱跳，弄得沙发墙脚到处是乌黑的墨迹。期待中的那张宣纸，却依然洁白如故，不见一点墨痕。采集猫爪印的行动宣告失败。妻听了吴言电话中的诉说，一脸严肃地批评我，说我故意捉弄人家老实人，这真是天大的冤枉！

曾听吴言讲，他的猫如何如何了不起，比如会自己开灯，会用座机拔打他的手机等等。可这么个简单的动作也做不到，实在是……！见面后，吴言忙解释猫儿生性怕水，那墨汁也是水啊，再者，公猫见如此难为它的爱妻，急得大喊大叫，这场面就失控了。一边说，一边讪讪地遮掩着胳膊上的抓伤。

在小说《猫事》中，吴言借主人公邱实之感慨道：“不禁又想到清咸丰年间黄汉编的《猫苑》一书所说的猫的种种诡异，头皮愈加发麻，身上不寒而栗。麻过抖过，不由感喟了猫喜怒哀乐爱恶欲七情皆具，实在是种钟天地之灵秀的小精灵。”“之所以把《猫事》放到一所学校写，是因了学校该是个圣洁的殿堂。猫事？人事？猫乎？人乎？不知道了。（题记）”

想要知晓吴言和他的猫事，不妨找来小说读读。或者期待他的中短篇小说集《猫事》出版后，同时读读他的另外十几篇作品。或许对他这个“猫里猫气”的人，会有更深一层的了解。

磨房驴事

我曾写过一首自嘲的打油诗，其中有这么一句："半生奔忙驴盘磨,老来何惧鬼打墙。"驴盘磨见是见过,其感觉如何只有拉磨的驴自己知道。

小时候在姥娘家住时,最喜欢看碓磨。农家院里的磨房，一般设在一进街门那两间南房中，窗户很小且遮得严实,里面就很幽暗。当间一盘石磨,围着磨盘的一圈地面,坑坑洼洼的是拉磨驴踩出来的,所说的"磨道里还愁寻个驴脚踪"大约就是这么来的。驴套在磨杆上被蒙住眼,以防它转晕了不听使唤。走得慢了,被跟磨的女人掉过苕帚疙瘩在屁股上狠狠杵一下，驴的步子就迈得又碎又快了。经常拉磨的驴，大约习惯了这种蒙住眼的劳作，或许在两眼墨黑中期盼着，想望那卸磨后婆姨们赏给的一口粗糠或红皮，就不停不驻一圈又一圈地拉那石磨，也不知道个乏累。磨房里跟磨的和院里阳婆下箩面的女人们，屋里屋外声气相通,叽叽呱呱地说,又嘻嘻哈哈地笑。磨房里驴,拉着磨扇呼呼地转，让我这个城里来的小男孩感到挺有趣。

杏花落桃花开时,拉磨的公驴就不同于往日老实。

一进来不是用前蹄刨地，就是噗噗地喷着响鼻。勉强拉到半前晌，不知咋就停住不走了。只见它扬起蒙了眼的头，使劲朝外面伸长脖子，鼻孔一开一闭翕动着，像是闻嗅着辨寻着远处空气中传来的某种信息。接着张开大嘴，露出满口黄牙“啊—啊—啊—”地叫唤起来。声音如此洪亮，把房顶上悬挂的尘絮震落在磨盘上粉红色的高粱沫子上。又见它后腿间不一样了，那件平日挺规矩的黑东西，此时却雄赳赳气昂昂地长大了不知多少倍。

跟磨的是个正月里才过门的小媳妇，见驴站住不走也不知咋回事，就抄起扫磨的糜子苕帚，一下又一下抽打它的屁股。身单力薄的小媳妇自然打不疼那驴，倒像是给它挠痒痒。那驴在她的抽打下，反而昂起头叫得越发欢势了。浑身皮毛紧一阵慢一阵抽搐，像是很惬意又很难受的样子。后腿间那话儿更加坚挺，还用它将自己的肚皮抽打得噼啪作响，小媳妇低头看了脸臊得通红，叫骂着“妈呀，妨主死呀”，三步两步跑出磨房，“三婶子三婶子你快看看那驴，俺赶（管）不了它了”。那被叫作三婶子的婆姨正在箩面，头上罩块毛巾，眉眼上落了白扑扑一层面粉。她一把推过小媳妇，赴汤蹈火般一步进到磨房。接着，又哈哈笑弯了腰从里面跑出来，“真妨主死呀真妨主死呀，你们快都看看快都看看”。另外几个女人进去看了，同样笑弯了腰跑出来。这时院里没有别人，一群女人趁势歇了手，你一句我一句说开了疯话，放肆地调逗那小媳妇，说新女婿比这驴如何如何。荡起来的面粉，遮了这群婆姨们的脸，头上又罩了手巾，就一个赛一个脸皮厚，相互调笑着推搡着，甚至拧掐着对方身上的敏感部位。

那小媳妇实在羞臊得吃不住，就捂了脸噙着两眼泪就往街门外头跑。这时，我姥娘正好从外头进来寻我，不料那小媳妇一头撞在怀里。姥娘摸不着解数，“这是咋啦这是咋啦，不好好碓磨疯闹甚哩，也不怕俺外孙笑话！”婆姨们谁也不敢说为啥疯闹，一个个赶紧低眉顺眼该做啥做啥。换个女人去跟磨，那头公驴似乎也熬过那股劲儿，重新低头拉起磨杆，稳稳重重一步一个脚印，沿着永无尽头的磨道转圆圈儿。面箩三遍，就算磨完。卸了磨，摘下驴头上的“捂眼”，小媳妇悄悄给它掬了一捧红皮(高粱籽粒的外皮)。那驴吃相斯文，慢慢用嘴唇嘬那红皮。我看见摘去眼罩的驴，眉毛眼睛像描画过一样，很有些像唱戏旦角那种“丹凤眼”。它眼神湿润润的很温驯，还流露出几分妩媚。

后来又看过几次碓磨，来磨面的女人换了一茬又一茬，拉磨的驴还是这头长着丹凤眼的公驴，看来它很适合和女人们一起干活。再后来，我在书上看到，这种驴的品种叫“画眉驴”。其体貌品相，以山西广灵县出产的最佳。

打碎了青花瓷

如今想来，我曾有过许多懵懵懂懂、不可理喻的事情。比如，该学除法时怎么也做不来除法题，到学分数时却会了；上高中时最怕体育课，尤其对跑百米和跳木马心存恐惧，并不缺乏体力和协调性，只是不愿意罢了。1976 年当了工人，同班那个像小鹿一样喜欢奔跑跳跃的女同学，碰巧和我分配在一个厂。之后我俩之间所发生的一切，更证实了我是个有着严重心理障碍的人。

高中开学那天，我们全体新生打扫教室。当时我不知为什么非要到教室外面去，那小鹿一样的女同学端了满满一脸盆水，正好快步走进教室里来。我俩在门口相遇，由僵持而躲避，你躲我我躲你，就躲让到了一起，她手里颤巍巍端着水盆撞到我，一盆水就从我胸前浇到脚下。周围同学见状，“哗”地一下笑开了。那几个农村来的家伙“嗷嗷”地直起哄，弄得我十分狼狈。清楚记得那天是 3 月 1 日(奇怪吧，我们就是这时候开的学)，当时天气还比较冷，整个上午冻得我上下牙直打架。下午正式点名时，全班同学的名字都是三个字，只有我和她的名字是两个字，这一来就被班里的好事者们勾扯到一起，于是就“有了说法”。从此我就很怕她，尤其害怕和她单独相遇，无论在路上或教室里见到，能躲就躲，不能躲就装作视而不见走开。

后来，她被选到校广播室当课余播音员，我也因为在地区报上发过一篇小散文，常让当着校团委书记的老师叫去改稿编稿，两人因工作关系需要交流时，也不说话。我只要将删改过的来稿誊清，在该着重的地方做上标记，她就忽闪着两只不大的眼睛明白了。然后，我到操场边的大喇叭下听她播音，连她吐出的一字一句，哪怕一个气息都不放过，她还真的领会无误，可见是一个不算笨的人。因为她的体育特别好，我就怕上体育课，怕在课上做项目时出丑。越怕出丑越是出丑。那回，体育课的训练是跳鞍马。在课下，我曾多次跃过这个不高的箱子，此时却在我眼中高大起来。轮到我跳，开始助跑时就动作变形，本来可以分开双腿跳过去，却鬼使神差地重重跌坐在上面，只听腰间“嘭”地一声，知道是裤腰带断了，脑子里一片空白，僵坐在上面不敢下来。最后，还是在体育老师的催促扶持下，我才用两臂圪夹着裤腰慢慢磨蹭下来，幸好裤子上该扣的钮扣都扣着，要不然就从腿上掉下来了。同学们明白过来，“哄”地一下乐翻了天。我下意识地朝她瞥了一眼，只见她脸色“唰”地白了一下，牙齿咬在下嘴唇上，将脸背了过去。从此，每逢上体育，我总是借故缺课。当时我在学校的公共事务比较多，是校刊《原中文艺》和校团委黑板报的主创人之一，总能找到不上这种课的理由。

三年后，想不到这位最怕见的女同学，竟然鬼使神差地和我分配进同一个厂里。厂子与县城隔一条铁路，说远不远说近不近，需要骑自行车在一段泥路上，走 20 多分钟才能进城回家。那时我们虽然说开话了，人家落落大方，我却总是避开她的目光，显得忐忑不安。有天下午普降大雨，傍晚雨停，天却提早黑下来。她对我说有急事必须回家一趟，天这么晚别人不好求，只好让我陪她穿过两边长满庄稼的泥泞路。这种情况下不好推辞，只得骑了自行车和她一道上路。没走出多远，前面路上低洼处积满深水，我说不行回厂吧，她却满有信心，说有一条田埂小路可以绕道过去。我跟着她，推着车子深一脚浅一脚，沿着细小湿滑的田埂跌跌撞撞。不时有被大雨扑倒的玉米挡在前面，她轻捷地撩开那玉米钻了过去。轮我过时，那棵玉米杆子反弹回来，抽耳光似打在我脸上，湿淋淋的玉米花粉糊了一头一脸。她明知我眼神不济（因看书不当视力下降，况且没有戴眼镜）却不等我，我什么也看不清楚，只得盯着她那两只穿着白色袜子的脚走。那两点白色往那块跳，我就往哪块踩。到后来，跟着跟着就跟不上她了。终于进了城，站在街灯下相互看，她身上清清爽爽，干净的一双鞋，只打湿浅浅的一圈。脚上那双白袜子依然完好如初。而我身上的衬衫，却七红八绿没了原色，裤子和鞋就更不成样子了。见我这副模样，她抿嘴一笑，轻巧地说了声“明天见吧”，转身上车而去，我却傻站在路灯下好一会儿，才想起回家。

打这以后，我俩之间的关系似乎有些异样，甚至在工友们眼中已成定局了。再往后，由于我的原因，我们的关系无疾而终。所以说是我的原因，只有我自己知道。体育课上那一幕,怎么也不能从我心中挥去。我和她相比,是一个懦弱无用、笨手笨脚、百无一用的人。她那轻盈如小鹿般的体态，她那落落大方的一颦一笑，她那带着京都满族味儿的标准话，反倒让我心存障碍。因为有了这个“心魔”,我才做出诸多焚琴煮鹤般的举动，亲手打碎了这青花瓷样美好脆弱的东西。我俩像两颗流星，在夜幕中短暂相遇又擦肩而过,真是命该如此。

遭遇“鬼打墙”

接连几夜在B村与好友S君讨论他的新小说《望月》,每天聊到后半夜。前两夜留宿他家外间小床。里间,窸窣呢喃、嘈切潺湲之声不绝于耳。一想到里面睡着小夫妻呢,而我是一个处处为家的单身汉,就失眠。今天再晚也得回去,出村北翻同蒲铁路,是我所在的厂区。

后半夜,月光亮得足以辨认手中杂志封面的字迹。院落墙头上老枣树枝丫伸出巷道,黑黢黢的影子将路面分割成支离破碎。才过街角,冷不丁就撞上大槐树,它那早已虚空的树身和我的额头对撞,发出旷古幽深的回响。我如梦中游走,接连找错几个出口,好不容易摸索到村外。正对着平日抄近道常走的老坟,已被人挖空废弃。月光如水,湮没了坟场里那条小道。我奓着胆儿走进,一阵阴湿冰冷由脚下升起。我知道我正在闯入。那个传说中辉煌的翰林旧家,正在月光下影影绰绰地活了。横躺竖卧的石人石马,正从泥土中起身。残破的碎片聚合,又回到到原初的模样。里面房舍俨然,却不闻狗吠人声。只有如水月光化作轻纱薄雾,将原先那条小道遮盖,让我难寻方向。往前,是一堵高不可攀的大墙。往左，似有一道不可逾越的静水深流。往右，一个个紧闭的黑漆宅门排闼而去，每块门板上的泡钉突如鳄鳞，门环下的兽面狰狞可怖。身后是万丈深渊，不能后退半步，更找不见来处。想起有人曾说，夜过坟场只要引吭高歌，便可壮胆提神。于是，张大嘴使劲吼《大刀向鬼子头上砍去》，任凭怎样声嘶力竭，可就是听不见自己的声音。这下，我真正害怕了，感觉到无助的绝望，后背上沁出冷汗，流到屁股沟里。跌坐在尘土，腿软得再也站不起来了。

此时，西北方向传来轰隆隆的金属撞击声，一列载重的列车由蒸汽机头牵引，从同蒲铁路向这边驰来。地面颤栗的震动，长鸣的汽笛，闪电般刺破黑暗的灯光，还有呼哧哧喷吐的巨大汽团，马上让我清醒过来。借着火车的灯光，我一下就找到了方位，辩认出穿越坟场的那条小路。三步两步，钻过路基下的涵洞，人已在铁道的另一边。举头目送列车驰过，回到厂里宿舍洗去一身冷汗，回味刚刚发生的怪事，竟无半点睡意。

第二天中午，沿铁道来到遭遇“鬼打墙”的地方。见那片坟场，就坑坑洼洼一片荒地，哪有什么石人石马房舍墙院。从村口到铁路，也只有大几十步的样子。

怀念自行车

仔细想想，有生以来最快乐的时光总是和自行车有关。

上世纪六十年代初，一辆飞鸽牌自行车，由父亲骑着举家出行。前面横梁上坐着我和弟弟，后边母亲抱着最小的妹妹。一辆加重车载着全家五口，穿街过巷赶会访友，其乐融融。当时就觉着父亲力气真大，家里有自行车真好。每天，兄妹们抢着擦拭这辆车。有意思的是，弟弟和妹妹先于我学会骑车。临上高中时，我才在县委大院的柏树道上花了一个下午学会骑车。

高中时，同寝室八个同学中只有我一个“市民户”，其他七位都从农村来，家在几十里之外。他们在学校食堂总吃不饱，每隔一个星期日就要回家“取干粮”（路遥《平凡的世界》里有细节描述）。不到周末，那几个家伙便要打这辆“老飞鸽”的主意，想着法儿讨好我。为了公平起见，那辆旧车就轮流借给他们骑去，赶在星期日傍晚骑回。有的家长“拿心思”，说村里乡俗借人东西不兴空手还，总要捎点小东西给我，以作“补报”。有的是酸果子硬梨，有的是干崩大豆（蚕豆）或“炒其子”（一种沙土里焙干的面疙瘩），还有的是精心制做的老咸菜。最有意思的是一把雁翎做成的扇子(送我这同学的父亲,初冬时常在滹沱河草滩里,用土造的火枪猎取迁徙途中在此过夜的大雁),我保存了很久。放秋假时,河那面梨乡的同学邀请我去“摘梨”。一路上,六七个人轮换骑车,三个人猴在车子上,剩下的人就簇拥着推起车奔跑。四十多里路,不知不觉就到了。在那里,我一住就是好几天,放开肚皮吃梨直到跑肚拉稀。还看见了城里从未见过的情形。印象最深的是:全村人在点着气灯的场上分配梨果瓜菜等场面。东西堆成一堆一堆,七嘴八舌编着号抓阄。夜深了人都睏了,东西还没有分完。潮气上来,气灯周围一晕一晕的也像瞌睡了一样;白天人们都要下地劳动,离家前也不锁街门,只随便拴一根草茎在门环上,以示家中无人,就谁也不进去了。

结婚以后有了儿子,经常和妻各骑一辆自行车外出,或洗澡或看望老人,有时也漫无目的地骑到城外庄稼地里瞎逛,看学步的儿子在草地上跌爬打滚。儿子大些后,一会儿坐爸爸的车,一会又要换妈妈的车,三个人叽叽喳喳嘻嘻哈哈,分文未花,一个快乐的星期天也就过去了。

后来,我给分管财贸的副专员当秘书。头一次“以权谋私“,就是向商业局长要了一辆“锰钢凤凰大弯梁”自行车(据说这种车一年全地区仅分到十余辆),花 250 多元钱买了骑着上班。众人围着看,说这车相当于小卧车中的“丰田皇冠”(当时尚不知有奔驰、劳斯莱斯等)。另外几位领导的秘书看了眼热,也让我讨要指标。一时间,我们几个便人手一辆“锰钢凤凰大弯梁”,很让大院里其他部门的年轻人侧目(就像当今没车的人看有车族那种眼神)。有回,一个偷车的在我眼皮底下,搬起这辆刚锁上的“名车”,径直往马路对面跑,正好被我逮个正着。惊动了保卫科,铐起双手来一问,原来是某厂的青工。我也当过工人,便动了隐恻之心,说声算了。他们说不行,很负责地做了笔录,还让那个青年摁上手印,又将他反铐在灼热的暖气片上好几个小时,才打电话让厂里来人领了回去。

领导迁了新居,和我同一方位。司机每天先开车叫上我,再一同去接领导上班。那辆“大弯梁”妻也不骑,我就很珍惜地将它挂在地下室墙上,据说这样对车子有好处,也不占地方。儿子上高中时,师院一位保德籍的大二学生,来给儿子补习功课。他在忻州没有自行车,妻就将我那辆“锰钢凤凰大弯梁”给他骑。他临毕业归还时,还说这车真好骑。后来这辆车又给了妻弟的儿子上中学骑。前后快十来年了,也不知这车还在不在。往后,我就再没骑过自行车,可那段好日子还一直记着呢。

走路走出意思来

中学老师讲过,时间乘以速度等于距离。那时我的脑筋却“笨得伤”,怎么也弄不懂它们之间的关系。后来有车坐,已经够快了,我总嫌它慢。我很少记住甲地到乙地的里程,只计较路上所花的时间。坐了十几年车,两腿开始退化,稍微多走几步,哪怕从超市卖场的这一端走到那一端,都感觉漫长。于是,听从医生建议“安步当车”,从今春开始在本城范围内走路。

我在人行道上独自步行,太阳照着脸照着胸也照在活动的膝盖上,能听见腿上所有的关节在响,似乎那上面有一层锈蚀正在剥落。依然强劲的春风,一会儿暴躁,一会儿轻柔推着我向前,却没有穿透我的衣裳。没走出多远,我发现脚下踩踏的竟然是些上等的地砖,其造型和质感完全可以和沿海大城市媲美。要不是随意停放的车辆,还有店铺前不时伸出的广告牌,这条人行道还是非常适宜步行的。第一次行走,就遇到不少久违了的面孔:父辈中有人还认识我,亲热地抚着我的肩,问候我父亲这些年身体怎么样;有同年仿岁的与我执手相谈,责怪我只在报刊上见你的名字怎么不见你的人。我惊奇地发现:在这条已经陌生的人行道上，竟然行走着这么多的熟人。从我住处到供职的地方，平时坐车只需十来分钟，步行却走了将近一个小时。倘若在高速公路上开车跑，这段时间足以到达省城了。不过，我丝毫没有感觉时间在白费。这段不长不短的路，走得我身上很暖。

在我坚持走路的时候，才知道这是一个多么正确的决定。原先估计很难的事，做起来不过轻而易举。日前，我到省城出版社找张继红谈完事，突然想走一走解放路(当年我在厂子里当采购员时常走)。从大南门一直往北，边走边计步数，一会儿就数乱了。其实并无特定目的，只是想看看我现在的脚力到底能走多远。到解放大楼时，就有些累了，正要寻找一个可以歇脚的地方，见附近的教堂开着门，就踅了进去。里面教友们正在唱经，我一句也不懂，只听偌大的空间里“嗡嗡”共鸣着同一个声音，感觉这里的音响效果比我那套“MarantZ”强多了。从教堂出来行至大北街，又从大北街折返回大南门，一路且听且看且行，并不觉着有多远。直到街灯亮起，我才热气腾腾出现继红家门口。当他们知道我整个下午都在走路时，很是惊诧。他爱人瞪大眼睛：“天哪，你知道吗你，你在老太原的中轴线上走了一个来回”!

在这样好的春天里走在这样好的路上，心情的愉快指数也在逐日提升。这天，我正走在路上，迎面一个胖大“和尚”突然拦住我说：“看你面相好福气！”我躲开他，继续朝前走。走了不远，又遇见一个偏瘦的“和尚”以同样的方式对我说了同样的话，我没理会他，自顾自走路。走了不多远，前面又过来一个年轻“和尚”。

此时，我心中已经有数，料到下一步将会发生什么。果然，光头年轻人拦住我双手合十正要开口，我直视对方的眼睛，坦然迎了上去。几乎在同一时间，我与他竟然说出同一句话：“你好福气！”

走出几步回头，见年轻人僵持在那里很尴尬，心里不忍，就安慰性地朝他笑笑。

见我笑，他也笑了，虽然有些勉强。

游走与飘泊

一

年轻时出游，每到一地，必寻名胜古迹访之。那时游人稀少，虽行宿不便，却也能觅得几分况味来。近十来年，不知世道变了，还是自己的心态变了，来到一个地方，未必先去寻访有名处所，偏去冒着被狗咬的危险，探寻那些未经开发的旮旯，看一些手工作坊或老旧民居。除此，必去流连的地方还有两个，一是当地最大的书店，二是菜市场。而这两处的距离，最好步行可及。

北京海淀一带有几家好书店，但太堵车，去过几次就不去了。而最大的菜市场却在新发地，相距大约几十公里，太远，没法去。以前常去琉璃厂的中国书店淘书，后来变味了，也就去得少了。至于潘家园的旧书摊，土眉混眼，给人一种斯文扫地的感觉，去过几次就不去了。偌大京城，冠盖云集，却少了鲁迅、胡适们那时的人文味儿。

成都那个叫什么“宽巷子”还是“窄巷子”的老街上，有一溜经营古籍旧书的店铺，可惜里面过于考究。

红木几架上蓝布骨签，齐整得让人不敢触碰。而那些品相过于完美的古籍，显得有些“假”，不由地让人掂量钱包后又心生疑窦。至于九眼桥的菜市场，却充满市井和乡野的丰富气息，在这里可以见识许多不知名的菜蔬，还可以欣赏川西坝子上的村姑老妪以及各种闲花野草等等。

也曾在日本逛过东京的“神保町”书店街。在方圆约一平方公里的范围内，集中了数不清的经营各种书籍的大小书店。站在神保町十字路口望去，商店招牌除了书店还是书店。书店街上不乏几层高楼的大书店，占地几十平方米的小书店也各有千秋。可惜不识东西洋文，仅限于走马观花或雾里看花。也看了银座附近的筑地鱼市场，里面大刀阔斧，血水淋漓，其状甚惨，与书店街形成显明对照。时光匆匆，已是二十五年前的事了（1993 年）。

二

每到一个城市，去逛逛这里的书店，是我们这类人共同的毛病或癖好。

现在的城市，尤其是新兴暴富发展起来的那一类，尽管市容市貌大同小异，可书店的形式和内容却迥然不同。许多地方，虽然可以远远望见毛泽东手书的“新华书店”四个大字，可走进去好像来到眼镜店加玩具店，只有几架教辅书龟缩在角落里。即便有几册社科人文、文学艺术的书，也大多发黄卷边，不知是哪年的旧货。逛这样的“书店”很倒胃口，上午逛，午饭吃不好；下午逛，晚饭不想吃。

台州却有个好书店。

说它好，除了四五千平米的卖场规模外，图书的种类全，版本也新。人文社科类的新书，几乎与北京、上海这样的都市同步上架，前后相差不超过一个星期。尤其是实行了“图书架位管理”，三个楼层都可电脑查找，只要大概地输入书名、作者等关键词，电脑马上会显示存书量、出版时间、所处哪个区域的哪个书架第几层等信息，方便得很。整个环境的光线、通风、调温都很舒适，靠窗的位置还有一溜座位。你可以大模大样地选一摞书坐在这里慢慢翻，从上午九点到晚上八九点，白看多久也不会有人撵你。完了拍拍屁股走人，也不用将书放回原处，自会有人收拾。还可以订书，且无须定金。书到了，自会有专人按你留的电话通知去取。

我没事的时候，会经常泡在里面，乐不思归，享受着舒适而免费的阅读。或者中午睡多了，头昏脑胀，起来步行十几分钟，来到书店随便转转翻翻，给书香一薰，人也精神了许多，不觉就过了一个下午。也许在你看书的当儿，外面一场过路云带来一场急雨。走出书店深吸一口气，看着路边水灵灵的花儿草儿，在西斜的阳光下柔和起来，即刻神清目爽。

山西古籍出版社社长兼总编张继红，是第一个来台州访我的老友。他是素食者，且不饮酒，当地国画家黄伟雄先生在“海门第一楼”代我接待，那桌水陆纷陈的当地饭也没让他吃好。饭后我带他看了台州新建的图书馆，又转回台州书城。他对这两个跟书有关的地方啧啧称美，说咱省城也找不到这样好的地方。阅书无数的他，竟然还在三楼找到几本早就想买的书。看着他抚摩新书两眼放光的样子，又想想他瘪瘪的肚子，我笑了。

三

早年读林语堂的《苏东坡传》，很为老苏的丰富人生“羡慕嫉妒恨”。不承想，过五（十）奔六（十）的我，却过起了游走与飘泊的生活来。客居台州，零数不计，整数已然四年。

回头细想，我从来就是一个“侨民”或客居者。当别人津津乐道于故乡时，我的故乡却在遥远的想象中。因为呱呱坠地、求学就食之处，并非祖辈故土。以至于有关部门将我的出生地误录为祖籍，也懒得去更正。如今，客居之地的方言亦渐可听辨，沿海之气候亦早已适应，至于其他，在当今之“大同”时代，亦无所谓异同。所不同者，只是离当今的热点钓鱼岛近些。

客居他乡，最大的好处是：当你散步在林荫道上，踯躅于小街僻巷，无须担心冷不丁遇上个熟人，过于热情地拉住你闲扯个没完。顶多窜出条肥猫或瘦狗，用狐疑的眼神打量你，你也用人类的眼光打量他们，双方倒也无甚敌意。当这些动物倏然消失后，你能感受到类似于《雨巷》中空旷的回音，当然不是木屐敲击着石板路，而是你心中营构起的那种意象或况味。人生过去一多半，疲惫后的放松，随意而疏懒，合该是人活到这个年龄段上，那一份独特的拥有。

就如从北方初来南方那般，一件一件地脱去了御寒的冬衣。我一项一项地完成着做人的基本责任，一步一步地卸去了各种行头与面具，如今终于可以独自行走在芸芸众生当中，每张面孔都是那样陌生而新鲜。不由地想起了语堂先生笔下的老苏，已然是杭州太守的他在元宵节街头观灯，却不被众人识得。更有甚者，一个醉汉嫌他挡道，竟骂骂咧咧、粗暴无礼地推搡他，却引来心中的无限欣喜，回家马上写诗记之，真可爱。

于他乡游走，践行度过余生的计划，懂得享受那份孤独与自娱。陌生中获得的欣悦，对我来说，真好。

简单的幸福

前天与黎民、小阎聚饮于麻辣小馆。

小馆位于电影公司废弃的小放映室二层，原先是专为领导干部放映内部影片的地方。十几年前，我在给领导当秘书时曾作为随员来这里看过一部影片。片名内容全忘了，只记得装修环境在当地来说是最豪华新潮的。

十几年过去了，当年的繁盛已不见一丝踪影，却被一个来自四川眉山的胖大厨师承包着，开了家“老四川小吃店”，三四年前就被我和黎民发现了。每当心里郁闷或“口中淡出鸟来”时，就相约来到这里“偷得浮生半日闲”。每回都是在不知不觉间，一瓶“绵竹大曲”饮完，又开一瓶，期望中的境界便来临了。醉眼朦胧中，透过模糊的窗玻璃看外面的小商品市场，转头又瞥见邻座那些带些江湖气和风尘味的男女们，耳听王老板在堂前灶后大呼小叫地报菜名，竟感觉这世界是如此的真实而亲切，眼中之人无一不是好人，身边景致足以佐酒畅怀。什么名利财富等身外之物，即刻离我们远去化为乌有。此时，最亲近的东西就是酒，最可爱的人就是那个当垆操刀的王胖子。说起他是苏东坡

和郭沫若的同乡,我突发灵感,口占一首《赠川师》:

当垆操刀过生涯,避谈诗书气亦华。
厌看川中青竹叶,勉栖土城烹辣麻。
不睬楼外过街马,醉睨堂内后庭花。
肴粗酒浊生豪气,疑是来在东坡家。

王老板听后抚腹大笑,叫人打印了贴在店里供人欣赏。赠我绵竹曲酒二瓶、自制腊肠若干。霎时间穿越到了古代,仿佛自己就是那种以诗文换酒的骚客。

四川地震后,王老板回家救灾,关门约有半年。近日小阎和黎民发现"老四川"重又开张,便奔走相告"王胖子回来了"。这次只邀约二人前来聚饮。不是我们搞小团伙,实在是当地文友中能专业级嗜辣,并且能够从这种环境中领略出况味者,在我看来很难凑齐一张圆桌。

这回来饮,时值隆冬。小店一如以往,只是没有暖气。王老板当地支一口破铁锅,铁锅里柔柔燃烧着一堆木炭。这久违了的炭火,更助长了我们的酒兴。初冬的好阳光又适时地照满了摇摇晃晃的小桌。三个人,两瓶廉价烧酒,几碟不成样子的土菜,耳边吃客们嘈嘈切切,来自社会原生态的声音汇聚在一起,那种熟悉的愉悦就找回来了。

原来,幸福可以如此简单。

告别喝酒年代

台州当地有一个说法:某人半辈子善饮,突然酒量不行了,谓之“酒票用完了”。此话风趣幽默,且富于历史的沧桑感,不禁让人想起凭票供应的年代。

我第一次真正饮酒,是在十七岁的时候。朋友带我去酿酒的“缸房”玩耍,经过二十一天酝酿的糟醪,正淅淅沥沥地流出酒来,酒师用锡制的杯子接满让我干掉——至今我仍怀疑那个一口干掉的酒房规矩,是否真实。

第一次干下那杯高于六十五度的白酒,留给我的记忆依然清晰并且刻骨铭心:像跟刀子接吻。“刀子”在我猝不及防时滑入口中并放起火来,口腔顿时变成烧红了的炉膛。“炉膛”里的火苗上蹿下跳兵分两路,一路向上顺着鼻腔直冲脑门,再沿着发梢喷出体外;一路向下直捣心窝,到达胃里时却变得异常温驯,化作一种奇妙的快感幅射全身,每个毛孔都兴奋地张开,每个细胞都欢快地颤栗。我强忍着眼泪大口呼出酒气,在众人善意的哄笑中,觉得自己像一个真正的男子汉站立在人前。如果那次喝酒算是我的“成人礼”,那么后来喝酒就难以描述了。

我曾在行署秘书处工作，见识过这里的“酒文化”。有几种骇人听闻的喝酒方式，是我们资料科的弟兄们发明的——为给领导写会议报告，往往要半月二十天加班，三稿四稿通不过是正常的，直到大会开幕前夜才赶排付印，把人累得胡子拉碴头发都长了。而且，长期熬夜养成越熬越睡不着的习惯。任务完了还睡不着怎么办？于是，有人提议写作班子全体喝一次大酒，来个一醉方休，或能大睡三天。

先是这样喝：像发汽水一样，每人一个(1斤)玻璃瓶汾酒，所用酒杯不是那种喝白酒的小盅，是三两的玻璃口杯。每人面前的一斤酒仅是打底，自行喝完后再开一坛档次高点的黑瓷坛老白汾。这才开始劝酒对饮，最后决出一名优胜者。标准是酒风要好，不洒不滴，不胡说八道，关键是要最后倒下。奖品就是那个至尊的黑瓷坛了。

大约觉得这种方式不过瘾，又创造出几样喝法，并冠以各种名头：

喝法一，先慢慢干下一口杯白酒，紧接着再迅速灌下一大杯啤酒，叫“炮打灯”。

喝法二，将一口杯白酒兑入一大扎生啤，屏住呼吸一下喝光，叫“风搅雪”。

喝法三叫“高山流水”，听起来好听，喝起来恐怖：手端斟满白酒的口杯，张大口让喉咙连续发出“啊～～”的颤音，接着将那杯酒一下倒入肚里，而且“啊～～”声不能中断，如果中间停顿要受责罚，重新来过。以上所说的白酒杯，是三两的玻璃口杯。

后来我离开那里时，听说又在试验一种从贵州苗寨学来的喝法，叫什么“不尽长江滚滚来”。人家苗寨是低度米酒，他们可是四十五度以上的老白汾呀！

具体情形不是亲历，难以准确描述：第一人坐着用口杯往嘴里慢慢倒酒，第二个人用口杯往他杯子里续酒，第三人又往第二人口杯里续酒，第四人用瓶子给第三人口杯里续酒，如此绵绵不绝……直到一瓶酒完全流入最下面那个人的肚里，等于一口气喝下一斤酒。

当然，以上“盛况”是十几年前的事了，现在那种现象早该绝迹了吧。

一度时间，我曾热衷于搜集散落于民间久藏未开的村酒土酿，甚至不惜以名酒淘换。此等村野之物虽然难登大雅，却绝无掺假勾兑之嫌，须细品慢饮方能得其真趣。它的酿造地点越乡土，酒浆越醇厚；存放年头愈久远，酒韵也就愈加绵长。

自从十八岁开杯，四十多年一路喝下来，我好酒也算尝过，各类酒场也算见识过，若问和谁共饮、所饮何酒等诸般细节，却全然漫漶不清了。各种清清浊浊的酒，成了漂白记忆的清洗剂。

惟能记住的酒事，是在下雪的冬天，邀二三好友，围坐在街边小店里，烫上一壶老酒。呵开结满冰凌的窗口，将朦胧的目光抛向外面混沌的世界，人未曾醉，心里先已醉了半边。

来到台州这边，也曾与文友聚饮。所饮不多，却留下大醉小醉各一次的记录，看来这酒是不能再喝了。

在北方也有个说法：喝了一辈子酒的人突然宣布不能再喝了，就意味着承认自己的衰老。按医生的理论叫“蜕变”，即细胞自然衰老的现象。依我看来，以上所说也不尽然。随着人的衰老，全身自然退化的不仅仅是酒量，还有不少早就该退掉的积习。

空掉一些无用之物，反倒可以腾出空间，补充一些有用的东西。为此，不必懊恼自己身体功能的减退，尤其不要叹惜酒量的消失。

别了，我的喝酒年代——永不说再见。

旧事反刍

纪实散文

小街上的阳光

我在四五岁的时候，是个没有玩伴的男孩。经常双膝跪在板凳上，用好奇的目光注视外面的街道。狭小的窗口映像，只是些流动的影子。

几排歪歪斜斜的红砖平房，紧傍着小镇街边。街道仅容两车擦肩，在家门前恰好形成陡坡。我趴在窗口，目光关注的不是行人，而是那些拖曳着煤车的骡马。它们天天在小街上经过，从头到尾沾满煤灰，难以区分具体形象。时间久了，我却能认出每辆马车。赶车人用当时能找到的各种废料，把车身装饰得五花八门，却不见污秽的骡马们有一回干净过。

煤车行进到我家门前，骡马们就该冲坡了。赶车人粗野地咒骂，鞭子带着风声，无情地在它们身上抽打出交错的痕迹。它们喘着粗气，身体前倾，四蹄抠地，套绳都快要绷断了。天黑时，还能依稀看见铁蹄与路面石子磕碰出的点点火星。雪后，坡道很滑。一辆满载的马车，怎么也冲不上去，在我家门前轰然倾翻，半车煤炭扣在了驾辕的骡子身上。人们拿出铁锹，帮助赶车人把它从煤堆里刨出。我跑出去，挤在大人胯下看。见骡子倒在地上，头颅沉重地浸泡在雪水里，大口吞咽空气，口鼻中喷出带血的沫子，混着白雪黑煤。前腿处，异样地鼓出一块。大人们说，它的腿断了。断骨快要撑开皮肉捅出来，却不见血。

众人合力顶起煤车，卸去辕骡身上的各种挽具。它汗气腾腾的身躯，在鞍垫下、肩胛骨上，结着新的旧的疮痂。它大汗淋漓，被汗冲去煤灰的部分，就显露出原先的颜色，不是黑的。大家提着笼头拽着尾巴，发声齐喊，想让受伤的骡子站起来。可是，它躺在一滩泥水里，再也起不来了。湿淋淋的毛紧贴着皮，整个身子就小了下去。绝望的眼睛死盯着我，像在乞求什么。那木木的眼神，划伤了我稚嫩的视膜。

开春天暖，阳光发酵街边的垃圾，散发出各种气味。街上有很多骡马走过。它们身上被草草洗刷，露出各自的颜色。皮毛有白、枣红、青灰色，还有杂色斑驳的。平日在井下拖煤的牲畜，被人们牵去兽医站接受例行的灌药。它们大多身体变形，鬃尾不全。脖子垂向地面，肩胛就高耸起来，随时保持负重上坡的姿势，并无一例外地被人蒙上眼睛。大人说，长年在矿洞里劳役的牲灵，眼睛不能见太阳下的强光。由人牵着，整天除了吃喝就是干活。

有人手中还提着鸟笼。笼子用矿上随处可见的雷管线编成，里面的鸟说不上种类，看不出颜色，浑身羽毛蓬乱，脏兮兮地呆在架上。原来，井下养鸟并非玩赏。有经验的老矿工，可以根据笼中鸟的状态，预测瓦斯的危险程度。这些骡马和小鸟都从小煤窑上来。万物舒展的春天，牲灵们却在这里，替人们承担了过度的重量和危险。我的眼光越过它们，又看见铁道那边两座圆锥形的矸石山，上面蠕动的影子，是拣煤为生的人。

矿区四季，主题不外是满眼的煤灰。冬、春、夏，干风刮得天昏地暗。太阳缩在黑雾里，成了一块不规则的白铁皮。秋天，淫雨绵绵，小街泥泞不堪。人们过河一样，垫着砖头，奓开手臂蹦跳着走。很快，小街便成了黑色的河，人们往里面倾倒炉渣灰。年复一年，路面越垫越高。当灰渣接近窗台的高度时，我家就搬离了这里。

新家在县城附近的古老集镇。行政机关、厂矿企事业单位，与老镇隔着三条铁路和两条公路。父亲把我和弟弟送进镇上唯一的幼儿园，园里多是干部子弟，脖子上围着雪白的围嘴，手拉手转着圈儿唱歌。矿区来的我，很不习惯这里的秩序。清明节那天，一伙孩童从幼儿园围墙缺口处爬出，尾随不认识的人群，远足到五华里外。在天涯山石鼓寺，平生第一次见识了热闹的古庙会。返程一路，追鸟扑蝶，在野地河边疯够了，回到镇上已近夜半，可急坏了各家大人。事后，孩童们把领头出走的责任推给我，园长大为震怒。不到半月，我就懵懵懂懂地从这里退出了。

无人管束的我，终日游荡在小镇周边，步行所及的范围越来越广。农田尽头是丘陵中的坟地和杂树。向北过小沙河，有劳改农场。黑衣的服刑者，被士兵押着到镇上扛面袋，像一群搬家的蚂蚁；向西，是兴建中的县城，是我父母上班的地方；小镇南边，有一个叫“天地庙”的广场，古戏台座南朝北，后面是国营屠宰场。农历七月廿二过会唱戏，戏台上咿咿呀呀地唱，猪们同时在后面惨烈地嚎叫;东边,有一条大河。天气晴好时,能隐约望见河对岸一带青山。常有驼队涉水过河,来到小镇上。卧下来黄呼呼一大片,嘴里反刍着白沫。休息片刻,留下不少栗子似的粪蛋,又沉重地走了。

每年“崩人”的日子,镇上人们放下手中营生,过节似地围观。宣判会场就设在天地庙戏台,四周商铺房顶上,架起了机枪。宣判完了,全副武装的士兵用劳改农场的马车,押着死刑犯游街。拉囚车的马,一律全身枣红,油光发亮,就连马蹄边的白色髭毛,也一丝不乱。它们脖子细长、身材高大,有人说是骑兵仪仗队退役下来的。马的辔头十分讲究,额头一面小圆镜,头饰红绒球,脖挂串铃。四匹马昂首挺胸三前一后,踏着优雅的碎步,整齐划一。马儿们炫耀似地甩着修剪整齐的鬃发,头上小弹簧支楞着红绒球颤悠悠,脖子上黄铜串铃哗哗作响,前额上小圆镜反射着阳光,很是威风。

当年,县上一般公职人员,多借住于镇上的民宅。我家前面的大院里,住着任职十几年的县委副书记。他是野战部队指挥员,解放这个城镇时负伤,就留了下来,成为本县资深领导。他们家孩子很多,两个大男孩经常带领我们,给兔子剜野菜。1965年末,老镇不平静了。先是一批从北京撤下来的工程兵部队家属,进驻镇上。孩子大人满身军品,家里木箱上还印有部队的番号。他们的孩子成了街上的新首领,我有时跟着他们打打杀杀,在小街上呼啸而过,一路鸡飞狗叫。还有少数特别的人家,被安置在较为讲究的院落。常见铁丝上晾着雪白床单或草绿色军毯。身穿军官服的男人，在小街的土路上气宇轩昂地散步，衣领上留有去掉徽章后的痕迹。他们身边的女人，神情却有些黯淡。再往后，镇上架起了高音喇叭，整天播放雄壮激昂的乐曲。又有不少人家，一夜之间被卡车悄无声息卸在街边。他们家当不多，铺盖单薄，细绳打捆着却是些沉甸甸的书。

小镇土著民并没有歧视外来者，也没有乘机抬高房租的意思。“反正就这些老房子，空着也是空着。人家远天远地来咱这小地方，估计也长不了，将就住下就行了。”大家甚至对外地人抱有一种善意的好奇，常过去看看问问，借东西给他们用，还传授诸如“粗粮细作”之类的生活经验。一时间，各种方言、各式穿戴、各样陈设，各家不同的生活方式，交织在小镇里，像开了锅。孩子们对这种突然到来的混乱兴高采烈，放学以后东家进、西家出，今天看了“东北家”，明天再看“上海家”。原本安静的小镇，就很有些喧闹和拥挤了。

我家房后一条幽深的小巷，终日晒不到阳光。小巷地面用砖头镶嵌出精致图案，久不走人，已落满枯枝败叶。小巷尽头，矗立一座砖雕门楼。冬天最冷的夜里，后墙外不时有沉闷的“咚、咚”声。我常因这声音无法入睡，蜷在冰冷里簌簌发抖。弟妹们说从未听到过，说我在编故事。房东奶奶却说，那就是本地传说中的“捣地鬼”，专在夜里吓唬“魂灵没长全”的孩子，不让他们睡得太死。我想那“鬼”一定是个大块头，脚步才会这么沉。它在深夜出来走动，也许是寂寞了。又听说，那宅院中曾吊死过人，很久没人敢住了。直到一户张姓人家的到来，两扇紧闭的黑大门才被打开。

这家人让我充满了好奇。他们家有两个孩子。姐弟俩怯怯地在小巷中出入，像两个轻飘的影子。初来时，他们衣服领口上，镶有白线勾织的衬领，与街上的孩子很不同。我与那男孩相互注视久了，之间就有些熟了，后来就走近了。他姐独自走在街上，部队男孩们把食指弯了含在嘴里，朝她打口哨。这时，她的头就更低了，领口后面露出一段白净的脖子。也怪，自打这家住进来，我就再没听到夜里的“捣地”声。

不久，班主任要休产假。校长领着一个从未见过的年轻女老师进来，介绍说这是新来的代课老师。几十双眼齐刷刷看，她留着齐耳短发，一件洗得发白、折皱很少的布衣，面带羞涩地向我们微笑。第一堂课没有教什么，时间却过得飞快。我们从她那好听的北京话里，听到了闻所未闻的故事，第一次认识了《卖火柴的小女孩》。 节课下来，男女同学全都喜欢上了这位代课女老师。只是她过于年轻了，怎么看也不像老师。放学回家的路上，她把同学们一一送回。只剩下我和她时，我才发现女老师原来就是房后邻居的张家姐姐。

小张老师常带我们去小镇外边做课外活动。有她出现，寻常的河渠草地，就豁亮起来。我们的感觉变得如此敏锐，甚至还可以听见高粱、玉米拔节生长的声音。有一回，同学们在草地上疯跑玩耍，一位大个子同学故意低头撞人，把我的鼻子碰破，流了不少血，还说我的鼻子撞疼了他的头。小张老师让我俩并排站好，平静地问，薛勇的鼻子能不能够到你的头？其实我身高只及他胸部，那位同学就低下头承认自己不对。她又问我能不能原谅，我捂着鼻子勉强说“能”，抬头看了她一眼。她的脸庞被夕阳映照着，显得很干净。从此，内向的我比过去开朗了许多，有时看到一片树叶摇动，也会莫名其妙地高兴上一阵子。我们的班级，也成了全年级纪律最好的。

秋天，在那位大个子同学发起下，一群男生心血来潮，给老师家拾柴禾，我也在其中。秸秆是生产队的，不能随便拿。在一个洼地里，发现刮风聚拢起来的庄稼叶子。每人背了看似很大的一捆，虚蓬蓬地招摇过市，把“柴禾”倒在老师家。一起风，刮得张家满院子都是。

那男孩和我同级不同班。他两条眉毛距离很近，看书时眼睛圆溜溜的，看人却眯着。熟稔后，我经常去他家玩。他家原先住在北京一个很大的校园里，中苏珍宝岛冲突后，首都要备战，全家被遣送回原籍。其实在这个小镇上，他们一个近的亲戚都没有，他爷爷早就在北京了。

他有许多书，还有好几件乐器。像笛子、口琴，他都会吹。时而欢快，时而忧郁，多是我未曾听过的曲子。书箱里，装满了我从未见过的书。他神秘地说，只给我一人看，不得外传。每次拿书，他都要把包在前一本书上的牛皮纸取下来，再包到这本书上，并教给我夹一张纸条或一片树叶在书页间。每次还书借书，他都要郑重其事地在一块硬纸上，用橡皮擦去上次借的书名，再用铅笔写下这次的。这些琐碎举动令我好笑，时间长了，也就随了他。依他所说，爱护书本，好借好还。

小“图书馆”里，除全套的《十万个为什么》等科普书外，大多是苏俄的翻译小说。其中有一本马卡连柯的《教育诗》，给我印象极深。在街头，我的头曾被顽童们用瓦片砍破，没有哭。而这本书中的老师和那个小姑娘，却使我几次落泪。苏联卫国战争时期保育院的场景，给我身在其中的错觉。那个孱弱得脖子上显露淡蓝色血管的女孩伊莲娜，在老师被德寇炸死后，带领着一伙饥饿的学童，行进在泥泞的白桦林里，终于找到新的保育院。我以后再没见过此书，也许它在众多苏俄小说中不是著名的，但每每想起，时时感到鲜活明亮，像刚读过一样。我喜欢读书的习惯，大约就是从那时养成的；伴随我至今的文学梦，或许也就是从当时的阅读中，滋生萌芽的。

这家人生得白净，尤其是他父亲。老张身材魁梧，不像大学老师，倒像个体育健将。他高鼻深目，头发胡须、甚至眼瞳的颜色，都有些黄。在生产队里劳动，人们取笑叫他“苏联人”（当时对外国人的统称），老张就要求分配他单独干活。当时，出工收工一窝蜂，哪有个单独活。队长想来想去，试探地问他愿不愿意负责各家的“厕所卫生工作”，老张马上明白，满口应承。第二天，他就担着木制的茅桶，提着长柄茅勺，进出于各家的厕所。掏完粪，先将干土洒在厕所地面，再用秃头扫帚仔细打扫，比原来还干净。收工后，在自家院里，他把干草擦过的茅桶，再用水反复冲洗，直到显出木质的本色，扣在院角晾着。冲洗过的水正好浇了院里的菜畦，菜长得好，吃不了还让我拿。我问他，茅桶本身就是装粪的，洗得再干净，第二天还不是又脏了。他笑了笑，给我讲了个故事：说有一家懒人，每顿饭后不洗碗筷。日久天长，碗越用越小，筷子越用越粗，不能吃饭了，全家人犯了愁。其中有个聪明的，把那厚厚的碗轻轻一磕，就完整地扣出个粮食糊成的碗；再把粗粗的筷子在锅边敲打，掉下米面有一锅底。随手添了几瓢水，就给全家做了一锅饭。从此，一没吃的，这家人就"问碗筷要"。故事还没说完，所有人都笑了，我也再不提有关茅桶的愚蠢问题。后来，"文革"风声吃紧，老张非但没有受到更多的冲击，还以他的幽默平易和勤劳肯干，深受人们爱戴，评的工分最高。队长说，可惜张老师是下放来的，不然的话，模范社员的奖状，年年给他一张。

小镇上的人和景物，看惯了也觉不出有多大的变化。寻常的街巷灰头土脸，阳光，依然以她无比亲切的步履慵懒缓慢地走动。上午的阴影，到下午就换上一片光明；新的阴凉里，还能嗅到曝晒过的泥土味。老人们搬着马扎，从这头挪到那头，撵着阳光就过了一天。日复一日，不管外面发生了什么事情，小镇人依然故我，平常得有些瞌睡丢盹。在那个特殊的年代，这里敞开胸怀接纳了五湖四海的过客。又以小镇人特有的戏谑和俏皮，将一场要死要活的政治运动，消解得近于儿童游戏。闹哄哄的表象底下，实际上依旧是古老的平和。至少，我没有看见过分的争斗和过于悲惨的场面。常见的，仍是小镇人平实、和善的面孔，甚或貌似狡黠的笑容。小镇十年，也就在不经意间悄悄流走了。

1973 年，我家搬到一个叫县委家属院的地方，我也转入了由"非农户"子弟构成的七年制学校。这里，无处不在显示着等级的概念，还有明显写在同学脸上的优越或卑微。我不能适应，更加留恋起小镇来，最初几年不时地往镇上跑，寻访旧时的玩伴。后来，也就慢慢淡漠了。

我参加工作后，有次出差由京返晋。在列车上，一位女列车员的声音似曾耳熟。近前一看，原来正是当年的小张老师。她也认出了我，便带我到通勤包厢小坐，叙谈分别后的情况。她们全家已回北京，弟弟现在就读于某名牌学府，她留在当地铁路部门就了业。对自己的具体情况，她不愿细说，眉宇间，似有一丝凄楚或惆怅。我心目中的小张老师，成了一个被职业训练过的女列车员。她满不在乎的洒脱告诉我，那个文静羞涩的大姐姐，只能存留于记忆中了。

列车上的邂逅，重又勾起对小镇的怀想。涉世以来，我曾以内心的坚强隐忍和近乎麻木的冷酷，应对身边的事物，充实着自己的阅历。始料未及的是，儿时的岁月一旦被记忆唤回，心底重又变得柔软温热起来。成人后，当日常的琐屑都以“生存”为托辞时，整个生活也就放纵为无关紧要和漫不经心了。天长日久，司空见惯的周边环境，朝夕相处的人们，越发变得陌生起来，不敢辨认了。谁也没有心思，去留意身边的阳光；也很少于静夜难眠之际，在月光下翻检尘封已久的心结。

值得庆幸的是，在经历许多无奈和磕碰以后，我还能将目光重归那块踏实的角落。心灵深处的隐秘一隅，足可将记忆筛选过的苦涩或温暖，稳妥地收藏起来。能够唤醒我，让我疲惫的心神稍许憩息的站台，仍是记忆中的小镇；它使我的血脉再度流动起来，将目光重新调整到合适的角度。不起眼的小街，有如书画中一抹抽象的飞白，具像景物蕴涵其中，终将交还给不断消逝、不停再生的岁月。惟有梦境一般的阳光，在潜意识里刻录下深而亮的划痕。更多的时侯，我反复回放着，从中品咂出一些不同的滋味来。

缸房里的酒

旧日民间把酿酒的地方称为“缸房”，大约缘于里面除了蒸锅，就是些巨型的酒缸罢。我曾在缸房隔壁的一家工厂里做了六年工人，度过了最初的青年时代。墙那边的酒香时常飘来，引逗得单身青工心馋。

这是国营猪场附属的酒坊。本地主产高粱，磨面后剩余的皮壳称为“红皮”。“红皮”也很珍贵，先要用来酿一道“红皮酒”。那时没有喂猪的专用饲料，猪吃了出过酒的糟，可以在醉卧中长膘。“红皮酒”经长期陈放，杂质自然分解，酒度也降到六十五度上下，入口醇厚绵软，喝了不会“上头”。那个年月，只有这种高度白酒，才能短暂地激活一下人们近于麻木的生活，给了劳累而卑微的男人们一个争强好胜的机会。无论你出身如何、文化高低，只要在场就得喝酒。贮酒瓮里上层的酒，称为“瓮头清”。掌管酒库的人经常回避外人，将各个酒瓮里的“瓮头清”统一集中起来另外贮藏。能否买到此酒，由管酒人裁决，单位领导从不过问，相当于现如今的“行规”或“潜规则”。普通的“红皮酒”从缸房里买，当时大约是七毛多钱一市斤。

我没事时喜欢看他们酿酒。酿酒浓缩了大自然雨露生成的过程，是糟粕的升华和萃取。酒糊和红皮按一定比例搅拌均匀，将出酒时，蒸锅味慢慢转为浓烈的酒味。酒汽凝结成珠，升腾在锥形锅盖内壁集聚起来，顺着隐蔽的构槽直流而下，汇入一只木桶。“酒头儿”用锡杯撇出少许，细细品尝。此时的酒味最浓，颜色最清亮。酒液涓涓，在干净的木桶里温柔地冲出细碎的酒花。有经验的“酒头儿”可以根据酒花的疏密形态，估摸出这锅酒的成色。缸房里的器物，外人不得乱动，尤其那只锡杯，属“酒头儿”尝酒专用。那个年代不可能供奉什么“酒神”，只有一个冥冥中的神祇存在于他们心里。缸房里摆放器物甚至说话，有很多禁忌，不能随便乱来。知趣的人进入缸房，蹑手蹑脚不敢放肆，仿佛真有什么看不见的东西隐身于那些大酒缸后面。有“喝柜台酒”者，衣衫不整，神形潦倒，在这里似乎很受尊敬，大约就是所说的“酒仙”级饮者。无须多言，自有半碗新酒放在他面前。这人呷一口新酒，灰白的脸上便显出了蜡质的红晕。这种新酒劲儿冲，据说有七十多度之高，常人无福消受。

缸坊里干活的酒师傅们，在蒸汽的朦胧中很像一群活动的皮影，光影绰绰给人一种虚幻的感觉。他们大多家在农村，在缸房里做酒，同在自家场院里和粮食打交道差不多，只是这里少了些阳光和自然的风。离家久了，精神就有些发蔫，脾气也就大了。这时酒头儿会张罗一锅粉条烩菜，和弟兄们喝上几盅。几口烧酒下肚，灰暗疲惫的脸上，重又泛起一种结实的光彩，整个人又恢复状态，小有小的样儿，老有老的样儿。当时酿酒使用人工培育的“慢糊”，从拌糊投料到出酒，要经过二十天左右的发酵，才能上锅蒸酒，猜灯谜“酒”字的谜面,就叫“廿一天的水”。其间要经过反复搅拌。我曾替请假的酒师傅顶班，和他们头对头地拌料。特制的木锨拿在手上大而轻飘，一锨下去正好是臂力所及，还能抖开架势铺洒出均匀的扇面。我喜欢在大汗淋漓中深深吸入发酵过的热汽，再从鼻孔呼出。装料时，是酒曲和粮食混合起来的甜香；出酒糟时，残留的酒味极易勾引起莫名其妙的亢奋。赤脚踏在温暖蓬松的酒糟上，感到一种迷迷糊糊的畅快。顶窗上射下来昏黄的光束，照着热汽蒸腾中半裸的人们,是一群活蹦乱跳、浑身发亮的年轻肌肉。木锨上下翻飞，平日里所有的愤懑和尤怨，无人欣赏的青春阳刚，尽情宣泄在这酣畅淋漓的劳作中，远比现如今的蹦迪有趣。

酒头儿见我素不沾酒,说这才能尝出酒味。他口中不爽时，就让我尝酒。我永远忘不了第一次正式喝酒的感受:像和刀刃接吻。“刀子”在你猝不及防时滑入口内并放起火来，口腔里顿时变成烧红的炉膛。炉膛里的火苗上蹿下跳，一路向上顺鼻腔直冲脑门，沿着发稍喷出体外;一路向下直捣心窝,到达胃里时,却变得异常温顺，化为一种奇妙的快感迅即幅射全身。每个汗孔都兴奋地张开，每根毛发都欢快地颤栗。我强忍着眼泪大口呼出酒气，在酒师傅们善意的哄笑中，看自己像真正的男子汉一样站立在了人前。人常说海量者“胃口通着缸房”,我就是在缸房里学会了喝酒。酒像泉水一样清澈柔顺，却有着烈火一样的秉性,让人不可思议。谷物在人的摆布下,将时间、水分、热量组合于其貌不扬的缸房里，转化成如此奇妙的“二十一天水”，很有些诡秘和荒诞，让我久久地心存敬畏。

在那个缺少精神和物质生活的岁月里，厂里的青年工人和技术人员看不到前途，谁也不去想下一步如何。于是喝酒和谈情说爱成了唯一能让人打起精神来的业余爱好。最盼望停电。等待中的沉沉黑夜，厂区杂乱无章的小树林，构成了青年男女之间庄严游戏的绝好时空，结果是成功率极高的婚配。婚礼当天，新郎新娘脱下工装，罩上一件新外套，打上几塑料桶红皮酒，烩上一大锅油水充足的猪肉粉条菜，也就办完了人生大事。喜联是必写的。技术员和与女车工结婚，对联是“某某画图圆心找准，某某开车工件夹紧”；还有一对多年的恋人终成眷属，喜联就成了“一对新夫妻，两套旧工具”。红皮酒烧红了人们的脸，举手投足间就有些变形。平日有隔阂的人对干一碗互擂一拳，“过去的事就拉毬倒罢”。菜盆里洒上酒，酒碗上糊着油，喝得天昏地暗。有的哭，有的笑；有的在外面狂奔不止，几个人也拉不住；还有的出乖使坏，策划着半夜“背窗台”的行动（听房）。所见所闻，便被添油加醋大肆渲染广为流传，俗是俗了些，却也够乐上半月，因为实在没有更好的事让我们高兴。

那年冬天的一个星期日，我独自在职工宿舍里捧着旧书发呆。邻村的张老汉托人叫我过他家喝黄酒。我盘腿坐于热炕，看着张老汉将一个小瓦瓮从棉被下取出，揭开苫布，黄黄的软米上，悬浮着一层乳状液体。泥捏的小炉上支起砂锅，里面烫着老者的慈爱，新酿的黄酒醇厚酸甜。我俩一边对饮，一边拉着家常。两碗热酒下肚，我的面色即已酡红。双手枕在头下，舒心地倚着被垛，目光迷离散漫。看着冬天的好阳光、枣树的枝柯、窗棂上跳来跳去的麻雀影子，颇有些“绿蚁新醅酒，红泥小火炉”的意思。多年后张老汉安享高寿溘然谢世，我专程前往吊唁。在灵前敬香时，那年冬天喝酒的情形，似在眼前。

后来才知道，类似张老汉那种家酿米酒，在中国存在了很长时间。和梁山好汉们的“解渴”之物大约同属一类，是低度发酵的米酒。应用蒸馏法酿制高度白酒的技术，一般认为是元代以后才从西域传入的。如今粮食不再紧缺，那种土缸房或许早已淘汰，酒师傅们也不知从事了什么新的行当。我自打十七岁在缸房里学会喝酒，酒席见过许多，名酒也尝过不少。几百元一瓶的酒，包装既豪华又有防伪瓶盖，其实多为人工勾兑。对我来说，那种高贵的浓香有一股可疑的味，未曾品尝，先有一种本能的抗拒。众人皆笑我“老土”，我却自以为懂酒而得意。记忆中土酿酒的“糟”味深植于我心，像烟瘾一样难以戒除。

我“酒龄”虽长，所幸没能升格为酒“仙”或酒“狂”。人到中年尘埃渐定，心气也趋于平和，当年的豪饮也转为小酌。高级名酒不能移我之志，独独钟情于民间“原浆”的高粱白酒，暴露出严重的“草根情结”。某酒厂清理库房，无意中发现一批产于八十年代的“忻州老白干”，友人送我两箱。正是当年那种粗糙的绿色玻璃瓶和马口铁盖。开瓶后，一股久违了的糟醪之气喷鼻醇香。不但有“红皮酒”那种乡野粗率，还有几分优雅的兰麝之气。用火一点，立刻就有蓝幽幽的火苗显灵，真是够劲的好东西，后来被酒友们全部瓜分了去。陈年纯酒的酿造地点越乡土，酒浆越醇厚；存放年头愈久远，酒味也就愈绵长。它像一个退隐的高人，厚实而沉默，低调而自信，无须假以言说来证明什么。它独有“少酌即可微醺”的好处，须细品慢饮才能享受。真正与酒有缘，懂酒、善饮的人，才能与之成为“壶中知己”。

苏轼说过“酒勿嫌浊，人当取醇”，既是喝酒观，也是人生观。他在流放地与农夫为伍，同壶共饮村酒土酿，忘却天地六合，心骛八极之外。倒头醉卧野径，耕牛不忍践踏，飞鸟不来聒噪。月明星稀，露湿葛衣，醒而归返，不辨东西。家僮不给开门，倚着柴扉再睡。颠颠倒倒，倒倒颠颠，清以当浊，醉以为醒。诚然，喝酒不是生活的全部，如何喝酒却是应对人生的态度。于微醺之际，可低头与古人心语，可抬头仰望浩瀚的星空。亦可在酒醒之后，夙夜秉烛，读史悟经，扪心自省。或可以茶当酒，祭花奠月，感悟四时之更替、慨叹人事之无常，继而达致淡然、泰然、超然的处世态度，以别样的方式生存。

好想等下雪时，约二三至友围坐街边小店，烫上一壶老酒。透过挂满冰霜的窗口，将朦胧的醉眼抛向外面混沌的世界。此时人未曾醉，心里先已醉倒了半边，周遭梦幻般迷离。当年缸坊里的场景，在酒杯中显影出一帧老照片，泛着些黄旧的模糊，却是那样的亲切。

远去的麻地

儿子小的时侯，有一天突然问:“爸爸，如果你不和妈妈结婚，那么我是谁的儿子呀？”我一时愕然语塞。十几年过去了,依然无法回答当年的问题。

不知从何时起，对未曾亲历过的事情越发地留心起来。能给我的,只是一些零碎的回忆和讲述。“过去”的情形,在头脑中怎么也清晰不起来：反差不够、聚焦不实、构图零乱,如蹩脚的照片。一个偶然的契机,打通了近 60 年的时间隧道,将我的目光定格于中国农村那场重大变故，惊骇地发现：它以前所未有的速度和力度，重构了许多普通人的命运，改变了无数个传统农家的走向,也给一系列大规模的“运动”开了先河。

我对祖上家世的印象，大多来自奶奶的“口头文学”。将零碎的讲述拼接起来,就构成了一个农民和土地的故事。我回到故乡,倾听老人们的讲述,踏勘这里的山川形胜，企图寻找有关痕迹。从小就耳熟能详的家族旧事，记录在奶奶一往情深的絮叨里，并以多种版本重复，以致我长大以后，一度怀疑过它们的真实性。

广灵县在山西省最偏僻的地方，曾隶属晋察冀边区、察哈尔省。源于此地的“壶流河”，流经河北蔚县、涿鹿，与丁玲小说中那条“桑干河”汇合。也许因为偏远，多少年来，没有闹过大的饥荒，也没遭过大的兵灾，土改前，也没发生过大的事情。我祖上所在的村叫“北土”。单听这村名，就知道是纯粹的农植区。村西南，“白羊峪”的小泉小水渗下来聚成一条不大的常流河，河水浇出一道川里上百顷好地。水地周围的村子，说不上富庶，日子倒也过得去。人们勉强吃饱后，除了打地的主意，有富余也供孩子读书。在我曾祖父辈上，薛家一门出了三个秀才。村前街口上，曾有两尊石狮，人称“狮子巷”，巷内是三个秀才的房院。1973 年头一次回乡，我循着奶奶描述的印象，居然就找到了一条向东的巷子，巷口旁边两个石座尚在，石狮全无。找人一问，正是所说的“狮子巷”。巷内并排有三个门楼的遗址，尚可辨认。院内的上房堂屋，早已残破得不像样子。

到爷爷这辈，经过几代的繁衍，原本就不大的院落里，已是挨挨插插、人满为患了。祖上只留下容身的房院，却没有多少银两、田产。后人们老实，没有做官的命，也缺少经商的胆，除了种地就不知该干啥了。三兄弟虽然分了家，却没分开住，只把房、地划开。爷爷排末，分得自然是兄长们挑剩的。四亩半“清水地”分作两处，再就是二十五六亩“洪水地”了。村南几分园子也归他种，供三家应时吃菜。爷爷自幼好学，算是粗通文墨。秀才祖宗的旧书，兄嫂们拿来引火糊墙，他用粮食换了，当宝贝收罗回来。大约还能写一手毛笔字，编得长联短句。村里有动笔动嘴的事，如红白喜事上布置场面、书写对联、记录礼账等，少不了找他。种地是庄户人的本份，他在这上头苦下得多，脑筋也动得不少，种出村里一流的庄稼。他单名一个“琪”字，中年后，就被三乡五里的人们尊称为“琪先生”了。

不知经过多少辈子，这一带的村民，自发联合起来，修成了一条“普济渠”。斗渠、支渠、毛渠、闸口、水道也配套齐全。四季常流水，浇出的地叫“清水地”，旱涝保收；雨季发“山水”淤出的地叫“洪水地”，比旱地肥。普济渠设有民间管理机构，爷爷曾受众人推举主持渠务，处理些用水纠纷、派工修渠的事。没有任何报酬，纯是白尽义务。先后有7任“经理”受百姓爱戴，将其头像、“政绩”浮雕在龙王庙院的石板上，其中有刻着薛琪的一块。这些石刻一直存留到解放后，至上世纪六十年代还有人见过。

这道川秋天冷得早。大日期庄稼不等成熟就赶上秋冻，绿生生地站在地里死了，穗子里瘪瘪地没东西。地再好，也只能种些糜黍谷豆小杂粮。后来，不知从何时起兴了种麻。这麻，可是个好东西。“籽麻”榨的麻油能吃、能点灯，麻糁又是好肥料；“皮麻”剥出的麻皮又白又长，挽成把、打成捆，板板正正搁在驴背上，驮到县城的山货栈，换回了响当当的银钱。还能捻成纳鞋底的线绳，攒成套车拴驴的大绳。更多的麻货走了外地。卖麻有了钱，爱显摆的人串门子，棉袍里揣上几块银元，一颠一响。只见过铜钱的女人们就眼馋心热，赶紧撺掇着自家男人，开春也种上几亩麻。整块的银元不花，手心里摩挲出汗来，红布包了压在炕席枕下，图个心里硬气。

麻是好东西，可不好种，只有“清水地”才能保收。我爷爷是这上头的行家里手。头年秋后整好地，刮好堰，上冻前浇透“冬汇”水。冬浇是洪水，轮下来时辰没准，人就拄着铁锨在冷风里等。等得夜深人困，那水却下来了。水来得猛，顾了这头顾不了那头，跌倒在泥里、湿了鞋袜裤腿也是常有的。再就是选种捣粪。种籽选好，窗台上晾干，小布袋里收好，挂在房梁上等开春；羊粪晒干，捣弄成细面，掺上墙根的游沙土。

节令到了，麻地早已耙耱熨贴、洇得半干。麻籽拌上羊粪细土，匀匀撒在地里。种麻，付出的功夫要比种粮多几倍。出苗后，老天旱了浇，苗子瘦了“奶”；长高了怕风刮，风大就铺了地。长到时候，连根拔起。驴驮人背到“麻潢”里沤。沤到成色，“潢”里的水也就见了冰凌。捞麻时，麻捆沉得像死人，冰水冷得钻骨头。男人们捞一回麻，就是一场“小死”，不少人由此落下腰腿疼。

冬天黑得早，夜长没事，女人们就剥麻。沤好的麻晾开风干，剥一捆往家抱一捆。麻杆杆点灯亮全家。爷爷在炕桌上教小儿认字，有时也念念《封神演义》之类的话本。奶奶和两个姑姑在地下剥麻。指甲掐牢一绺绺往下剥，麻皮嵌入手上皴开的裂子里，不小心一扯就出血。剥一冬麻，手简直就不能看了。还要带起麻絮灰尘，全家没个不咳嗽的。天冷的夜里，孩子咳罢大人咳，咳得全家一夜不能睡。

剥完麻，就该腊月了。头头尾尾成色差的留下自用，好麻挽成把儿，扎成捆子。捆子的长短粗细正好人背驴驮，要依商家要求。各家的货色不同。爷爷的麻货白净匀长，捆子打得板正一律，山货栈的掌柜愿收，付起现银来也痛快。我们村离县城三十来里路，中间隔一道“大岭”。我爷爷和他的“画眉驴”天不亮就上路了。驴驮着麻垛，他也背着个麻捆。怀里抱着钱褡子，里面放着奶奶烙的干粮，一人一驴走在大岭的盘陀道上。天寒地冻，出气成霜，胡子上都结了冰。

奶奶从北面来。小巧的脚和玲珑的身段，纳不了鞋底却绣得好花。举止言谈，处处和一般农家女不同。爷爷的元配，早年就得“热病”殁了，不曾留下一男半女。奶奶来薛家是续弦。她的父亲汉姓“彭”，曾在清军绿营当差，人称“彭标统”，是个吃粮领饷的军人。辛亥后，八旗军解散，新军不用旧人，他就赋闲当起“爷”来。一杆烟枪，抽垮了还算殷实的人家；穷途末路，只得将独生女给人做了填房。奶奶心比天高，命运不济。能嫁个名气不错的正经农民，虽然年龄大她不少，也只好认命了。她先后给爷爷生过六个孩子，成活下来三个，依次为大姑母、二姑母和我的父亲。

爷爷续娶奶奶后，有儿有女，光景看好。几亩种麻的清水地，是中兴家道的唯一寄托。日子越见起色，越是勤谨。不管是上普济渠办公，还是赶驴送麻，他总要拣拾路上的粪肥。有时没带粪筐，就撩起大襟兜了粪蛋倒进麻地里。这块麻地成了全村眼热的“刮金板”，一亩麻能有五十块银元的进项哩。拔过麻的地，赶趁着还能种一茬蔓菁、罗卜，盐腌的“咸圪瘩”够吃到来年。

1937 年，日本人占领了广灵。这一带是他们进攻山西战场的出发地，没有过多作害。“皇协区”推行“战时经济”，其中一项就是在种麻的水地里改种大烟。爷爷年青时曾到“口外”张北一带打短工，替人家收种过大烟，知道这东西利大、祸害也大。人家都种时，他却是全村唯一有水地不种大烟的人。为此还赋“诗”言志，书于纸上，悬于壁端。收烟季节，别人家忙不过来。两个姑姑去帮人割烟，为的是挣些工钱，添件新衣。大烟采收时间极短，烟瓜成熟也就前后十来天，会割的人又不好找。正好爷爷家有人、有技术、还自带家什器具。割烟时，用一块锋利的小铜片，照准烟瓜靠下最肥嫩的部位划开，雪白的“奶子”流出来；食指一抿，赶紧将“奶子”刮进随身带的瓷碗里，这东西见不得铁腥。会割的，能在一个烟瓜上先后割几次。

“奶子”集起，晒成黑乎乎的烟土膏子，一部分贩运出去，由日本人课税敛财；一部分有意销往根据地，毒害那里的人。大烟种起来不难，来钱也容易。爷爷不为所动，一门心思种好他的麻，对家人管束更严。父亲年幼不懂事，贪吃了人家晾在外面的大烟籽，虽说很香，可上火拉不出屎来，闹了一场虚惊。村里有的人乍富忘贫，居然也抽起了大烟。爷爷年复一年，在麻地里刨闹着他的前程。到 1946 年前夕，居然在县城“白记山货栈”存下一千多块大洋。

两个姑母中，大姑娘文静内秀，已嫁到好人家做媳妇，日子过得安生。二姑娘生得五大三粗，吃饭总也不饱，干活顶上小子，庄稼院里一把好手。性子急、嗓门大，风风火火地不像个女子，不咋招人待见。这年十五六岁，爷爷就把她许给邻村一个地多的土财主。那男孩太小，正是尿炕的年龄，二姑常和家里怄气。县城的白财东，和爷爷打了近二十年的交道，从做买卖相与到好朋友。他了解爷爷的为人，也清楚放在柜上的银元。父亲是家里的独苗，当时不到十岁。白家有个女子，年龄也不大。两边一商量，就订下“娃娃亲”。

爷爷把二姑娘许给邻村地多的大户，又攀上城里开买卖的商家，不免心就大了。他将全部银元交给“亲家”掌柜投资生利，想望着一大片水地。他要在地里种出更多的麻。日本降了，“光复”后短暂的和平，让庄稼人重又打起了精神。爷爷带领全家苦拼打熬，养种他的麻地，盘算那些银元能买多少好地。

不多久，国共两家的军队打了起来。张家口、蔚县至广灵、灵丘一线，成了过兵的道。时常有穿灰、穿黄的队伍，发洪水一样开过去、开过来。地方上，两家也展开拉锯斗争。岭东县城周围是国民党的地盘；西山、南山是共产党的天下；北土村一带是犬牙交错的地方。国民党县政府韩县长和爷爷相识，是本县人绅士。他早就仰慕爷爷的名声，邀他出来担任水利科长，被拒绝了。

1947 年夏天，地里的麻长高了。彭德怀手下的二野总医院（后来叫“白求恩和平医院”），在北土村驻扎、休整两个多月。队伍里有不少女兵，挨家挨户上门搞宣传，在村里办夜校，教农家女子们读书写字、唱歌演戏。二姑早就对家里不满，也没处说。现在队伍来了，村里红火下个天，她哪能呆得住？一来二去，就和部队上熟惯了。人家看她身体好、能吃苦，又订下这么一桩不如意的婚事，很是同情，暗中发展她入伍，当下欢天喜地帮人家做开事了。部队开拔那天，她早早起来给全家做熟饭，担满水，喂了鸡。从家里啥也没拿，就跟上部队走了。队伍刚上大岭，国民党的飞机来扫射，铜炮壳子亮闪闪地从飞机肚皮落下来。眼看一辆拉棉花的大车起了火，倒没听说伤了人。下午，父亲还去拣回几个烟薰火燎的铜弹壳，有大拇指粗，一拃多长。爷爷原以为二女子只是跟女兵们玩耍，没想到她的主意比天大。就在全村混乱中，薛二女子真的跟上“八路军”走了。不久，地方上办了“军属证”，还备了一匹骡子，由专人护送奶奶领着我父亲，到灵丘驻地探望。看见她的二女子穿着新军装，头发短短的挺精神，奶奶知道已是无法劝回了。

她这一走，走到了大西北，走过了鸭绿江，再没回来过。

二姑的出走，让爷爷闷闷不乐。他不知道，此时国共两党的内战，将如何结局；他无法想象，一个规矩农家的女子，竟然跟上部队跑了，拿啥脸面对亲家；在他一生中，小事上都没“矬蜡”，偏偏在大事上毁了约，简直是奇耻大辱；他痛悔自己的疏忽，更无法理解眼前发生的变故。消息传到县城，白财东见了爷爷，鼻子哼哼着说话，态度不冷不热的。放在柜上的银元，成了爷爷的心病。这一千多块银元，是扑倒身子从麻地里刨出来的血汗钱，寄托着一家的想望。支撑着这个瘦小精干的农民，带领全家苦苦捱到如今。如果给兵抢了、大水冲了，倒也罢了。凭着信用放给“亲家”的银元，有了闪失，不但意味着这个家前景无望，也意味着爷爷瞎了眼，看错了人。二姑出走、银钱上的顾虑，接连的打击如雪上加霜。刚强的他，从此悒郁寡欢，竟至一病不起，终年 64 虚岁。

1947 年 9 月，中共全国土地工作会议在河北省西柏坡举行。会议通过了《中国土地法大纲》，规定："废除封建及半封建性的土地制度，实行耕者有其田的土地制度。"年底到下年春上，土改运动在广灵县开始。这里属晋察冀老区，政策掌握得比较低调，运动开展得相对平和。加上地方民风柔顺，百姓不咋好斗，地多的大户，平时胆小怕事，哪敢豪强霸道，得罪不下人，运动中被扣押吊打的事也不多。在北土村，爷爷这样的自耕农居多。少数地多的大户，农忙时顾不过来，临时请人帮工，自己也摽着膀子干。给人家帮工吃莜面、黄糕，自家吃带皮的"毛糕"。有的雇主和帮工相处得如家人父子，谁也离不开谁。大户们几代人攒钱置地，土改一来，就凭"占有土地多"和"雇工剥削"这两条，给定下地主、富农。银钱浮财交出来，好房好院腾出来，分给最穷的人。高成份的帽子戴上，波及了几代人。

村里也发生过"极端事件"：几十个孩子组成"儿童团"，轮流去地主富农家吃油糕，叫"吃大户"。今天吃了你家，明天再吃他家。谁家油用得不好、糕做得不软，顽童们就乱喊口号、起哄撒泼。被吃的人家肯定很心疼，孩儿们过节一样高兴。土改运动，被一帮儿童闹腾起来，还真有些"革命"的样子。一冬一春的运动，全村土地按人头分了。我家人口减员，土地多出均数，退了五六亩洪水地，分给地少的农户。由于纯属自耕，未雇过工，又是革命军属，家庭成份就定为"中中农"。1949 年初，不管是贫下中农还是地主富农，各家都领上了新麻纸印的土地证，上面明确了土地的亩数、区位、等级，还有住房情况等等。至今，父亲还保存着那张轻飘飘的、早已黄旧的麻纸。

县城白家经营多年，积下了不少银钱。加上爷爷的，全在老家“白家坟”村置了地。地多，又有商铺，免不了雇佣长、短工。土改运动中，自然就成了重点“清算对象”。城里的浮财没收了，村里的土地分了，光景一落千丈，和我父亲订下的“娃娃亲”，两家再不提起。至于那一千块银元，更是打了水漂。

就这样，土改运动在这个县里，以近于闹剧的方式平和地收了场。虽然没有整死更多的人，可它从根本上动摇了几千年来的土地制度，也严重改变了淳朴善良的村风民心。人们不知道哪天又要变，变成个什么世道。这场变故还让老实巴交的农民，见识了大世面：别人的财产可以在一夜之间，拿过来就变成自己的，你的也是我的，我的还是我的。越穷越有理，越富越有罪。二流子成了“贫农团”，说啥就是啥；规矩勤勉的富户，不只失了地少了房，还在人前灰溜溜地，像霜打的驴粪蛋。在“革命”和“运动”的名义下，根植于农村的道德礼数，被连根拔起，晒干蹂碎；人们的心，像断流的普济渠，只剩下干石头底子。“指苦吃饭、靠地发家”的正经人，担心哪天又要来“二次土改”。就这样，勤谨的人们变懒了，变得不那么庄重了，开始在戏耍中打发光景了，有的甚至出格越轨。白胡子老人坐街，晒着太阳摇头，管这叫“人心不古”。

土改结束同时，共产党的首脑机关由河北省西柏坡，搬进了北京城，开始了新中国的筹建。二姑所在的部队，此时正转战大西北。家里一片凄凉：嫁的嫁，走的走，去世的去世，孤儿寡母相守，实在无法过活。地方上对军属优待，指派村里“代耕”。人们连自家的地也不上心，替孤儿寡母耕种，更是应付差事。种粮虽不费工，可地里只见草长不见苗，更不用说种麻了。日子过不下去，奶奶就让本家侄儿牵骡子，到四十多里外的白家要帐。白家光景虽不比从前，可“瘦死的骆驼比马大”。头回给赶上几只羊，二回给装上几斗莜麦，糊弄搪塞，也是没办法的事。一回，行至县城附近牲口受惊，把奶奶掀翻在地，摔断了胳膊，要账的事也随之作罢。

父亲从小生得可爱，人称“板人儿”。很早就受爷爷启蒙，同年仿岁的学童中，算是早慧的。本村的《土地证》，有些就是他帮着填写的。1949 年，在二里地外的南村镇上高小，连跳几班，同期同学比他大好几岁。高小毕业生在当地算是小知识分子。1951 年他 15 周岁，被县公安局正式招为干部。当时，县里唯一一辆英国“兰翎”自行车，原是旧县长女儿的，让父亲骑上。他斜挎牛皮公文包，脚蹬弯梁车，出出进进很是风光。奶奶领着军属的小米，跟随儿子住进县城。1952 年，雁北与忻县两地合为晋北专署，年底父亲调到崞县（原平）工作。他领着奶奶，背着两人的铺盖卷，就下了（雁门）关南，离开了这块土地。之后，1953 年的“互助组”，1955 年的“初级社”，1956 年的土地入社等一系列与土地有关的变革，都与我家无缘。

前些年，我和妻儿陪着父亲回到北土村，本家人迎了出来。父亲同辈的，许多人已经衰老得看不出年龄，有的还留着那种山羊胡子。我试图从他们带有家族印记的脸上，辨认属于爷爷的气质，可他们如此相像，全是雁北老农那种木纳的神情。他们的身上，无一例外地沾满了草屑和泥土。他们的身躯，还是那样佝偻瘦小，一些人的腰，已经明显地弯了。他们目光躲闪畏缩，和齐观山当年拍摄的《斗争地主》中的农民没有两样。其中一位老者，有些迟疑地、又情不自禁地拉住父亲的衣袖，说："板人，你可是走好了。看看俺们这些没出息的……"哽噎地说不下去了。

此时，我默然离开他们。一人穿过村北的公路，钻进一片农田。锋利的庄稼叶子，划伤我裸露的胳膊，还渗出微薄的血。循着田埂，走到一个缓坡高地。这里有"学大寨"时迁来的祖坟，蝈蝈在酸枣丛里叫。坟地上孤立着一块不大的石碑，上刻"……薛琪　彭桂英之墓　公元一九九八年……立"。四周坟茔新旧参差，里面埋着家族中先后逝去的人们。往上看，是爷爷当年卖麻经过的"大岭"，如今，已被草木覆盖得黄绿一片，看不出旧日的山道。四下一望，平畴沃野，全是油料葵花，正当盛开季节。硕大的花朵金灿灿地铺陈开来，给人有些不真实的感觉。我很想臆测当年那块麻地的方位，却被这过于明亮的初秋景色，晃得眼花流泪。这里早已不种麻了，间或有渠边地头的野生麻子们，疯长得不似想象中的模样。我知道，奶奶所说的那块"清水麻地"不存在了，早已回到了遥远的过去。

近年，退休于大同市的父亲，在广灵县城边买了一块宅基地。我父子俩联手合力，在上面建了一处传统结构的住房。房架起来，椽檩上好，要"压苫"屋顶。这在本地颇有讲究：邀集本村、本族能上房的老者，亲手将山柴劈成的“苫子”，一根根安插摆放于上。不知是图老人细心，还是有啥说法。那天，从 15 公里以外来了不少人，蹲满了房顶。大家说笑着，像自家起屋一样高兴。一位老者说，这正房的东山墙，正好建在去往白家坟村的故道上。又肯定地说：当年三婶子（我奶奶）从骡子上跌下来，就在这里。

房子盖好后，我躺在轩敞的瓦屋里，看着窗外的蓝天白云，想入非非：如果历史按照爷爷的心愿顺延至今，也没有“土改”那样的变故，他老人家的梦想实现了，我父亲会是一个什么样的人呢？他也许就和白财东的女儿履行了婚约，守望着更多的麻地，儿孙满堂。果真这样，他的儿子就不会是我，他的孙子更不会是我那身高一米八几的小子了。

现在，我可以对儿子当年的问题勉为作答：你是爸爸的儿子，爸爸是你爷爷的儿子，还有你爷爷是你太爷爷的儿子，所有这些，都是偶然的缘故……至于这捉弄人的“偶然”，它是个甚么东西，谁又能告诉我？

孩子们的老圩

以前，小城镇的学校在暑假寒假之外还有一个秋假，一放就是四五十天。我经常斯跟上农家的同学到地里拾柴禾，其实是为了和那些野孩子们在外头疯跑。当时，我们这茬孩子最爱玩的是打土仗。这打土仗有很多讲究，比如：一伙孩子分成两拨儿，每一拨儿厉害的和不厉害的要搭配均匀；双方用的“子弹”即土坷垃，大小软硬要标准统一，经双方认定才行。另外，双方占踞的阵地，也采取抓阄的方式决定。每打完一回合，还要交换场地。打土仗最常去的地方，是镇子边上一个大土丘，当地人叫“老圩”。这里的地形很适宜展开野战，什么正面强攻、侧面迂回、背后偷袭等等，凡电影里看到的战略战术，都要在老圩上演练一番。老圩上的土坷垃砸在身上不疼，即便额头上中弹，也不致于落下伤痕，扔出去落地开花，在我们眼里那就是炸响的炮弹。

就在男孩子们鏖战方酣欢呼胜利时，尾随而至的女孩子们却悄悄地掐花揪草，给自己编了花帽戴在头上。老圩上东一簇西一簇，生长着刺人的酸枣树。秋天酸枣红了时，女孩子们会聚精会神地伸出两个指头儿去摘。有的不小心被酸枣树上的针刺破手，忍不住尖叫出声，又不好意思地看看周围，将那只出血的指头儿放在口中吸吮，换了另一只手去摘。摘到再也没有红的了，就找一块平地坐下围成一圈，将每个人摘下的酸枣倒在一起合成一堆儿。她们将手指插在这一小堆酸枣里玩了一会儿，把它们按人平均分开，各自揣在衣兜里高高兴兴回家去了。

入夏以后到了头伏，就有早出的蝈蝈趴在酸枣枝头翕动翅膀鸣叫。它们从夏到秋一直叫到行了霜，有的还能在深秋的暖阳天挣扎地叫上几声。每当我们接近，它们就停止了叫声。待你伸手捉它时，就“咚”地一下跳入草丛里不见了。有酸枣圪针挡着，我们成功的机率很小。有回我侥幸捂住一只苍绿的蝈蝈，那小东西在我合住的双手里有劲地挣扎，把掌心上的嫩肉咬出血来，我忍着不敢放脱。房东叔叔用高粱杆的皮给我编扎了一个漂亮的小笼儿，将这只“铁头”养在里面，喂它嫩葱叶儿和葫芦花儿。在烈日炎炎的中午，蝈蝈吃上葱叶子，就叫得越发欢势了，整条街巷都听得见。

这年秋假，孩子们又来到老圩。我们惊讶地看到一个意想不到的场面：几台红色的履带式推土机，正不紧不慢地撕碎田野上的老圩。被巨大铁铲切开的地层当中，暴露出酸枣树根。黑黝黝的主根比人的胳膊还粗，与那些纵横交错的侧根毛根构成庞大的体系，如一棵树冠完整的大树倒置于土层中。而与这些根系相连的，却是地表上面那些干瘦憔悴的酸枣圪针。在地面上，它们永远只是手指粗细半人多高。如今，由于老圩的断裂，它下面庞大的根系，地上地下的盘根错节，就昭然于世了。地表上的树与土层里的根，构成一种不对称的倒影，如一组光怪陆离的荒诞镜象。

与这些酸枣根系同时暴露的，还有一些棺木已经糟朽的墓葬。白花花的大太阳下，原来深埋在土里的死人骨骸，扎眼地显露在人们面前。推土机锋利的铁铲，迅速将偌大的老圩切割出一个又一个整齐的断层。深厚的土壤，由一层层颜色不同的土石沉积着，如一册巨大的书本。我看见，一具没有棺木的死人骨架呈完整地直立着，赫然镶嵌在这书卷似的土壁上。再细看，它的手臂似乎背抄在后面。围观的大人们猜测说：可能这人生前是被别人捆绑了活埋在老圩下面的。

几天后，我们蹑手蹑脚再去老圩时，偌大的土丘不见了，不知什么时候早被那些马力强大的推土机摊平了。连同我们的战场，那些骇人的棺木尸骸，早已不知去向。于是老圩在我们眼中就变得有些怪异，这里再也不是我们流连玩耍打土仗的乐园了。每当经过老圩时，我们都心照不宣地噤声不语，加快脚步匆匆而过。

原来是老圩的地方，建起地方国营钢铁厂，开炉的时候，铁水映红了半边天。从此，小镇上方开始簌簌地落下铁红或青灰的粉末。从天而降的灰尘，将小镇人家原本清爽的瓦屋顶遮蔽成了混沌一片，再也分不清那种鱼鳞般的瓦垄纹理了。各家院落里，醋瓮和咸菜缸不能放了，就连婴儿的尿布也不能晾晒了。不知怎么，后来这个铁厂停产了。高炉矗在那里，慢慢锈成了千疮百孔的模样。小镇人们说起这地方还叫“老圩”，可在这座仍被叫做“老圩”的废墟上，再也没有蝈蝈狂热的鸣噪，再也没有男孩子们打土仗的欢呼，再也没有女孩子们被酸枣刺扎到手时的惊叫，只有陈年的钢铁构件在锈蚀剥落，热胀冷缩时发出窸窣而铿锵的声响。

最后的鲁班

“吃的是‘料’，住的是‘庙’”

十几年前，我陪同北京杨总，到代县鹿蹄涧村寻根问祖。车进代县，一路沉默的杨说：快看，那是什么？

顺他眼光，早春尘雾里，是田垄尽头的村庄，新旧瓦屋连片，黛青、浅灰。新瓦屋上，屋脊高耸，两端吻兽昂列，呈龙头的造型。村边，是盖新房工地。有的才打地基，有的房架已起。房架高处，正中脊檩上红布八卦高悬，映在白茬子木料上分外显眼。见杨有兴趣，我急忙招呼司机停车。两人踩过秸秆狼藉的耕地，向盖房处走去。工地上不见人，刚刚靠近，突然蹿出一条瘦狗，狺狺乱叫。正在尴尬之际，主人不知从哪个角落出来。问讯来意，递上一根白皮烟，如数家珍地数叨起这柱、这梁，那椽、那檩。杨总问：你盖这5间大瓦房，总共用了多少立方木材？

主人答：不说门窗，光房架就得松杉木材20方。他把杉木的“杉”字，说成“qian”。

杨总问：盖下来，得多少钱？——要在北京，不算地皮，光房子，我看没个五六十万就别玩儿。

主人脸一急：看你说的，哪用了这么多，有你说的一勾两半也就差不多了。在俺这儿现把票子处，就材料钱。再就是管待匠人的烟酒、茶饭。粗笨杂工都是本村人，相互“擶忙”白干，管饭就行。

杨总又说：你还没说工匠钱呢，人家也给你白干？

主人答道：白干是不白干，就是不用现给钱。如今，代县起房的多，匠人也多。这不，我用的还是最有名的杨家木匠。一伙人过罢“破五”（正月初五）就干开了，到俺这儿是第三处。这几天，又挪到县城西关去了。

杨总问：这儿工匠的工资是怎么个行情？

主人答：木工是大工每天 20 到 25，小工是 10 到 15。瓦工缺，这不，我这房架起了，就等着泥瓦匠上手呢。

拉呱到此，天已近午，相别奔东而去。车上，杨总反复念叨着：怎么搞的，匠艺人的工钱，还不如北京扫厕所的？

中午在县城，我请客人吃当地有名的熬鱼。饭后东行 20 公里，便到鹿蹄涧村。“杨忠武祠”建于 700 年前。祠门三间，院落两进。前院有东、西配殿及正面过殿，后院亦有东西配殿及主殿。主殿面阔五间，进深三间。这组木构古建形制森然，建于高台之上，尺度却仄小，所用木料尺寸也不大，乍看灰头土脸。显眼的物件，却是些大而无当的匾额楹联，还有斑驳不清的皇帝诰敕等陈迹。

良久，一邋遢管事人从外面回来。杨总赶忙自报家门，说明来意。那人像是没睡醒，说“各人圪转去吧”，也不多做介绍。我怕冷落客人，也深知这其中的回合，便说：这位杨总可是北京的大老板，专程过来看看。

听说姓杨，又是“大老板”，那人就激灵了。将杨引入一室，撩门帘的动作很是殷勤。我知趣，没有跟进。绕着那块七孔八窍的“鹿蹄石”，随意打量起这座虽经粉饰却仍显破败的院落来。良久，杨捧着一个类似徽章的锦锻盒子出来，对我说，这是认谱归宗的证物。又神秘兮兮小声说，人家让他看了“镇祠之宝”，是宋朝传下来的《杨氏宗卷》，绢轴在炕上展开，约有八米多长呢。他的随员小侯悄悄对我说，杨总给那人 3000 块钱。临走时，见对面戏台正在施工，上前搭话，修工的木匠头儿也姓杨，却说和这村的“杨”不是一个“杨”，是任家庄的“杨家匠”。

不知这位“京商”是否寻到根，回程一路倒是谈笑风生，与来时判若两人。他不时地问我有关代县、盖房、匠人的话题，我耐着性子尽量给以作答。

代县历史上位处边塞，土多贫瘠，又十年九旱，民食以黍、谷等小杂粮为主。除连绵不断的兵灾外，旱、雹、地震等自然灾害频仍。生活虽然苦焦，精神却不贫乏。据县志载：代州人“尚武崇文，质直朴野，鄙番勇悍”。从唐至清，计有进士 107 位，举人 511 位，贡生 390 位。慧远、周续之、昙鸾、萨都剌、张凤翼、孙传庭，以及冯如京、冯志沂、冯婉琳等，是各个历史时期影响广泛的文化人物。在民间，“民务实勤业，无游惰之习，绝轻薄之风”，处事沉稳、寡言、可靠。在巍峨的关楼和幽深的衙署周围，还大量散布有庙、观、祠、堡、院、戏台等建筑。人们追求安居乐业,喜房舍、好营造、爱整饬,已积淀成不散的民风,也演就了长长短短、酸甜苦辣的“造屋史”。即便是家庭主妇,说起盖房来,从择地基、看功夫(风水),到买材料、雇匠人,再到一椽一檩、一酒一饭,无不通晓,头头是道,俨然专家。

城关一户未完工的房院,五间正房没门没窗,木件裸露风吹日晒,有些黑了。一支粗壮的爬墙虎,把“马头”上的砖雕“花开富贵”遮去了半边,看来长了不止一两年。正房对着,是前邻的后墙,南背阴里小南房中,女主人正用高粱面“出 nia 糕”(当地最省事的饭食,据说半生不熟)。她说起盖房来,没完没了:自打前头起了大房,她就看不下,吃睡不安。节衣缩食好几年,好不容易“克郎”起(搭架起)五间正房,没钱了。住在小南房里,守着没门没窗的大瓦房,舒心是舒心了,却累下一身病,阴坏两条腿。

县上某干部,在城边批下地基,东拼西凑好几年开工了。此兄官职不大,架子不小。匠人们走东串西,穷的、富的东家都遇过,就没见过这种。师徒串通一气,一会儿缺东,一会儿要西,直把个可怜人儿指派得晕头转向。终于,该同志“神经”了。房没盖成,倒成了街谈巷议的笑柄。

盖房讲究后面房脊不能比前邻低了。木匠投东家所好,房架做得又尖又高,既不符合传统样式,也违背受力结构;继由泥瓦匠将屋脊垒到一米多高,吻兽大得像两只招风耳朵。全没过去那种安稳、宜人的尺度。冬春风大,把几家屋脊刮倒。有人心里添堵,后悔不迭,气下一场大病。

对美好生活的追求，一旦超出力所能及，演变成盲目的跟风攀比，就失去本来意义，闹出诸多含泪笑话。外县人揶揄他们没钱还要盖好房。说代县人“住的是‘庙’，吃得是‘料’（马料）”。当地人也不争辩，苦苦一笑，算是认了。

百工之首

我和代县木匠，真还有些缘分。从 1976 年至今，三十年来交道不断。最初，我在厂里当工人，同宿舍的木工乔师傅，就是代县大敦素村人。他开始不大识图。在这上，我比他多半瓶子醋，就教他。他见我喜欢木工，悄悄用厂里的材料，做了几件常用的工具给我，还手把手教会我划线、锯、刨、开卯、凿孔的手艺，我也学会不少木工规矩和行话。

当时，家里要做几件家俱。我画好图，想找木匠做。这地方好木匠少，吃香。我去见一个小有名气的，他说这局长、那主任的营生还忙不过来呢，待理不理地。那德性，比他说的官儿们还牛逼恶心。憋了这口气，不知伤了几回手，熬了多少夜，竟然像模像样地在工余时间，“割”成了一对弹簧椅、一个书柜和一个写字台。这几件家俱父母至今还用着。坏了我再修修，舍不得处理。

厂里要做测绘用的“塔尺”。除了木作外，油漆也很关键。厂长就让我带领几个女工，凭主管局一纸介绍，到代县木器厂学油漆。当时，木器厂火得很。两条“生产线”，一条专做出口推光漆器，另一条专门应付关系户的新式家俱。油漆也是两种工艺。

推光漆器是外贸系统订货。胎为椴木，髹以猪血砖灰腻子，漆用“大漆”（桐油），描金包铜，主要出口日本、东南亚。生桐油买回稀薄如菜油，要经熬炼才能使用。熬桐油凭经验，只有年近七旬的张师傅能够掌握火候并谙熟配方。其中，“密陀僧”、“土仔”等添加物有毒性。我只看了一会儿，当天夜里身上就奇痒难耐。

民用家俱以硬杂木为骨架，椴木、水曲柳五合板大包。门面上，有的施以乳白颜色；讲究的，可用电烙铁烫出山水、花鸟图案。清油一上，颇有几分水墨画味。行内有“三分木七分油”之说，木器家俱最终的审美效果要体现在油工上。我高中时出黑板、画壁报，对油漆工打腻、擦色、刷漆的工艺，很快就会了。

八十年代初，我等待调动闲着无聊，街上逛，碰见一个衰弱的老人，担着副奇怪的担子。上前攀谈，是个“糙”（修）风箱的祖传匠人，他村平地泉以楸木风箱出名。已踯躅了多半天，没一件生意。原来，在他大病这几年，家家做饭都用上了电动吹风机。那东西小巧，才三十几块钱，比风箱便宜一半，风又大，谁还“呼塌、呼塌”拉那“二股弦”。老汉大病初愈爬起来走动，就思谋起老本行。心想能揽些营生，贴补看病的塌累，不想时世变了。我见他又饿又累，便邀到小店共饭。两杯烧酒进口，一碗炒面下肚，老汉脸上活泛过来，话也多了：这一行别看不起眼，过去家家户户离不了。虽说“糙”一只风箱才五毛钱，可从来不用自带干粮。今天一早出来，圪转到现在水米没沾牙，走不动了。我怕他吃得快噎着，让跑堂端来一碗煮面汤。

吃罢饭，店主只递过一根烟，我让给老汉抽了。他给我展示担子里的东西：锯子、推刨一应俱全，只是比常见的小巧许多，另有麻线、黄蜡之类。看得出，这些东西许久不用了。还有鸡毛，说是从许多只公鸡脖子上拔来的。听我讲了这几年的变化，他茫然地自语：不承想，几年功夫就，咋就……说起来，我也算个木匠呢，只不过排末，叫“毛毛匠”①。

《周礼·考工记》中，将木匠分为“轮、舆、弓、庐、车、梓”等类。近代，同为木匠，却有更细的分工：有起房盖屋的“大木作”，也有做木器家俱的“细木作”；有做犁、耙、耧、扇车、木锨等农具的，还有专做风箱、锅盖、笼屉、案板等炊具的；以至于张箩、钉称、做马鞍、箍桶的，都算木匠。遇到死下人，着了急各色木匠都能上手割棺材。在代县，用木匠的行话统称为“里工”（门窗、室内装修）“外工”（建筑、杂项）和“红火匠”（木器家俱）三大类。所有各类木匠，共同拜着一个祖师爷——鲁班。大到京城小到县城，都要建庙祭祀鲁班。供奉鲁班神像的殿又叫祖师殿，匠人们订行规、议工价、师傅收徒，都在祖殿举行。祭祀鲁班的日期，各地不尽相同，分别为农历五月初七、六月十三、六月十六、六月二十四、七月七、腊月二十等。鲁班虽被奉为神明，但他与那些不食人间烟火的神佛完全不同。传说中，他是一个面貌和善，四处奔波，为同行排忧解难的忠厚长者。

代县城鲁班庙，当年全由开木匠铺的主持。这种人相当于商人中的“座商”，有实力，善交际，统揽大型修建，屯集外省木材；散居乡间的木匠，手艺再好，也是走东家伺候人，不主事。正月十三鲁班爷过生日，能上说的木匠、泥匠都来（石匠一般是定襄、五台的），按技术高低和名声好赖，议定各班匠人工资标准，作为当年行情。先定木匠的，其他参照执行。当个好木匠不易。"艺好不如性好"，除了身手好、脑筋好；还得吃苦忍耐，会讨好东家才行。木工在"百工"里排行第一，是不争的。何况，鲁班爷本人就是木匠出身。

杨家匠

每年在鲁班庙定工资，就数"杨家匠"高。这个杨姓木匠家族在代县有名，是缘于营造过本县几个著名工程。从抗战前修建晋军炮兵司令周岱的府邸"周家巷"，到解放初建烈士陵园，再到近一、两年大修代县标志性古建——边靖楼（鼓楼），都以"杨家匠"为主。算起来，前后有七、八十年。

祖居地磨坊乡任家庄村，是个由平川向丘陵过渡的村落。过去匠人家穷，靠耍手艺没个发财的。除了住房和手头工具外，没有一垄地、一犋牛，只有带在身上的技艺，哪有大营生，就举家迁徙。杨家祖上从河北阜平迁来代县前，就已是木匠，再往前是不是就不知道了。迁来以后，四代人竟搬了四次家：从北山蔡家塬迁到胡家滩，从胡家滩迁到一道河。又从一道河迁到任家老村，靠着崖头打下几孔窑洞。下大雨发大水，把窑洞淹了，不能扎占又向沟外搬，搬到现在的新村，离城有二十多里地。新村在干圪梁上，先打井，再盖房。井打成深不见水，辘轳井绳要两盘。那时日本人还没来，他们参与了城里“周家巷”的工程，叫出了“杨家匠”的名声。

“杨家匠”至今已五六代了。第四代传人杨桂华83岁了，还清楚记得当年的鲁班庙。庙在县城东门瓮圈内，不大的三间，还没如今的民房宽。庙里供着鲁班爷，黑脸短须，木制的，高不足二尺。他父亲杨银成，曾用木料刻下一个更小的鲁班，脸上漆黑。说咱鲁班爷脸黑，全是当木匠“受苦”晒的。可惜文革时烧了。

杨桂华的老爷爷（曾祖父）是个“笨木匠”，就会修个风箱、钉个棺材，连房架也立不了。齐刷刷生下三个儿子，反倒都是好匠人。杨家父子四处走工，手艺好、性情也好，就挣下了好名声。外姓人投门拜师学徒的也不少。匠人收徒不麻烦，全凭熟人一张脸面。进来磕个头，就算行了“拜师礼”。自打八路军来，连磕头也免了，有营生跟上干就行了。引个徒弟，操心不少。娃们初来，有的还尿炕。带出去走东家，人家嫌身单力薄，就给脸色看。当师傅的一边巴结东家，一边还得操心徒弟，不要伤了病了。“三年学个精通，一辈子学个不会”。教好了师傅有名声，徒弟也欢喜。杨桂华的父亲曾收过一个崞县徒弟，学徒期间，家里人陆续死了，成了孤身，出徒后还一直跟着，后来这徒弟也死了，师傅还得烧埋打发；还引过一个枣林徒弟，师徒相处得好。成人了，师傅还给娶媳妇，置家产。逢年过节，新老徒弟都来探望。从家里带上几十个饺子，包上几个馍馍，算是孝敬了师傅。出了徒挣上钱的，也给师傅的娃们搿上两个押岁钱。

那时候匠人不多，营生更少。一般老百姓只是修修补补,“胡搭挂”上两间土房凑合。有钱的大户人家,人口繁衍多了,才起房盖屋。东家到外头看了回来,连说带比划,让匠人揣摩意思,不像现在还有图纸。几进院的大工程,工匠好几班,工地上有专人管事。管事人有时也带上匠人,到外头看了人家房院,回来照猫画虎。

东家待匠人,全看你奉伺得好不好。营生满意了,四盘菜、油炸糕;奉伺不好,四个菜取消,吃打碗菜。再不好,人家就不用了,要换人。傍晚收工,东家会问“(当天营生)完了没?完了,喝(喝酒)。没完了?吃(光吃捞饭,没菜)。”还有的东家,把办事宴剩的素糕攒下,晒干碾了,掺和到糕面里给匠人吃。糕吃着“罕”,不饱。遇在五黄六月,匠人们从房上下来,又饿又渴。东家在吃饭前先端上些烂黄杏,不知底里的小工们吃不少,正经吃饭就占了肚子,半后晌饿得直不起腰来。东家姑娘、媳妇,就笑话说“讨吃相”。官宦人家即便有宽厚的,也派了管事人。完工时,管事人审贼一样盯着,生怕匠人捎带走东西。那时,大工工钱每天才五毛,刚够籴一壳(五升)茭子(高粱)。连皮带圪渣碓了,够全家吃上几天。

杨桂华14岁时,跟上父亲给前堡的老财庞世恩家盖房。东家嫌他小,啥也拿不动。碍着杨家名声和他爹、他叔们的勤谨,也就没咋磕打。初时当小工,工钱是二毛。到十八岁,就能领上一班子人单干了。木匠最较劲的营生,并不是起房盖庙,而在制作难度高、要求复杂的农具,比如“投”犁、“割”耧等。杨桂华“投”的犁,放下去抓地;“割”的耧,坡地平地都好使唤。解放初,县上兴建烈士陵园,“杨家匠”徒子徒孙,近百十号人马一起上阵，着实风光一时。八十年代到九十年代中期，代县兴盛盖私房，“杨家匠”营生稠满，排不过来。从正月初六干到腊月，一年到头不失闲。近年，鼓楼落架大修，“杨家匠”中的杨硪柱工队竞标成功，并由杨俊武担任施工总监。

聂工

我和代县韩曲村的木工聂技国，近十年来交往密切。如今，他受聘于晋中榆次老城开发建设指挥部，人称“聂工”，主要工作是设计、绘图和预算。他从一个普通的木工头儿到今天的显眼位置，虽不是我的功劳，却和我有着干系。

那还是1995年春天，父亲要在老家盖房。他原在这边工作，很喜欢代县民居的样式。我正好没事，就担起重任，先到代县打听。熟人首先提到“杨家匠”，也说起了韩曲村的聂师傅。去韩曲时，聂师傅正领着一伙年轻人，搬动一根粗大的木料。瘦小的身躯混在人堆里，看不出是个木匠头儿。看去很疲惫，头发乱蓬蓬地，落满了锯末、灰土。黧黑的脸上，右腮鼓起，说是上了火，正牙疼。他这副不起眼的样子，让我凉了半边。简短交谈几句，告诉他一个治牙疼的偏方，就分手了。找有名的“杨家匠”，人家手头有活，不想出门受罪。

第二回，他模样利索了些。见面就说我开的偏方真灵，牙疼好了。聂师傅虽不如“杨家匠”名气大，却也主持重修了代州大堂正门。能算会画，给甲方节省了不少工料。工程落成，虽升高了主体，仍不失原样风貌，赢得了上下赞赏，有不错的口碑。只是他不爱张扬，本村营生也常年不断，没想过往外跑。我见他柜子上有几本书，就拿来翻。是梁思成在三十年代编的《营造则例》，便和他聊起梁启超、梁思成、林徽因来。梁、林早年来山西考察古建筑，在五台豆村发现并考证出唐代的佛光寺，轰动一时。

见我还知道这些，聂师傅马上来了兴趣，拉呱半晌，早忘了相见的目的。我告诉他省城建设厅院里的建筑书店，此类图书不少，就是贵。他说贵也不怕，自己没个其他嗜好，就爱琢磨古建。说着拿出一个早已写在烟盒背面的字条，让我方便时捎些书。随后，他推掉许多本村的营生，专心帮我筹划建房。房建在老家广灵，离代县三百多公里。聂师傅建议在代县买料、加工成构件，瓦工也按图雕磨好，然后一并运回广灵安装齐毕。这样虽增加了运费，却减少了招待匠人和旷日持久的麻烦。我当时是外行，也乐得省事，就把这团乱麻全权交给他。话虽如此，人也用了，心里却在打鼓。对各种材料的采购价格、各个工种的协调衔接和中间产生的费用，我一头雾水，要说放心是假话。几个月后，加工完毕。清点了柁、柱、檩、椽等各项木构件，还有街门、影壁上带雕工的砖瓦件，编起号有五、六千件之多。择日起运，车发广灵。浩浩荡荡八辆大卡车，拉着一个房院，安全抵达。代县木、泥工上去三十多人，加上当地雇请的壮工，最多时有五十多人。起架当天，聂师傅早早安顿花红供品，代东家向四方神祇朝拜礼毕。大小戗杆、粗细绳索齐备，各路人马听命到位，当地的吊车也按时开到工地，伸出长臂。

代县匠人头戴新草帽，腰里别着雪亮板斧，裤脚扎起，一个个身手矫健、配合默契。先在平地将六间正房的大木构件安插妥当，组成几部分。榫卯关节处用绳索绑扎牢靠，以防扭损。随即，聂师傅登高而立，嘴衔口哨，手挥小旗，指挥若定。我则趴在吊车司机耳边，翻译他听不懂的代县话。一时间，机声隆隆，口令声声，整个吊装过程紧张有序、忙而不乱。不到上午 11 点，偌大的房架立起来。聂师傅把一面新彩旗高插其上，围观者举头齐看，无不啧啧。下午，校正垂直水平，固定构架榫卯，安装小件。匠人们挟着碗口粗的小檩，在房架上缘木而行，往来穿梭，如履平地。俊平不用梯子，顺着柱子噌噌几下就上了房；宝宝金鸡独立，站在直径不到三十公分的柱头顶端，用吊绳往上拉二架柁，像在表演杂技。大家忙中有乐，斧头敲击出类似鼓点的节奏，此起彼伏。这场面确实让我开了眼，没想到这群平日不大言语、土眉混眼的工匠，竟能亮出如此手段，娴熟得近于艺术。

聂师傅找来的瓦匠们，慢条斯里，不慌不忙。手里瓦刀劈砖，就像切豆腐。我事先没想到，街门、影壁让他们做得如此精细复杂。上面有吻、脊、飞、椽、斗栱、鹿砦、挂落等构件，外形模仿木作，内部均有榫卯勾联。还饰有明暗八仙、丹凤朝阳、鹤鹿同春、喜鹊登梅、鱼跃龙门、事事如意等各种吉祥图案，全是砖雕。挂的工程线是缝纫机上的细蜡线，使用的泥、灰有五六种之多。

有了这次成功合作，我对聂技国师傅刮目相看，他也和我投缘，俩人就成了朋友。2000 年，一个研究机构要在忻州顿村修建仿古四合院，指定由我主持，我自然推荐了聂。几经考察，实地看了他做过的工程，确定下来。这次工程，规模较大，要求较严。我们一行到北京郭沫若故居做了实地勘测，回来又用正规的投影视图作了设计，画出了效果图和施工图。领导批准时，开工已进六月，时值雨季。工地上排水、材料保管、工人们的安全和健康，成了大问题。他们在家乡干活，工具一撂就回了家，拾掇工地是东家的事。在这里，甲、乙双方绑在一起，给聂师傅平添了许多额外负担。他经常半夜起来察看工地，每逢打闪响雷就睡不住。泥里水里，风吹日晒，登高爬低，总算没出大错。

这项工程对他、对我都是一次强迫锻炼。当时，我是个“工作狂”，每天在施工现场盯着。收工前，上下里外逐项检查点评，当日事当日完，绝不拖到下日。我从工地回家累得顾不上洗涮，倒头睡到十来点钟，就给聂师傅打电话，针对当天情况提出明天想法，让聂考虑。第二天七点钟，一睁眼又打电话问他考虑得怎样了。紧接着，工人七点半上工，八点多，我就出现在工地上，天天如此。那时我的衣着、肤色和工人们差不多，却多副眼镜，脸时常黑封着。

我到省城建筑书店，把能搜罗到的古建图书买来不少。有的一式两本，他一本我一本。这期间，我知道了何为古建。聂技国也由一个民间木匠，向正规的古建工程技术靠近。终于圆满竣工，造价比国家预算低许多，工程质量、造型风格也受到有关专家好评，说，如今很难看到这样的好活儿了。我给他的工队起个名号，打印了“本工程由代县技国古建工程队承建，联系电话……”的招贴，贴在四合院显眼处，以求有人问津。两年间，聂师傅的头发白了不少，灯下看书眼也老花了。

不久，他就被榆次老城工地叫去。起先做些具体事，很快，老城某处建筑出了问题。承建此项的工队为了赶工期，不等木料晾干就匆匆构筑。风耗了一冬一春，榫卯自然缩水松动、脱节。聂师傅在重修中表现出其他匠人不具备的才能，可以用正规的图纸和科班出身的工程师交流。当天问题不过夜，通宵达旦是经常的。他为人厚道忍让，从不唆三挑四，工地上下一致好评。指挥部的决策者到忻州看了四合院，就正式聘任了聂技国。

前些日子我去榆次看他，他正半生不熟地用电脑 CAD 软件绘制古建图纸，办公室现代设备一应俱全。可以说，他是代县民间工匠中，由传统向现代转型的第一人。整个人显得年轻许多，往日那种疲惫灰暗的脸色，如今泛着健康的神采，头发也由白转黑。我开玩笑：油头粉面地，腐败了没？并用随身相机，给他拍下一张电脑前的工作照。

“做啥就是做啥的骨头”

2000 年，杨桂华的大儿美恒从鼓楼工地下来，来到我管理的顿村工地干活。美恒人生得精干，营生又快又好，是把好手。我从俄罗斯进回四根八米大料，专门指定他用锛子砍成大柁。这人爱灰说逗笑，见有女人经过，就停住看。人家走远了，说声：嘿，他妈的。往手心里吐口唾沫，又抡起锛子。为了安抚这伙离家日久的匠人，我真是办法用尽。又是评先进发奖金，又是请师傅们喝酒。还好，这些走惯江湖的家伙们，也挺给我这个“东家”面子，顺顺当当拿下两进院落、三十几间房的主体。发了工资，遣散了大部分工人，天已是秋凉了。

有人包下沁源一个煤老板的工程，是在窑洞上再起一层木构瓦房。房架已起，匠人们回家过了中秋，再也来不齐了。情急之下，工头求到美恒门上。“杨家匠”手艺好，还乐于助人。去了沁源，工地在一个山坳。钉下椽来，天已冷得伸不出手。煤老板见工地人少，怕丢东西，撤走了大部分架杆、架板，美恒他们只得像猴子一样攀缘。下了场小雪，白天一消一冻，房架上结了冰，年轻匠人谁也不上。这日，美恒自恃身手好，就和另一匠人上去钉连檐。连檐板受潮变形，一头翘起，美恒弯腰想按住。不料脚下一滑，失去重心，大头朝下直戳戳栽到窑洞水泥顶上。送到太钢总医院拍片子，窝断颈椎第四五节，所幸骨髓、神经还通着。接着做手术，往骨头里打金属卡子。因为伤的部位特殊，医生不敢给全麻，怕醒不过来。美恒清楚地听着钻头在自己颈椎上打眼，甚至还想说句笑话，护士按住他不让乱动。煤老板派人盯着，医院的钱一天一结，生怕超了。进口卡子质量好，要一万多，东家嫌贵不出。用了国产的，花了六千多。做完手术，在家躺了一年，美恒又能在院里走动了。说到此，他又调笑：可开了眼了，做手术用的全是些木工工具，不锈钢的。

这几年，代县像样的木匠都走了工，剩下净是些出不了门的“二打绺”。隔年春上，邻村熟人盖房没人。请他去，说好只在底下照料着。美恒在家憋闷得慌，家里也多时没个进项，就蹒跚着上了工地。总算立起架、上了梁。这天清早，东家上房察看，见木硪还在上面，怕掉下砸人，就招呼跟前的小工放下来。那人想把木硪扔在没人处，木硪沉，手上劲没用对，垫了一下，顺着倾斜的椽骨碌碌滚下来。美恒正在房架下修柱脚，低头处正是木硪的落点，登时被砸得血流满面，昏迷不醒。送到医院一检查，这次打击把上次颈椎上的卡子挣脱不说，还牵扯到了第二、三节颈椎，离头颅近，躯干神经也受到损伤，整个人就瘫了。这回再做手术，又去那家医院，医生笑他“二进宫”。又花下一万多，自己出了。美恒说，盖房这家穷哄哄地，比咱还饿，算毬啦。

他勉强起身，还能认出我这个当年的“东家”。从横铺在东耳房炕头上的脏褥子，看得出他这些年所受的罪。说起这，美恒苍白的脸上又恢复了往日戏谑的神情，好像在讲别人的故事。哆哆嗦嗦点着我递上的烟，又断断续续说起家里的事。这期间，儿子见父亲倒下，就想撑起这个家。求财心切，没往正道上走，耍钱输下二十几万。现正在河里挖砂子卖。美恒老婆不在家，一早汽车拉上到雁门关高速路边，往树上刷石灰水，人家一天给二十块钱。我转到正房玻璃窗上往里看，里面是顾不及收拾的凌乱。

这边厢，老木匠杨桂华背过身子“熏”烟。耳朵半聋的他，说起大儿三年内遭的两次大难，似乎挺超脱。老汉满不在乎地大声说：“做啥就得生就做啥的骨头，当木匠的就是这个命，老大只是不走时气。”说这话时，脖筋一拗一拗，却也带出老态。不过，从他塞在裤腰里的裤腿，还能看出当年叱咤工地时的霸气。是他主持了这个家族的最后一次迁徙，还在修建烈士陵园时参加了工作，是个拿着退休补贴的国家正式工人。这个身份，他的前辈和晚辈都没有。也许因为这，他抽烟和讲话的神态还是有些派头的，耳聋更让他像个长辈。

正冷场着，院里一只小羊奶声奶气地“咩咩”叫了。紧接着“轰隆隆”，一辆黑色大摩托径直开进院子，是美恒的儿子叫我们跟他去吃饭。我实在没这个心思，代县文友们又在城里等着，就婉言谢了。当年在工地上，他还是个文静腼腆、穿着红背心的瘦后生，如今套着皮裤叉开双腿坐在车座上，胡子黑森森地，活脱脱一个“西部游侠”。他告诉我，他有好几台农用车，雇人开。挖砂卖到城里，收益还不错，饥荒不愁打，只是“他妈的柴油又涨啦”。我问他还想不想再干木匠了，他坚定地摇了摇头。

“白杀坊”

长期以来，他们在木材堆里摸爬滚打。无数棵原本鲜活的树木，经他们手变成供人使用的房屋器具。多数人不会想到，树木如果有灵，它们的感受怎样？老匠人们却意识到了，甚至有一种负罪感，把自己的工作场所称作“白杀坊”。杀坊者，屠宰场也。“白杀坊”，就不言而喻了。

几百年树龄的大木被伐倒时，挟着骇人的断裂声轰然倒地。锯口处，树液汩汩流出，有时竟是红的，像血。到木匠手里，又被生吞活剥、大卸八块。匠人们常年累月，在与树木的厮杀中，切切实实感受到了某种神秘，心存敬畏。在行内，有许多心照不宣的"说法"和禁忌。比如：不能对着木料尿尿，否则裆里"那家具"会缩进去出不来；不能拿着刃头工具"灰"说，否则会伤到手；不能把受伤的血抹在木料上，否则房架响动不止，东家住上不得安宁。等等。木匠在刨削时，新鲜的木纹肌理中常出现面孔或眼睛样的疤节，叫"鬼脸"。在挑选原木时，他们注视木材的眼神里，竟有一种仰慕或崇敬，分明是晚辈那种温顺。选中哪根，动手前总要用粗糙的手摩挲、拍打良久，嘴里念念有词。我见过的木匠中，十个手指完整的很少。残缺的手指，几乎成了这个职业的标记或资格，他们不无自豪地向我展示这残缺，讲述"见红"的故事。

木工工具是养家糊口的本钱。功能各异的工具，很多由祖上传下，有的是亲手打造。上面浸渍多少人的手泽，记载多少次壮阔的工程，因而就有了几分神性。木、泥、铁匠把各种工具封为天上的"二十八星宿"，木匠工具占了其中近一半。过年时，工具上也要贴小红对子，锯子上写"开锯大吉"，推刨上写"摇旗平天"，全是行内吉祥用语。据说，那个牛角做的"画匙"最小，却最厉害。它划到哪里，哪里就得受锯、凿。后来有了铅笔，这小东西虽不常用了，却仍和墨斗在一起。

聂师傅给我讲过一个流传的故事，说当年有个书生叫吴良，进京赶考，露宿于一棵大树下。梦中有一女子言：奴乃千年树精，若能与相公结为百年之好，可保金榜高中。书生在梦中答应了女子。放榜那天，果然中了进士。时值皇帝修建新宫，主体已毕，独缺一根大梁。这根木材尺码巨大，遍访朝野，无有着落。吴良为讨好圣上，竟亲率匠人前去，将那棵以身相托的成精“女”树，伐作宫殿大梁。不料，这梁就是安装不上。每遇工匠强行，即天昏地暗，飞沙走石，匠人坠地伤亡。是夜，皇帝梦一青衣女子说：你手下有个逆臣名叫“无梁”。只有把他的心剜出来当了供品，四方神灵才准许大殿落成。次日，皇帝命人将吴良的心挂在梁上。是时，果然天青气和，祥云环绕，帝率臣工俯地朝拜。稍顷，待众人抬头看时，那大梁已然就位，安放妥当。

木匠头儿还精通各种祭祀礼仪。我主持的两处工地，均由聂师傅操持此项。例如，悬在当间盖檩正中的八卦红布，有聂师老母手工布缝的“黑乌鸡”；八卦图上绘有乾天、坎水、艮山、震雷、巽风、离火、坤地、兑泽。臭椿木削的宝剑，以阴阳鱼为轴心，因时因地、因东家的生辰八字，指向相应的方位刻度；“乌鸡”肚子里装着五色石、五色线、五谷粮。如此，四方八面、阴阳五行无一疏漏，统统拜到。开工前、后举行的动土、谢土仪式，也很庄严隆重。匠人们虔诚地为东家和自已祈祷，以求平安。

“木匠这营生，嫌它呢，也靠它呢”

我曾开玩笑地问聂师傅：“三教九流”里，工匠排在哪一流？他却认真回答：“九流”分上、中、下三流，工匠排在中九流，上也上不去，下也下不来。我手头资料：帝王、圣贤、隐士、童仙、文人、武士、农、工、商为“上九流”；举子、医生、相命、丹青、书生、琴棋、僧、道、尼皆为“中九流”；而师爷、衙差、升秤（牙行）、媒婆、走卒、时妖（拐骗及巫婆）、盗、窃、娼沦为“下九流”。若照此说，我们公务员应属哪一流？权当笑谈。

而在民间，“家有万贯，不如一艺在身”，倒是实实在在的。在代县，身怀技艺的木匠，众人欠他们情不少，往往被视为聪明人和“本事人”。家里办个事、娃们说个媳妇，从不发愁。老木匠杨桂华52岁的侄儿俊武，现正在榆次“后沟民俗村”施工，他带领的工队，几次被有关部门评为“最放心工队”；他在重修老城“清虚阁”中，展露了高超的技艺，令全工地匠人叹服。他学木匠吃过不少苦，也得了不少益。中间曾开了七八年汽车，现又“跌”回老本行。他感慨说：不管你干了啥，干出多大情由，人们多会儿说起你来，你还是个木匠。这些年瞎折腾“做全啦，没钱啦”。细想起来，木匠手艺还是安身立命、延续家族的主要“靠项”，下一代就不好说了。跟他干活的儿子，嘴上不敢说，可从他学木工的态度就能看出将来。

俊武的一个徒弟，正是说媳妇的岁数，收了工换上衣服扎刷齐整，自行车带着工具，从热闹的县城街上经过。不小心，锯齿勾住人家年轻闺女的衣裤，拉扯不脱。后生自知闯祸，低了头准备挨骂。不想那女子却轻飘飘说了句：“啥时候啦，还有这东西？”奚落得后生脸上七红八绿。从此，干啥也行，就是不愿在红火地方给师傅拿工具。

匠人户口上的身份虽是农民，却压根不会受地，田间活儿全交给女人们。我所接触的工匠婆姨们，身材都比丈夫高大，嗓门也大，做起事来风风火火。她们说，女人家谁不愿“雅雅静静”地，全是男人出外走工，家里事情指不上，才成这样。当年集体化，也管不住工匠走东串西。当时工钱才两块，回来交生产队一块五，自已落下五毛“工具钱”。比起庄稼人来，兜里没缺过零花钱。如今，挣钱的路子多了，不说开铁矿、做买卖的“大能人”，木匠中也有不少人搞了装潢，苦又轻，来钱又快。

村里老百娃盖房，其花费远远超过实际支付能力。除了购置材料和招待饭食外，其余根本没有着落，匠人工资就欠着。美恒和技国的应收外欠，最早有七十年代的，每户最多才几百。三四十年了就是不还，不要还好，开口要，远远见你躲着走，别扭，也就懒得要了。俊武无奈地说：木匠这营生，嫌它呢，也靠它呢。

在国务院颁布的101座历史文化名城中，代县名列其中。明代以来，受城防、庙宇建设的影响，代县民居形成了自己独有的风格。四合院、二进院、三进院比比皆是。正屋以高大、坚固为美。结构以鞍架[②]及五檩二柁带普拍[③]为主。窗上饰以木雕。大门、屋檐均刻有砖雕图案。屋顶上的“五脊六兽”[④]，更是全国民居中少见的。如此社会环境，自然涵养出代县人普遍喜房院、爱整饬的乡风民俗。正因为这种长期的社会需求，才产生了庞大的匠人群体，并以父传子承、师傅带徒的方式延续下来。然而，当今代县城的天际线上，勉强能看到的只有文庙、鼓楼和阿育王塔的顶尖了。对此，研究代县的学者不无忧患地写道：

“代县属国家级贫困县，虽然经济落后，广大居民还停留在温饱之间，但对改善居住条件的要求仍在不断提高。近二十年来，在县政府公布的历史街区和历史地段，有30%的住户进行了拆建，市面上古旧的砖雕、木雕和石雕，以及古朴淳厚的雕梁画栋没有了。……在改善居住生活条件的过程中，传统设施被洗心革面，多少年沉淀形成的传统文化和历史风貌一夜之间换上了21世纪的流行色。城市的历史像被橡皮擦过一样，擦出一大段空白，擦出一段千古遗恨。”

的确，这是一个剧烈变化、重新组合的年代。发达地区不但在经济上进步，还借着综合实力，加速打造文化上的强势。早些年，文物商人曾将山西的民间旧物搜购不少。其时，我曾亲眼目睹北京潘家园市场上，“晋作”家具、木石雕件堆积如山，到了估堆、论斤售卖的地步。如今，晋中等地在政府统筹、民间运作下，大力恢复或新建传统建筑，开辟“原汁原味”的古民居景点。人家不仅雇佣大批代县匠人修复古迹，还买下代县民居上的砖雕、木雕、石雕。近些年，成座街门、照壁甚至整座房院，一夜之间就被分拆运走，回去又照原样恢复起来。十年中，我数次去过代县一个土围子内的村庄，眼看着几个收、售旧物的大户，一天天做大、做强。其情形，已远远超过清末民初的敦煌；当今文物贩子们的派头，更是秋雨先生笔下那个王道士所不能企及。当地民间旧物外流，形成了一整套高效运行的机制。一副有年头的木雕“挂落”或石雕“抱鼓”的接货价，还抵不上晋中某大院的几张门票钱。

酒桌上，代县文友白云、一梅等激愤地评说：人家有那个实力、也有那个思维，也就做成了那样大的事情。这里被拉走的不仅是些旧物，而是地方文化的一次“大出血”，总有流失殆尽的那一天。到那时，大量根植于民间，赖以凭藉、安放人们心灵的有形物质，又向何处寻找？代县这座名份上的“历史文化名城”还将剩余些什么？当直奔宽敞、省事主题而去的“现浇房”迅速淹没典雅的瓦房四合院时，为人称道的“代县民居”只能定格于老照片中了。

以旅游产业为目的的古建热，并非发自民间的原动力。这一波古建热过后，尽管还有零星的修缮，数量极其有限。这意味着，当今社会对传统匠艺人的需求不再存在。赖以生存的木匠群体，自然要寻找活路，向需要他们的地方迁徙。每年出外打工的代县匠人有3000多人，最远有到海南的。据聂师傅说：榆次老城修复工程最繁忙时，曾上到五六十个工队，其中主要工匠来自代县，合起来有1000多人。

匠人们的宿命，难道只能是一群身怀绝技、逐活路而迁徙的“吉普赛人”么？

可以想见，这门在中国传承了几千年、世界上独一无二的古老技艺，这个养活了多少代人的职业，必将随着社会环境和人们生活方式的改变，戛然而止。木匠群体也必将以一个实际意义上的消失，而成为一种历史和文化的存在。他们的消失是具体的，具体到每一件斧凿、每一根木料、每一片木屑，甚至每一瞥惶惶的眼神；他们的消失是渐变的，是各种因素在人们不经意间累加的结果。这种消失，实际上在它未消失之时就开始了，待它真正从社会生活中消失的时候，人们早已习惯了，就像田野上缺少了某一种小草。

上一代匠人，终将在缅怀和沉默中慢慢老去；三十岁以下的木匠后裔，绝大多数从事了别的行当，极少有人想继承祖传的技艺。用不了多时，受人崇拜的“鲁班爷”，不肖说一方神祇，恐怕连一个抽象的精神符号也难以存留。该来的都来了，不该消失的消失了。只是这消失得过早，过快，过于不尴不尬，仿佛早已由一只无形的大手安排好了。

写到此，已是凌晨三点多。窗外街灯如水，杳无人迹。倦眼迷离中，看到从网上下载的两条资料：

公元前 520 年，中国周朝京城（今洛阳），手工业奴隶发动武装暴动，打破了奴隶主贵族把持的官府手工业，赢得了自由人身份。史称“百工叛”。鲁国的木工公输般生逢其时，年约四十岁，后人称其“鲁班”。

公元 2004 年，北欧瑞典王国。国家邮政发行了一套三枚主题为《木工工具》的邮票。由于该国盛产木材和生活水平的提高，木工已经从过去的体力劳动演变为一种时髦的休闲活动。这次发行的三枚邮票分别表现了刨子、锯和手钻。邮票图案上的木工工具都来自斯德哥尔摩 Derome 木工博物馆的收藏。

不知在我们的国度，是否有人正在筹办这样的博物馆？

而在当下，鲁班爷和代县木匠的故事，比起许多更为强势、更为宏大的事情来，自然是琐碎得不能再琐碎了。

注释：

①当地亦称擀毡匠人“毛毛匠”，此处为人物叙述中自谓，不知确当否。

②“鞍架房”为代县民居木构瓦房中最基本的形式，流行于上世纪80年代以前。

③“五檩二柁带普拍”，属代县民居中的豪华类型，因其构件繁冗、用料较多，旧为官宦富豪所用，上世纪80年代复流行。近年木构瓦房式微，大多改为钢、混结构的“现浇房”。

④“五脊六兽”，“五脊”指屋顶上的正脊和四条垂脊；“六兽”，指正脊两端的吻兽和蹲踞于四条垂脊上的小垂兽。此形制其他地方一般用于庙堂，而代县民居独有此制。

（因木文，作者获《山西文学》2000　2006优秀作家奖）

游走的鼓班

春风刮过乡野，将一冬积攒的浮土打扫干净。地气萌发，沿河冰凌消了，两岸柳梢绿了。每当开河时节，村乡里的老人总要三三两两逝去几个。

老人们熬到一定年头，自己也记不清自己岁数，正月里还能吃能动，拄着拐棍在院里烤旺火，挪到大门外看秧歌。可偏偏天气一暖，说不行就不行了，终究还是没赶上今年的桃杏花开。他们走得很安详，说不上个什么灾病，往往无疾而终，似乎不愿过多的拖累儿孙。这时候，晚辈们就该为老人操办丧事了。

各乡各县闹过正月的红火，忙过一阵，乡间的那些吹手不得拾闲，正经活儿才等着他们。我的朋友张玉平是代县城有名的吹手，自己搭一个班子，作为班主，一年的营生在这才开了个头，游走四乡的日子还长着呢。

丧仪上是少不得鼓班的，或者说，鼓班简直就是丧仪的胆，是贯穿整个丧仪的一条主线。

忙碌中的张玉平显得格外庄重。

白事筵

丧仪是人生的终结礼，仪规繁琐，场面宏大。老养终祭，孝道的根本，马虎不得。经过几千年的熟化，乡间渐渐形成一整套繁复程序，从初终、小殓、大殓到殡葬、葬后，计有 40 多项。后来简化了，为闯过花甲之年的老人举行葬礼，是当做喜事来办的，所以又叫“白喜事”或“白事筵”。家族里的长辈，这时候就成了一言九鼎的头面人物。事筵上还要聘请一位熟悉礼仪、大家孚服的人担任总领，由他统管各项事宜，东家则一应听从。办事筵办得成功与否，除了诸般细节无一差池外，还有一项最紧要的，就是看东家雇请的响器班子如何，这也是人们在忙乱之余的另一种期待。来上一班子或几班子好响器，听着叫了好，其他即便有些疏漏，也尽在众人体谅之中。执事单中“照鼓”一职，就是专门负责招呼鼓班的。

出殡头天夜里先要恭送亡灵归天，叫送行。鼓班必须赶在这天午后如约而至，到事主家“安鼓”。往往是，鼓班一干人刚刚从前一个事筵上下来，不及回家，轻装行走，直接就赶了过来。不论路途远近，东家概不接送。伙计们背着唢呐管笙、锣鼓钹镲等“家具”，在村道上结伴而行。

进得院来，径直去西南方位。按照风水讲究，那一角落是全院的最下首，靠近茅厕，俗称“乌龟头”。已有方桌摆在那里，上面放些小兰花烟、一摞粗瓷笨碗，铁茶壶里已经抓了一把廉价砖茶。煨上个老树圪墩算是旺火，也就有了些气氛。火着起来，坐上茶壶。安顿好乐器，开场锣鼓敲响，唢呐笙管吹起，这就安了鼓。

虽说出殡在第二天，可头天夜里的“送行”在整个丧礼中至关重要。说是死者的灵魂离开肉体，先要赶赴阴间报到；还说是送好了行，死者能在地下安息，生者也会日后安宁。所以不仅气氛隆重，而且十分讲究。举手投足间，要屏息凝神、谨言慎行，哪怕碰翻一只碗，踢倒一个板凳，也是给死者在阴间添罪。事先已经请人算好，令行禁止，不可错过半点时辰。当天夜里，孝子贤孙们跪伏在土院里，哭号得声嘶力竭。这种场合，鼓班自然不敢怠慢，陪着小心，拿出十二分的本事来为东家送好这个“行”。吃罢夜饭，鼓手们铆足了劲儿，硬硬儿吹上几通，叫“鸹灵”。鼓声响过，纷乱嘈杂的人声即刻被盖住了。倏地，呜呜哇哇……一声长号闷声闷气，像在地底下憋了很久才挤出声音来，众人闻之色变。继而，鼓班的“梁柱”吹起唢呐。声声含悲，撕破清冷的夜幕。曲牌以悲苦、低沉情绪为主，如《哭灵堂》等。鼓乐声中，各人踅摸见该拿的灯盏纸扎、灵牌仪仗，哭喊着不同的腔调，念叨着各自的悲情，白花花的人流冲向黑乎乎的街巷，向村口慢慢走去。

一出村口，生者和死者就要告别了。“望乡台”下，便是生离死别之处。鼓班奏响气势恢弘的《西方赞》，一支唢呐仰天长啸，两部笙簧和弦而歌。兀地，管子声从鼓乐中脱颖而出，如高嗓门的领哭，整个乐班悲声相和，如众人同泣。送行的儿孙们不忍看着老人孑然一身，走入月黑风急的旷野，走向那昏惨惨的冥界。闪烁烁的灯火、金灿灿的纸扎、凄戚戚的鼓乐，仿佛伸出千只万只手，扯住、拽住、留住将要远去的灵魂，甚至要他死而复生、重回人间。

极度悲怆的氛围中，鼓手们似乎已经忘了正在为别人效力，忘了自己卑微的身份，忘了手中拿的还是乐器，平日里的愤懑积郁，他人与自身的命运，辛苦的汗水和难言的泪水，全部化作感天动地的鼓乐齐鸣。辉煌的《西方赞》转入哀怨的《苦伶仃》，凄楚的《十二层楼》紧接肝肠寸断的《小拾幡》……一腔情怀，满腹悲愤，人生的苦辣酸甜，全部托付给了锣鼓管笙。一支唢呐吹出哀哀怨怨，杜鹃啼血；两部笙篁衬托主调，苍凉悠远。檀板似雨打荷萍，声声断断；锣鼓如旱天雷鸣，震撼人心。鼓手们用自己的演奏，将一个金光灿烂、鸟语花香的理想世界奉献给死者。让亲人们的哀思附随着鼓乐，送别亡人去到生命长河的彼岸；让逝者在音乐构筑的天堂里，早日轮回。

行进的人群在村外缓缓停下。《上西天》乐声中，主丧人将各色“纸扎”堆拢一处，燃起熊熊大火。焚化了的瓦屋大院、金箱银柜、车马奴仆、一应器具，还有准备贿赂各路门槛、各方鬼神的巨额冥钞，全都跟着烈焰升天，任由死者在阴间消受，顷刻灰飞烟灭。主事人用剩余的纸灰撒出一个圆圈，圆圈一端留下缺口，意思为死者前往西天的通道。子孙们对着遥不可及的西方极乐世界，再一次向即将上路的亲人行三跪九叩大礼。此时，死者的灵魂已经离别故土，踏上去往阴间的漫漫长路。哀声已经感动了天地，活着的人也尽了应尽的孝心，各方各面皆已安心。

至此，整个“送行”仪式完成，鼓乐戛然而止。

第二天，是发殡正日，祭奠如仪。

总领“安席”颇多讲究。全体肃静后，先由总领说一通开场白：“荞麦三棱麦子尖，十里乡谈不一般。走胡地，随胡礼，有一百个亲家，没一百个东家……不周不到的与东家无关，全由我总领一人承担……”鼓班先吹一曲《拜场》。

按部就班，论资排辈，安顿戚友，总领每唱一位，鼓班奏一曲《迎亲》。如是者若干。接下来满酒上菜，鼓手们开始一出接一出地吹戏。

《打金枝》《明公断》《杀狗》《金水桥》《渭水河》《鞭打芦花》《打宫门》《走雪山》《血手印》《宝莲灯》《玉堂春》《空城计》《算粮》《断桥》《三娘教子》《草店》《吊孝》等几十个传统晋剧梆子剧目，其中各个行当、角色的唱腔、道白和音调，全靠吹手熟记于心。唢呐、管子、口噙子、喉子在他手上轮番交替，在伴奏乐器的烘托陪衬下，紧扣原戏的音乐结构和板眼尺寸。不但要模仿戏中唱念做打，还要熟悉剧情人物之间的矛盾纠葛，才能声情并茂、火爆感人。众人听到妙处，不免挟着酒兴呐喊叫好。

席间，鼓班不仅得吹打好，还得替东家照料整个场面的节奏和气氛。第一批客人酒足饭饱后，撤下凌乱的杯盘，再摆上第二批。这时候，鼓手们才能在最下手的方桌上匆匆吃罢，准备“掌号”出殡。

棺木由八人大杠抬起，缓缓移出街门。当街摔了“孝子盆”（孝缶），灵柩盖上棺罩，在“引魂幡”的前导下，舁到村外坟地。坟上墓穴预先打好，灵柩便入土为安。

礼 性

张玉平是我高中时候的同学，现在是晋北一班非常有名的吹手和班主，四乡八县，“代县张三”鼓班的名头很响亮。但是他告诉我说，在晋北一带，他远远不算什么，老崞县城崞阳、定襄、宁武、神池、偏关这些地方的鼓班都是群峰竞秀，尤其是定襄县宏道镇“史氏鼓坊”，是这一行当的翘楚。

“史氏鼓坊”颇有来历。

话说明朝万历年间，定襄县宏道镇（此镇原属崞县，即今原平市）北社村人李楠担任都察御史，他的公子被皇帝看中，要将自已的侄女赐嫁于他，这样李公子就成了当朝的驸马爷。公主嫁过来的时候，还带来一个鼓乐班子，日日三次奏乐。驸马返乡祭祖，将鼓乐班带回老家，并留了下来。鼓班的头儿姓史，就是“史氏鼓坊”的祖先。

民间的许多传说往往很难坐实，只是人们宁信其有，不信其无。“史氏鼓坊”的传人史凤柱，当年以吹奏“大得胜”闻名乡里，活到87岁。他在临去世前，才跟邻居们道破“史氏鼓坊”的真正来历。

明朝时崞县城里有个“八音总行”，定下每年清明节这天，各鼓班都要前去“应行”，白尽义务演奏一天。宏道镇到崞县城要走百十多里路，还要趟水渡过滹沱河，来回就得耽误三四天功夫，苦不堪言。有个当官的李督府，是从北社村出去的人，闻说此事，就对外宣称：史家鼓班从此是他家的长工，再不受“八音总会”节制。往后宏道一带的鼓班，纷纷投靠当地大户为东家，摆脱了“应行”的苦差。史凤柱说：“原先咱祖上住在定襄黄嘴村，后来迁到崞县贵儒村。在宏道吹出了名，就开了家鼓坊，从来就是个土生土长的吹鼓手，哪是什么驸马爷从皇宫里带回来的。”

“史家鼓坊”至今还保留着祭奠祖师的仪式。每年腊月，看上个祭祀日子，竖起祖师牌位，置办一桌酒饭，再买上一只活羊，叫“礼牲”。用作礼牲的羊颇有讲究：成年公羊头上的角，裆里的蛋，一件不能短少，称之为“全羊”。“全羊”先要用白酒净身，再不听话的羊，这时也会乖乖地听人摆布。祖师牌位前，主祭人代表全体同仁向祖师行礼，酬谢以往的庇佑，祈求来年顺遂。随后将白酒从头至尾淋遍羊的全身，称之为“奠酒”。那羊被烧酒淋过，如果浑身哆嗦，意思是祖师爷接受了“礼牲”；倘若呆呆地没有反应，则说明祖师爷不高兴。这时，主祭人就该检点哪里不对了。有一回，史凤柱“礼牲”前没有洗手，就出现了这种情况。洗干净手重新来过，这才礼成。

接着“献牲”，当场割下羊头，剥下羊皮，在供桌上铺展，将羊头、羊身摆在羊皮上面，再把羊的心肝五脏陈列其上。献完牲，才将写有祖师牌位的黄裱纸焚化升了天。最后，鼓坊全体老小吃了杂碎羊汤泡小米捞饭，准备过年——他们供奉的祖师爷，你知道是谁?是明成祖永乐皇帝朱棣。

梁柱

史凤柱父辈兄弟五人，由贵儒村迁到宏道镇时全没成家。齐刷刷五条光棍都是鼓手，成了远近闻名的弟兄班子。他爹排行老四，脾气不好，吹了一辈子笙(伴奏)。后来，弟兄五个分家另干，同行是仇家，亲骨肉也成了争饭吃的对头。他们领着各自的鼓班，遇在同一个事筵上就吹起了对台，非要分出个高低上下。东家有时给赢了的发赏钱，输了的喝倒彩，更煽忽起两家的敌意。事筵散了走到村外，赢的还得躲着输的走。对方心里窝火，找茬衅事。两句不合，兄弟间就在野地里厮打起来。吹鼓手们打架和常人不同——不抓脸面不踢下裆，最狠的一招，就是捉住对方的手指头往断撅。指头废了，耍不了响器，就吃不成这碗“百家饭”。

史凤柱这一代弟兄三个，大哥是班主，吹笙。二哥叫史焕，是班子里的“梁柱”，吹戏吹得最好。凤柱五岁上就趴在二哥背上跑事筵，起初啥也不会，为的是顶个人数，多挣几毛钱。“送行”时小凤柱站在下首打小锣，打着打着就靠住方桌腿子睡着了，还尿湿棉裤。鼓手们送完行，回到“下处”已经半夜，还得给小凤柱在火上烘干棉裤。

史凤柱在二哥的指教下，六七岁上拿起唢呐学吹。他后来回忆：根本不是人们说的那样，冬天在暖和的家里，把唢呐管子伸到窗子外头练习吹。初学时不成个调调，吹得杀鸡宰猪一样难听，扰得四邻不安，根本就不敢在村里吹。只有在跑事筵的路上，走到荒郊野地，才敢放心大胆地吹。凤柱八岁时，有一回不小心按错了音，二哥将那个错音的手指按在桌角上，用铜烟锅子敲。指头肿得按不住唢呐的八个眼子，就抱住笙伴奏。手肿得厉害，饭也吃不到嘴里——“生硬让二哥打成了个吹手”。

二哥史焕艺高心强,不幸英年早逝。他 36 岁时,接连几天跑事筵,回来就累病了。当时正是日占时期,宏道镇上就有据点炮楼。本镇一个头面人物娶亲,非要史焕给他吹。他病卧中不能前去,那人就搬来日本宪兵上门强请,可怜他连病带吓,竟然一命归西。

鼓坊里折了“梁柱”,不到十岁的凤柱就顶起事,居然将班子撑了下来。十五六上,年轻气盛的凤柱在蒋村庙会上演奏。他给社火吹了又给秧歌吹,一曲接一曲不歇不住,人称“风搅雪”。在众人一次又一次喝彩声中,他越发来劲,豁上命地吹,竟然将眼睛吹得“疱”(肿)了。幸亏芳兰鼓坊的银三施以土法,用一种树枝不停地拂拭那只起了疱的眼,才给治好了。银班主见这后生心劲大、功夫扎实,将来准能在鼓班行当里成些事,就将女儿许配于他。从此,史凤柱一举成名,成了定襄周围有名的吹手。日后其妻戏说:凤柱生于民国九年(1920 年),“三年大旱,场门不开”(颗粒无收),说他一辈子命运不好。

后来闹“文革”,事筵上不让吹打,他就不干了。大队利用他旧日的名气,给油坊等村办企业承揽业务。史凤柱的儿子史宪金,上世纪 70 年代搞“莺歌燕舞”时,凭着一支唢呐吹进了地区纺织厂。现年 59 岁的他每月拿着 400 元退休金赋闲在家。他自己说:“当时搞宣传,吹得不地道。”史家后人中,如今有两个班子比较出名。其中一班是史宪金的二儿子史志强。大儿虽然毕业于地区艺校,却不爱这一行。娶下偏关的媳妇,顺便就在女家那里做了糕点生意。

志强人称史二。从小淘气不爱上学，初中没毕业，十一二上跟着大人跑事筵，摸起"家具"来就有乐感。爷爷对这个有出息的二孙子说："你爷爷上几辈子就是干这的，要干就好好干。学不下个情由，原来就甭学。"后来史二有了些名气，众人在他面前夸赞，老"梁柱"不免有些得意："这么多儿孙里，总得有个像我的哇。"史二现在自备一辆皮卡车，拉着乐器、音响，领着一班子人马，上原平，捎崞阳，下太原，走柳林，营生还挺稠满。

鼓班名声的大小，关键是"梁柱"的技艺。"梁柱"一个人同时要操持四种乐器：唢呐、海笛、管子、口噙子。伴奏的笙分为上、下两部。其他如晋胡、二胡以至如今的电子琴作为陪衬。打击乐器有鼓（板鼓、战鼓、堂鼓）、镲（水镲、铰子）、锣（马锣、小锣）、梆子等，整个乐班均由司鼓一人掌握节奏，协调诸般乐器。

乡村的红白事筵，节日的民俗喜庆，都离不开鼓乐。不管刮风下雨，还是路程遥远，他们很少误点。万一路上有些耽搁，还得善于化解。前不久在五台县村里一个丧事上，鼓班从前一家事筵下来，搭上班车赶过来就不早了。东家说：来了就好，来了就好。又是拿烟又是倒水。不想本家中有个当着乡干部的，许是喝上酒了，对着鼓手又拍桌子又踢板凳，甚至把刚倒下的水碗也打翻了。只见"梁柱"不动声色，任凭那人发威，把住唢呐脸上平平的，眼睛什么也不看。伙计们七手八脚地支腾起家具，谁也不敢喘口气。他们一曲接一曲地吹，东家和众人有些不忍，都说歇歇再吹吧。可"梁柱"还是目不斜视，眼睛看着远处的山，把一支唢呐都快吹炸了。遇下这，再难说话的主儿也奈何不成个啥。鼓手们自知理亏只得多吹，将差误下的时间补齐。

能不能沉住气，也是一个好“梁柱”必须修炼的艺外功夫。

班　道

“走剧团，跌鼓班”，这两样行业选择显得有些无奈，两种行业都是“赖班道”。在定襄，有“因为嘴嘴馋，学下个叮叮当（读 dan）。三天没事莛，饿得逼眼蓝”的俚谣。过去，除了鼓坊世家代代相传外，普通农家孩子“跌鼓班”学吹打，大多因为遭遇家庭重大变故，如父母亡故等缘由。旧时，鼓班艺人跟要饭的差不多，或者干脆就是乞丐。史家收留过一个从口外流浪来的董四，由史焕收为徒弟，师满后不离师傅，史家还给娶下媳妇成了家。

那时，每逢民间婚丧嫁娶、敬神祭祀、节日庙会等场合，就以职业的主奏艺人为核心，再临时招呼几个配角搭成班子。后来随着艺人的增多和需求的增加，才产生了经营鼓乐的班社组织——“鼓坊”。那时有的“梁柱”为盲人，虽有高超的演奏技艺，但经营班社多有不便，再加上有的鼓坊还兼营“轿”、“杠”等“吃死人饭”职业。这样，鼓坊的经营权往往被社会底层的流氓人员所把持。解放前内蒙包头的鼓行，就归社会上的帮会组织“梁山”领导。当时全市有 14 家鼓坊，许多班主曾是“梁山”的成员或头儿。多数班主提供乐器、花轿、绳杠等服务工具，包揽演出业务，并负责摆平社会上的各种矛盾冲突，自然也获取大部分经济收入。艺人们相遇，不熟悉的还要互报山头，说明是跟上谁谁吃饭的。晋北村镇上的鼓班，则以家族祖传、师傅带徒、口传心授为主。外姓学徒来投师，只要聪慧愿学，师傅教起来格外上心，还得充当监护人，关照生活起居。老艺人对自家子弟，要求往往比外人更为严格。

鼓坊艺人普遍寿命较短，除了先天条件外，还有许多社会原因。学徒者一般出身贫寒，有的体弱病残，不能顶个庄户人受。小小年纪“跌鼓班”，学不成艺也能混上口饭吃。过去跑事筵，不管路途多远全靠步行。背了乐器不带行李，睡觉和衣而卧，从没有被褥一说，东家开上个空房，后墙还结着霜，“暴烧”到天明也热不了，囫囵着身子蜷缩在冷炕上就过了一夜。能借住在光棍窑或饲养处，就算福气了。吃饭在室外，冷风冒气，饥一顿饱一顿的。传统唢呐，要用较大的肺活量才能吹响。虽说是“饱吹饿唱”，可是吃饱饭马上吹，时间久了总会伤及身体。

两家鼓班在事筵上相遇，吹对台的事常有。大户人家为了排场，往往雇请多个鼓班同场献艺。据传阎锡山父亲的葬礼，就同时请了70多家鼓班轮番吹奏。一般富户雇请两班不同门派的鼓匠，在院里分坐两处，拿出本事各擅胜场。开始还在技巧、曲牌上争胜，叫“斗智”；后来就成了体力上的较量，看谁一口气吹得时间长，叫“斗勇”；再有好事者煽忽起哄，竞技难免就变成了“斗气”。你吹平缓的，我就来激烈的；你来劲了，我就避开锋芒让你消耗体力，等你没劲儿，我又起来了——斗智、斗勇、斗气加到一起，最终就成了斗狠，非要置对方于死地不可。观众看了红火，鼓手却遭了大罪。到最后，如果谁也不服输，就会两败俱伤。有的“梁柱”吹到后头功力不支，风从口角跑，气不往管子里送——干吹没音。严重时，“吹炸了脖子”、“吹疱了眼”，甚至口吐鲜血，造成终身残疾也有其人。代县贵喜的一个本家兄弟，就是因为吹对台吐了血，当不成“梁柱”，改为打板敲锣。

另一层，鼓班中不少艺人有吸毒的嗜好。“梁柱”熬夜多、体力消耗大，最容易染上毒瘾。晋北一带许多有钱人家藏有烟土，想让鼓手额外多吹，就拿出来“犒劳”，还说：“看你们苦大的，抽上几口提提神吧。”一来二去就离不开了。辛苦钱还不够兑“黑货”，只得拼命跑事筵，多吹多挣才能维持。如此恶性循环，有人到中年就不行了，哪能活下个大岁数？老“梁柱”史凤柱和史全全旧日也有过“嗜好”，却活到 87 岁和 84 岁。晚年他们常说：“这全得感谢新社会叫忌了烟，要不然咋就活下这么大？”不过，近些年又有少数艺人烫吸麻醉药品“安那卡”，细心的人从他们脸上就能看出。

定襄一带，鼓班的报酬并无一定之规，全由东家酌情给付。行内还有一个规矩：无论收下多少钱，班主总要拿出一部分回赠主事人，现在有的老班子还坚持这个传统。如今，多数班子都事先讲好工酬，完事后当场兑现，概不赊欠。鼓班人员不少于五人，一般都在八人以上。遇到“忙日子”，一班可分为几班，搭班者要事先约好，到时不误。临时叫的小工多为廉价，无甚技艺，为凑个人数。事筵完了，班主按人员多少、收入情况和每人所占的技术股，考虑班主的“家具股”等因素，离开东家后就在村外坐地分钱。分完钱了事，各走各的。

代县鼓行有这样的俚谣，比如师傅高兴了，对徒儿们唱道：“我的娃，我的娃，千千万万学（学读 xiao）吹打。烧猪肉，不扎牙，最赖能吃个黄豆芽。”比如挨了责骂，师傅就唱：“我的娃，我的娃，千千万万甭（甭读 bao）吹打。坐冷地，喝皮（返潮）茶，迎送低哉（地位低）遭人骂。”还有一首歌谣：“又吃好的又挣钱，走路就在人头前（迎亲或出殡队伍以鼓乐为前导）。前数伏，后数九（胸前烤火，背后受寒），十指乱舞赶（怨）没钱。”

班　主

代县西关张贵喜老人，出身鼓班世家。他是张玉平的师傅。祖上在明朝崇祯年间，从繁峙县迁来代州开了“张家鼓坊”。他从小耳濡目染，加之聪颖过人，十二三岁学艺，十六岁就自行组班，还从崞县引进师傅，带来精彩的戏曲“乱弹”，丰富了本地鼓坊的传统曲目。本人虽不识字，可过耳不忘，凭着记忆积累下不少鼓乐曲牌。

代县城一家老财做“对月事筵”，同时雇请本县大班“武鼓坊”和原平大班“王鼓坊”。两个强手摆开阵势，准备一决雌雄。“武鼓坊”恐怕自家的“梁柱”吹不过对方，就延请二十岁的贵喜“顶杠子”。两个有名的大班在一个事筵上“对台”，轰动了二州五县。本地人放下手中营生，邻县的骑马坐轿，齐集代县城观看。此时的贵喜，心力和技艺已经成熟。他的吹法行家叫“文吹”，不以癫狂浮躁的台风哗众取宠，讲究“弯调”的细腻变化。吹奏技法有“平吹”“超吹”，使用喉音和“加花”变奏，“滑音”的装饰，“依音”“颤音”“大波音”“打音”的应用，根据乐曲中的场景情绪、角色转换，采用不同的吹法技巧，行家听了啧啧称赞。

贵喜肚子里的“货”，更是对手难以企及。一般的民间小调，戏剧唱腔的“乱弹”，中路梆子和北路梆子的戏文、曲牌，轮番转换，变幻无穷，让对手眼花缭乱、应接不暇。北路梆子曲调本身高亢激昂、悲怆哀婉，在贵喜的领吹下，用唢呐笙管、锣鼓梆子将雁门边塞的英雄故事和儿女情长，演绎、再现到了极致，令听者心醉神迷。

两家的较量，贵喜胜了，对手心服口服。长达数月的“对台”，不仅给东家脸上贴了金，也给“武鼓坊”争了面子，确立了西关贵喜鼓坊、宏道史家鼓坊、原平王鼓坊等著名鼓班在二州五县的地位。三地鼓班相互认可对方的长处，保持自己的演奏风格，丰富了晋北鼓乐的内容。日后在各种场合遇在一起，相互谦让，各自拿出看家本事，吹打出花样翻新的段子。愉悦了听者，也给鼓行开了好风气。有一回正是锄苗季节，他和原平上阳武的“礼礼鼓班”遇在一起，对方一通奏罢，贵喜站在棚口大声喝彩，说对方那两部笙吹得好，“简直是一条线（协调）”。当夜，两个鼓班一唱一答，和风细雨，相互切磋技艺，不知不觉吹了一个通宵。直到街上有人下地，鼓手们才发觉天亮了。

鼓班所用乐器叫“家具”，除了锣鼓钹镲和笙管上的铜件需要花钱外，好班主都会自制和维修乐器。唢呐、管子、哨子、口噙子多为自己制作，光是唢呐管身的材质，就有柏木、乌木、檀木等多种。管身上开有八个孔，前七后一。哨子为芦苇所制，俗称咩咩，以刮削厚薄调整发音，平时泡在水里保存。唢呐的各个部件装卸自如，携带方便，可以根据不同需要自由组合；主要伴奏乐器为笙，调节簧片难度最大。冬天，吹奏时口中的哈气进入笙管，容易冻住了簧片，发不出音。这时，有经验的老艺人就将 17 根笙苗从笙斗上取下，贴身捂在怀里，用时再装上去。最奇妙的是口噙子，以棉线缠绕住两片中间拱起的小铜片，中间夹上薄丝绸为声膜，其构造和发音原理近于人的声带。使用时可唱可说，全凭演奏者咽喉冲出的气流控制发声。贵喜不光吹奏功底深厚，还很会制作和"拾掇"乐器，一吹就知道是啥毛病。别人拿来请他修理的乐器，不过夜就弄好了。徒弟人门使用的第一支唢呐杆子，全是他亲手捅好，开准音孔的。

乡 友

虽说贵喜名声在外，可还得领上伙计们吃饭。在代县民间，鼓坊和友好村乡约定长期的业务关系，叫"乡友"。其实，这种口头约定的"乡友"关系并不牢靠，难免因为期约和工钱的事闹得不欢喜。贵喜与"乡友"村约定，凡是村里有了事筵，全用"贵喜鼓坊"，保证随叫随到。不管路途天气，决不耽误时日，工钱好商量。经过与同行"拉锯"争夺，贵喜得到不少"乡友"，关系一订就是几十年，至今还在后代之间延续。

鼓班艺人走南闯北，见多识广。他们少了常见的木讷，保留了任侠仗义的脾气性格。流动的职业特点，又让他们与社会各个层面发生着广泛的接触。年轻俊朗、技艺超群的张贵喜每到一地，村民们让座的、递烟的、倒水的，众星捧月般围着他。尽管那时候是男人们的天下，却也难免引动幽闭闺中的女儿芳心。不论是茅舍草庵，还是高房深院，总有不少闺女、媳妇爱慕的眼波撵着他转。事筵下来，他衣袋里常会掏出小手绢裹着的花荷包，也不知是哪个送的。

起先，父母怕不好说媳妇，先就给贵喜收下个童养媳。两人在一个屋顶下处成兄妹，却没有那种青梅竹马的感情。邻村一户前清“武秀才”的女儿，看吹打时和贵喜对上了缘份，俩人私底下已经有些来往。原先，女方家里已将她许配给一位军人，毁约变卦自是不可。贵喜家里也很为难，一则已经收下童养媳，二则哪敢攀附人家。那女子却非他莫嫁，径自挎了包袱坐在井口上要挟大人：“不教跟就跳入井里，死一回给众人看看；教嫁贵喜，当下就从这里跟上走。”人们都说，千金小姐如此刚烈痴情，真真出了个“王宝钏”，先就同情起来。

女方父亲下不来台，只得提出苛刻要求——让男方用骡子驮上白洋来接闺女。贵喜身为鼓手，却为人仗义，四面八方尽是朋友，既有商家富户，也有普通人众。遇上这等大事，人们自然出手相助。他没被老丈人难住，居然真的赶上骡子驮上白洋娶亲来了。一时传为佳话，轰动三乡五里。

两人婚后，起初十分艰难。本来张家就没甚底子，除了女家要走那"一圪揽子"白洋不说，还得花钱安顿童养媳回去。如此两项花费，自然塌下老大的"饥荒"。好在贵喜年轻艺好，地盘已经打开，事筵营生稠满，自家伙计们又齐心协力。他还置办了花轿和鼓乐一起经营，相当于"鼓轿坊"。生大女儿那年，鼓班赶上个忙日子轮不过来，贵喜穿插跑了十来个事筵，当天就挣下八十个白洋，小夫妻将钱铺在褥子底下，欢天喜地睡在上面。大女儿小名叫忙姐，就是为了记住那段光景。

贵喜老伴常说："咱这营生，塌不了，发不了；前晌没马骑，后晌有轿坐。"鼓班行有个好处，不论给多给少，东家从不拖欠工钱。贵喜给"乡友"办事筵，工钱任由东家支付，满意了多给些，不满意少给些，他先让伙计们分。有时"乡友"给的钱太少，自己留下几个算几个，实在没了就拉倒——班主送了人情，不能亏了伙计。每逢事筵，伙计们就说："这回又跟上班主挣工钱呀!"他总是让"乡友"过意，伙计们合适，营生却越做越多。人说他：人家是看长远、算大账，"钱也挣下了，人也认下了"。

徒　儿

贵喜在世时，跟他学过艺的人不少，光是有名份的徒弟就有十几个。有一回，他在事筵上，见到个八九岁的穷孩子，看着人家吃饭咂着手指头流口水。心一软，那孩子就成了他的大徒弟。以前收徒要磕头、写约，规定"学徒三年，谢师一年"。后来土改，贵喜怕人家说他剥削，就把写下的约毁了。徒弟带到十六岁，找人送到剧团里去。他一生脾气温和，见儿女徒弟做错了事也从不呵斥责骂，脸上平平地不动声色，等你来问。带徒弟有问必答，毫不保留。对笨徒弟也总是不厌其烦，手把手地教。

张玉平，原平大芳人，是我高中同学。七十年代，原平中学一度分为各种专业班。他原先会吹笛子，就分在了文艺班。当时从昆明艺专回来一位王绍录，是具有专业水平的音乐教师。玉平在他那里学会了简谱，粗通了五线谱，还接触到了和声学，已能谱些简单的曲子。在原中宣传队，我俩曾有过词曲上的合作。他毕业回到村里，正好赶上“莺歌燕舞”，就成了公社宣传队的骨干。后来毛泽东逝世，“四人帮”倒台，宣传队就不解自散了。想寻条出路，专业文艺团体又报考无门，曾给我来信诉说了心中的郁闷。十九岁那年，有名的代县“贵喜鼓坊”来吹打，酷爱音乐的玉平将班主请回家里殷勤款待、安排住宿，炕烧得席子都煳了。和家里大人商量后，他决定“跌鼓班”，拜代县名师张贵喜学徒。

玉平投师那年已经十九了，正是能吃的年龄。住在师傅院里，先说好不管饭，其实一顿也没让他自己做过。当时正赶上师傅家盖房，玉平头天来了就扑倒身子，和泥搬砖干起来。从此和师傅、师母一个锅里搅稀稠，共同生活了六年。按他在家的排行，师傅就叫他“三三”。师傅不识字全凭口授，唱的是古老的“工尺谱”。比如，“仕乙四合凡工尺上”，就相当于简谱的“7654321”。玉平将师傅口传的曲调翻成简谱写在本子上，拿起乐器就能吹个差不多。师傅从未带过这样的徒弟，高兴得逢人就夸。

当时正值“文革”后期，村里追究玉平外出，要按盲流匠人对待，一天上缴两块钱。那时木匠大工才交一块五，他一个鼓班学徒，实在无法负担。师傅又托人找关系，将他的户口迁到代县城关闹市村。玉平学徒三年，谢师一年，其间娶妻成家。师傅以自己的名义，帮助玉平将邻院的一块宅基买下，让他在代县城有了立足之地。师满后又跟着干了几年，不仅是得力助手，俩人还情同父子。贵喜曾对玉平说：“等我到了七十岁，就该歇息了，咱这班子你就领上干哇。”此后，玉平在鼓行人称张三。

张三聪明机灵，为人善良，性情却有些急躁。跟贵喜学了艺，却没学会师傅处世的圆通。为了历练他，师傅事事将他推在台前。他有文化，就替师傅写事筵、派人、记账、分钱；还装着家里的钥匙登堂入室、翻箱倒柜，像个“二班主”。他替师傅抵挡了不少事情，也难免得罪下人。由于处事方式不同，师傅也没少说他，当时他还有些不服，过后想起来才知道人家是对的。贵喜晚年，一墙之隔的张三招之即来，不减师徒情分。老人弥留之际，更加瘦弱不堪，靠在被垛上与张三相拥而泣。师傅的深情，胜过人间至亲。所有的悲欣交集，全化作师徒一场的生离死别。

1999 年农历二月十九，著名老艺人、民众爱戴了半个多世纪的鼓乐师，代县一至六届政协委员张贵喜老人寿终正寝，享年八十一虚岁。代县西关张家大院长棚搭就，灵幡高悬。跪伏在灵柩前的孝子有亲生的二女三男，还有“执孝子礼”的十几个徒弟。二十几个人披麻戴孝，白花花地跪下一院。三月初六这天，县政协、县文化局也派人参加了葬礼。周边鼓坊的班主们也率队前来，他们以同行特有的方式——“送鼓”，来吊唁这位老前辈。此时，徒儿张三在心中默念挽联：

上联：今红明白走遍东西南北

下联：遇贤逢恶历尽苦辣酸甜

横批：仁义班主

此联对仗工整与否已在其次，却饱含着徒弟对先师一生坎坷经历的理解，也未尝不是这一行当的真实写照。张贵喜老人去了，极尽哀荣。他的直系后代大多从事文艺工作，他还培养出了众多活跃在民间的徒儿徒孙，影响、带动了周边几代鼓乐艺人。用张三的话说，这样的人在鼓班界“一百年也出不了一个”。他生前演奏的曲目，有些已被刻录在录音带和光盘中；他口传的“工尺”谱，却很少以正规的形式记录下来。随着他的谢世，大部分鲜为人知的曲目也随之而去，成为绝唱。

三十多年前，张玉平骑着一辆破旧的环球牌自行车，带着一卷行李，投师贵喜门下。如今，他已是人人知晓的“鼓坊张三”，住在师傅隔壁成家立业，娶下陕西绥德的婆姨，生下两儿一女。目前，张三在代县、原平开有两家乐器店，鼓楼边上有一处商业用房。去年，还与人合伙开设了一家喝啤酒唱卡拉 OK 的酒吧。他的“张三鼓坊”有两套人马，他和大儿各领一班，自备一台汽车。

现在，张三当年想做大事的豪情已经不再，经营鼓班行业，也只是为了挣钱养家。一代人自有一代人的命运，下一代是否就注定要沿袭上一代人的活法呢？他的长子从省艺校毕业，曾经在几次民间音乐演奏比赛上拿过奖项。张三两口子很希望他能够成为国家公职人员，哪怕是到偏僻山区担任小学音乐教员，或者到农村基层文化站也行。

流 变

近日在忻府区农村看到，一班传统鼓手和一支西洋乐队同时出现在一个白事筵上。西乐队一般在城市的典礼活动中常见，演奏者身上穿着类似民国初北洋政府时的红色礼服，衣服上还饰有肩章流苏和金色绶带。乐器有大小军鼓、长笛、长短号，还有那种弯脖子的萨克斯。这天是白事筵，乐手们只能穿着各自的牛仔裤或休闲服。吹奏时，亮闪闪的铜管衬着灰溜溜的老墙，上眉圂眼的化纤地毯铺在乐手们脚下，遍体鳞伤的音箱摆在乐队两边。虽然也吹打些现代《哀乐》之类，总觉不伦不类。尽管阵容强大，“家具”先进，只有些娃娃们围看，多数人还是被唢呐的声音吸引了过去。

代县农村的白事筵上，又出现了和尚、道士与鼓班同场演奏的情形。僧道们一般只用简单的乐器象征性地吹打几下，真实身份也让人生疑。另外，还有一些做这营生的，自称“乐人”。据说是很久以前从宫廷里流落到民间，当政者罚他们操份贱业、混口饭吃；还有人说，他们就是传说中的“忘八”，即忘记了礼义廉耻忠信节义的人。在晋北某些县份，这种为数很少的人群生活在偏僻村落的特殊家族里，有事筵就上事筵，平时就种地，与人很少来往。一般人家轻易也不和他们的子女通婚联姻(近年情况有所改变)。

乐人班子总共四人，要先搭个小棚子坐在里面吹打。所有乐器仅两面鼓、一面锣、一支笛子。玉平讲，他们演奏的曲子古朴、简单，没有强烈的节奏和起伏过大的旋律，透着几分典雅和凄凉。听起来声音不高，好像某种场合的背景音乐。这种曲调到底出自哪个朝代？是不是人们还不知道的古老乐种？——没有人研究过。他们吃饭时，四人就要占一桌，菜还不能少上。虽然人数少、乐器简单，工钱却有鼓班的一半。这种路数让坐在露天地里的鼓手们不甚服气，也觉着乐人们神秘莫测，不可思议。

山西地下的煤炭和地上滚滚行进的车轮，每天都在催生着新富出现。他们中许多人显然还适应不了骤然而至的财富，把这归功于祖上的阴骘。除了在婚礼、孩子过满月、过生日等喜事上大操大办外，属于白事的葬礼、过三周年、迁坟合葬立碑等活动，也常常雇请鼓班、乐队吹打，聚众娱乐的成分多于礼节仪式；还有的人家，孩子考上大学或上了重点高中，也要请上鼓班吹打庆贺。当地有文庙的，还要到棂门前烧香吹打，往老槐树、古石碑上“披红”；而在城市的公众场合，大到奠基剪彩，小到开张志庆，还有政府组织的大型活动上，也是鲜花礼炮、鼓乐齐鸣，这就给各种演艺行业提供了生存的空间。

鼓班的行情也是看涨。目前光是代县就有大小二十多家鼓坊，还有不少搭鼓班的戏曲唱家、业余歌手，还有的女童也放弃学业跟班学艺。过去，鼓班艺人全靠民间的礼仪习俗维持生计，如今却被派到更多的用场。人们的价值观念,也正在被金钱的力量重新定位，不同职业的社会差别已经不那么明显，似乎全被经济收入的多寡抹平了。目前鼓班已属收入不错的职业，他们也不再是过去受人小看的吹鼓手，谁也不会用原来那些难听的字眼称呼他们了。

需要记住的不是别的，而是传统的民间鼓乐和演奏它们的吹鼓艺人。

在晋北,这类鼓乐在全国能够占到独特地位的有：由古代边塞军乐演变而来的《大得胜》,从五台山寺庙音乐流到民间演变而成的“山西八大套”,以及中路梆子、北路梆子、二人台的唱腔曲牌等,它们或许被冠以“非物质文化遗产”的名头进入官方机构的某个卷宗，或许躲不过自生自灭的命运。而在此时，它们正在被一群游走于民间的吹鼓艺人顽强地守护着。

多数情况下,他们这种守护仅出于职业的本能,不知能延续到什么时候。

（此文获第四届冰心散文奖）

飞过太平洋

1993 年 8 月某日下午，上海虹桥国际机场。

笨重的空客终于将它的金属躯体送上天空。空气被撕裂后的喧嚣，刺穿密封的机舱震荡着耳膜。一种莫名难言的氛围，压抑着 300 多名惴惴不安的乘客。这趟东方航空公司直飞洛杉矶的国际航班，将要前往太平洋彼岸的遥远国度——美利坚合众国。方才，在混乱的安检门前，我们一行四人填写了一张张表格，行李箱被检查人员一再打开，里面是一些旧报纸，包裹的粗糙玻璃器皿。这些土里土气的东西，让大檐帽下那张栽着粉刺的脸上，露出毫不掩饰的嘲笑。几经折腾后，我们四个人如同逃亡的难民，由安全门仓皇而入，稀里糊涂爬上这架体型巨大的飞机。

飞机升到万米以上，就进入了气流相对稳定的“平流层”。宽大的机翼收平后，吼叫的发动机也安静了许多，只有轻微的空气磨擦“咝咝”作响。舷窗外，太平洋上空水天一色，万里无云。没有任何参照的物体，机身如同被看不见的绳索悬吊在空中，几乎觉察不出在以每小时近千公里的速度飞行。只有从舷窗上悄然转换的光影里，才找到些许移动的感觉。

地面上的折腾让多数乘客又惊又累，不少人来不及体验一下飞离祖国的感觉，就睡过去了，气流轻柔的抚慰使机舱内愈显安静。我凝视窗外，看见另外一架飞机正从下方飞过。晴空里，对方驾驶窗和尾翼反射刺眼的阳光，衬着深蓝色的天幕，稍纵即逝。

不知不觉，我的意识也模糊了……那还是我的儿时，田野刚刚秋耕过的松软土地上奔跑着一群兴高采烈的男孩。大家抬头望着湛蓝的天空，见一个缓缓移动的银亮小点正拖曳出雪白的云线。云线由细变粗越拉越长，直至消散。孩子们对着天空大声呼喊："飞机飞机你下来，飞机飞机你下来"！强烈的阳光和冷冽的秋风刺激得我们泪流满面，恋恋不舍地目送飞机在天上远了、没了。

现在我如果还站在那块秋耕地上，看一具金属制造的飞行器在天上移动，还会有那样激动么？也许，我可能会想到另外的意象，甚至会联想到不久前发生的空难——巨大的冲击波撕碎了由各种材料构成的"大鸟"。迅速解体后的客机，泄露出来的东西丰富多彩，挟带着呼啸声首先砸向地面的，应该是沉重的飞机引擎，接着是人的肢体。那些比较轻浮的物品不肯马上落回地面，一摞摞钞票或者文件长久地在烧焦的空气中飘舞着。比重不同，各种物体的迸裂程度和下坠速度以及落在地面时的分布密度，肯定也不同。

不敢想了。我收回目光，赶紧将荒诞的想象交还给眼前的现实。

这具飞行中的金属躯壳，承载着300多个生命的活体，多数已经放展四肢进入梦乡，只有我在意犹未尽地向舷窗外张望。本次航班没有旅游团队，所有的黄皮肤同胞，多是三五结伴或单身。跨越半个地球的旅行，对他们来说，或许意味着一种离别或寻找，各人的心事自己知晓。偌大机舱里异常安静，全然没有国内航班上常见的喧嚷。只见过道里的指示灯，幽绿橙黄着。

舷窗口的阳光，仍在悄悄移动。

我座位前隔着一排，有一个窈窕的背影正起身沿过道走向洗手间。这位年轻女士，曾在出关检查时见过。两小时前机场换登机牌时，她排在我们的前面。当时她遇到一点麻烦，由于行李超重，机场工作人员要求付费托运，或者减去一部分物品。她费力地打开两个特大号的旅行箱，那双戴满首饰的纤纤玉手，从日用品底下翻拣出一摞摞精装的书籍，毫不犹豫扔到一旁，动作是那样的决绝。看起来那些书版本不错，要是换个地方或许我会拾起这些主人不要了的书。可是我自己的行李也不轻，除了随身的小箱外，还拖着一个同样巨大的箱包，里面塞满了旧报纸，所包裹的货物样品是一些易碎的玻璃器皿，来自闻喜县一家乡镇企业。我因为搭伴这个民间贸易小组，才从美国驻北京领事馆拿到 Passport（护照）。

那位女士从洗手间回到座位，戴起飞机上附带的耳唛，躺靠在座位上开始摇晃身体。此时一种不舒服的感觉，强烈地涌遍我的周身，额角开始作疼。便拉上舷窗遮阳板，正要拥着万顷碧空做一个梦，扩音器响起。我们被告知：正在飞临日本上空。我在左下方看见一系列岛屿，呈卧蚕形状。它通体绿色，像极了饱餐桑叶的蚕，正舒适地飘浮在太平洋里。一艘艘小如芥籽的船舰，在海面上刻划出细长的白痕。我很快辩认出那个圆锥形的山，峰顶依稀有白色的积雪，正涂抹上了血色的残阳。地面上有许多流动的光点，穿梭于蛛网般的道路上。

空中客车从容不迫地穿越这个岛国的领空。

我试图在脚下缓慢移动的地面上，寻找长崎、广岛这两个城市。我仿佛看见，在 1945 年 8 月那两个无风多云的日子，两枚金属外壳的放射性物体，正在向这两个城市的中心急速坠落。代号“男孩”和“胖子”的原子弹，分别扑向长崎和广岛，通体碧绿的岛屿上，迅即腾起两朵遮天蔽日的蘑茹云……

此时天还亮着，岛国的地面上却过早地亮起了彩色灯火。我们的飞机似一只迁徙中的大鸟，悄无声息地掠过日本列岛，没有有向下面的城市投下什么，机翼却像被炮火击中一样颤动了几下。扬声器里解释说，是因为地面上升的热效应影响了气流，造成飞机颠簸。

飞机正与落日相背而行，我凝神俯瞰。

大海上壮丽的落日，波诡云谲的晚霞正在迅速消褪。钢水般燃烧的夕照铺满海域，又渐渐冷却成了混沌的灰铅。整个天空暗了下来，舷窗外茫茫荡荡、混沌不清。不知过了多久，飞机向左侧倾斜了一下，似乎转变了方向。我猛然看见，舷窗外深色的天幕上，竟悬着半个月亮，清白得如同一块冰晶，倏忽来在面前。我抚摸着舷窗上的月亮，指尖上似乎有一丝凉意。

天宇澄澈，月光如水，将我登机以来的烦闷心情涤荡一空，让我想到了《金光明经》中“佛法真身，犹如虚空。应物现形，如水月中。”似有一种禅悟后的诗意。此刻，我有幸与明月凝眸对视，她就在与我平行的角度，离我如此的亲近。我深情地望着她，心如静潭。人与月，已融入这混沌的宇宙……

为了在飞机上欣赏曙光初现时的北美大陆，我掐着时间小睡一会，却错过了破晓的时分。也许是迎着日出一直向东飞行的缘故，这一夜像被压缩似的短暂。我们即将降落的洛杉矶，在美国的西海岸。飞机在空港上方不断盘旋，等待降落的指令，我却不合时宜地又睡着了。睡梦中，我正坐在一列奇怪的火车上，周围是同样奇怪的人群……被推醒后，我楞楞怔怔地问了句：到哪一站了？有人在吃吃地笑。这时，飞机正大幅度地倾斜，视线和地面差不多构成了直角。稀疏植被的地面如此荒凉，像挂画一样贴近舷窗跟前，把我吓一跳！怎么，飞了这么长时间，又回到我们晋西北了？

听见扬声器里反复用英、日、中三种语言重复着“美国洛杉矶”，我才似信非信地意识到，这下真的到“站”了。拖着箱子钻出飞机，穿过幽长的甬道，稀里糊涂跟随人流走进海关大厅。没想到，我们在检查闸口遇上了麻烦。

本来，这个贸易小组是受洛杉矶一家公司邀请，参加在拉斯维加斯举办的“圣诞节用品补货会”。带队的老钱尽管英语说得挺溜，可在慌乱中一时找不到对方的“invitation”（邀请函）。折腾半天，几乎把每个箱子都翻遍了，还是不见。眼看所有旅客全走光了，只有我们四人尴尬地站在空旷的大厅里。翻箱子时，里面那些旧报纸的碎片，又不合时宜地散落出来。我们的前面，是进不去的关口。后面，是几个黑铁塔似的机场警察。头顶上方，悬挂一面足有半个篮球场大的巨型星条旗。对面墙上，一条同样巨大的标语上，用英文写着“America Welcomes You”（美国欢迎你）。

机场外面，迎接我们的范旭燕女士电话一遍又一遍电话打进来，让老钱把手机递到联邦移民局官员手上，想说明情况。那个满头金发的小白脸就是不接，非要书面的东西不可，甚至还有一句没一句地和老钱闲扯淡，说什么他是希腊后裔，还没结婚，想找个中国女孩作太太等等。我看着那家伙养尊处优的漂亮脸蛋，恨不得上去给他一记左钩拳。

在这个悬挂着巨大星条旗和欢迎标语的大厅里，四个来自大陆中国的商人被告知：如果那份“invitation”找不到，我们一行将被强行遣返，回到上海同样只需 16 个小时。我环顾大厅，四周坚硬如铁，各种笨重的陈设让人透不过气来。真担心箱子里那些可怜的玻璃花瓶，要被这凝重的气氛挤压成了碎片。

正在着急，老钱忽然说：找到了！找到了！原来他把那个信封夹在一本常读的书里，弄出一场虚惊。

我们跌跌撞撞出了关卡，范女士正孤零零举着牌子等着我们。上了她驾驶的豪华房车，也没心思欣赏车内考究的酒吧台。车子在植被稀疏的丘陵小山上左盘右旋，一路闪过不少木结构的二层小楼，都漆着浅淡的颜色。进了范女士的别墅，我长时间分不清东南西北。脱鞋走在松软的长毛地毯上，像踏进麦秸垛里似的深一脚浅一脚。四人饭也没吃，各自认了房间，草草冲个澡，拉上厚厚的窗帘倒头就睡。

这一觉睡得格外深沉，没有声音，没有梦，身体如一根轻飘飘的羽毛，被一个巨大的黑洞吸纳，旋转坠落。浑身软绵绵的不想挣扎，任由那个漩涡将我吞没……

他乡遇故人

来到美国十几天了，胡乱吃的东西没一样儿值得回味，喉咙里直往上泛寡水。这天朋友带我们去洛杉矶“中国城”，竟然吃上了地道的山西刀削面。西红柿炸酱和盐醋打卤，分明是正宗的晋阳风味。吃下一大碗，正在意犹未尽，后灶里走出一位瘦高的华人厨师。他摘下厨师帽，我立刻认出来，这不是太原清和元饭庄的李书记嘛！他好像事先知道我们要来，做好这桌家乡饭就出来打招呼。

那还是四五年前，在全省财贸工作会议上，老李作为先进工作者受到表彰。在一米多长的横幅大照片里，有老李胸戴红花与省长在一起的合照。他乡遇故人，自然少不了相互问候。老李说他生了六个儿子，眼看着挨肩儿成了人。老大刚成家，老二老三也都有了对象。凭公家那点儿工资，娶头一个儿媳就塌下饥荒。领导上考虑他的实际困难和专业技能，上报商业厅特批，同意他以劳务输出的方式出国，当时他还担任着中共清和元饭庄党支部书记呢。来这家中国餐馆专做面食，工资待遇还可以。他说只要连续干上两三年，后面几个小孩成家就问题不大了。只是每天上下班太远,又不会开车。路上都是开得很快的汽车,他骑着自行车上下坡拐弯，即便有专用的车道也不安全。有回摔倒在汽车道边，前后左右停下一大片汽车，身上虽没大碍，可那刹车的声音就让人心跳了好长时间。按照当地法律，店铺打烊后里面不得住人，老李又不好意思让餐馆老板天天开车接送，上下班行路很让他犯愁。他又说起,年初随团擅自离队的某厅局那个谁谁,现在还没个着落。最近和他挤住在一起，天天在睡在地板上,估计这阵儿还没起来呢。

正说话间,从外面进来几个食客,看样子也来自国内,或许也是山西人。老李侧起耳朵,听他们也点了刀削面，就戴起高高的白帽子和我们匆匆道别，瘦长的身影在帘子后一闪就不见了。

走出餐馆，我们到对面超市购物。我的英语最贫困，就负责推车拎东西。我们买了约六七十美元的食品，装了满满一后备箱。其中有适合做馅和炸酱的各种肉丁，还有山西清徐产的老陈醋。这是我第一次见识超级市场，很惊诧里面的交易方式。这里又小又青的苹果，竟然比又大又红的苹果标价高得多。第二天中午,我们几个一起动手做饭,包了饺子,老钱还像模像样削了一锅面。可是,面对丰盛的饭菜,谁也没吃出昨天的滋味来。于是又说起老李，议论那个睡地板的某厅局谁谁。

饭后我负责打扫残局。我将剩余的饭菜收拾到保鲜盒里，放进那个大衣柜似的冰箱里。房东小范穿着睡衣从里面出来，打开冰箱一看哇地惊叹，说梦见我们吃好的了。这时冰箱突然呱呱地叫起来,像青蛙。小范抬脚一踢，那冰箱就不叫了。她说这冰箱是路边拣来的，当时扔它的人还在上面贴了“可以使用”的字条。又说她从来不买菜，饿了就看冰箱里有没有可吃的，后面来的客人也吃前一拔客人留下的东西。不过她吃得很少，大约是为了保持身材。她指着餐厅里的陈设，说这些大都是拣来的。我仔细一看，还真的不成套，不过搭配在一起也勉强说得过去，可见小范在拣东西上头眼光挺好的。

说来也怪，在这所房子里住了十几天，从来也不知道餐厅的大冰箱会发出奇怪的叫声。这天夜里我在二楼，睡不着就侧耳倾听。青蛙一样的叫声顺楼梯传上来，在夜静时分是那样的单调而清晰。

“蒙垂帕克”

在美国洛杉矶的一处丘陵高地上，有个叫“蒙垂帕克”的社区。这是我从范女士的纯正英语中杜撰来的谐音，至于如何拼写，且不去管它。大概和国内“圪梁”什么的并无差异，只是一个便于人们记住的地名。美国西部这个最大的都市，只有穷人才住市中心。我曾去过那个谐音“当趟”的中心街区。许多二楼以上的窗户是破损的，有的还留有烟熏火燎的痕迹。一个人不敢在这种地方活动，光是店铺门前荷枪实弹壮大如塔的黑人保安，就让人头皮后背一阵阵发麻，虽然你不是打家劫舍的盗匪，却总有一种老鼠遇见猫的感觉。

构成蒙垂帕克街区的主要建筑物，就是被国人称之为“别墅”的那种独栋住宅。典型的模式是，对着小马路的是入户门，与之并列的一至两个车库，白色翻转门上刻印着朴拙的松木花纹。房子的侧面和后院一般为草坪和花园，约有半亩的样子。其实，这还算不上真正意义上的别墅，只是中产阶级以下有固定收入者的寻常住所。

真正的别墅，并不以房屋建筑的规模称雄，而是拥有大片的草场或森林，以及附带的游泳池、运动场等设施。那天我们去一个叫“比华利山庄”的高档社区，参观一处里根总统想买而没有买成的别墅。据说，这处别墅竞价到 300 万美元时，时任总统的里根放弃了。最终的得主是一位名叫丁绍光的华人画家，后来才知道他的原籍竟是山西晋南。隔着长春藤缠绕的锻铁栅栏，我们看到偌大的草场尽头，生长着一大片茂盛的参天古树。那所房子并不起眼，有一部分隐没于缓缓隆起的绿色小丘里。由于不得其门而入，能够看到的仅是这些。

蒙垂帕克住着不少大陆过去的知名人士。在我们的斜对过，就住着电影演员王姬。我在三楼的房间窗户正对着她那所房子。我看见，一个开着破旧皮卡的棕色大汉过来油漆外墙。这位老兄下车后，先要扠着腰打量头天油漆的部分，一动不动地看上半点二十分，才开始从车上往下卸工具。他好像特别珍惜那两架金属梯子，每次用胶带将报纸连同架板缠裹得严严实实，生怕油漆洒落在上面。做好这些准备工作，已是大汗淋漓，于是就从车内冷藏箱里拿饮料喝。我掐算着，从正式开始到收工干了还不到两小时。然后就开始拆解梯子架板，慢慢解开上面的包裹物，其认真程度简直就是开头那些动作的倒放。我估摸着，这活要是给了我，用不了三天就完工了，可那位“老墨”天天起来这般磨蹭，似乎永远不打算弄完。也不见房主人出来招呼他，许是外出度假去了。

我不知道他是否持有美国绿卡，还是这地方常见的非法入境打工者。看他不紧不慢的作派，倒像是那幢房子的主人。著名的南加州阳光，成就了好莱坞西部电影中醉人的光影效果。此时，橙色的阳光将棕色汉子硕大孤单的身影投在墙上，看久了就虚成一片模糊的影子。我觉得有趣,就用相机拍摄下来。

手的记忆

一

我很小的时候，总是迷恋于那些经常和手接触的物件。

当时，我们家借住在小镇一户农民家里。这家的男主人是一个精干的中年汉子，每天收工回来都要将应季的农具擦拭干净，整齐的挂在柴房后墙上。我常偷偷踅进柴房，用仰慕的眼神望着挂满墙壁的农具，除了铮光瓦亮的刃头，上面还安着或长或短的木柄，几乎每一件都由铁与木两样材质构成。我伸手轻轻摩挲那些光润的农具木柄，逐渐知道了哪是槐木，哪是枣木，哪个又是白蜡杆等等。这种知识都源于房东不无炫耀的讲述。

他向我唠叨这些把柄的来历和它们各自的特性，般般件件都有一段不寻常的故事，却不甚提到钢铁的刃头。当他讲述这些时，别的孩子们一般都嫌乏味四散而去，只有我能从头至尾听完。我脸红心跳地地摸着、握着那些磨得发亮的木柄，端详着，木柄上经常被手握汗渍的部位，呈现出与周边不同的质感、纹理和色泽。每种材质传达给手掌的温度也不同，比如，槐木握在手里，除了韧性之外还有一种清爽的凉意从木质纤维里沁入手心。这种清凉让我猜想它曾是槐树上的某根顺溜的枝丫，而且还让我联想到它的味道，一定是很苦的。前不久，小镇街上那棵几围粗的老槐树因为阻碍了日益增多的车辆，终于被人们放倒了。我拣起一块斧子砍下的碎片尝了尝，印证了槐木的味道果真很苦，这种青涩的苦味又通过舌尖回传到我的手心。后来我摸过那根槐木锄柄，不由地将手举到鼻子跟前闻闻，试图寻找到那种深植于心的清苦；再比如枣木，红褐的色泽和厚重的质感，给人一种很贵气的感觉，在被手打磨得最光亮的那一截枣木柄上，甚至能隐约映照见我的眉眼。

正是由于儿时留下的印象，让我对各种事物的细微之处分外留心，尤其是对各种木料有一种痴迷的兴趣，这种兴趣一直保持到我成年之后。我可以当着木工的面，用手抓起一把刨花放在鼻子下闻闻，差不多就能说出它的树种名称和原产地（除非是不常见的稀有木材），一般不会有什么差错，这很让那些木工师傅们拍案称奇。只有我自己知道，这并非什么持异功能，而是从小留在手上的记忆。如同生活本身，留在手上的感觉除了温润细腻，还有粗砺苦涩，如同各种木料的质感和味道。

二

对于成长中的男孩来说，伤痛留在手上的记忆，往往是刻骨铭心的。疼痛，告诉他什么能做，什么不能做。

比如，新做好一架弹弓，本想着将石子射到树上的鸟巢。结果由于过分激动，右手拉紧皮筋突然放开，用力不匀竟将弹丸崩到持弓的左手上，立刻疼得呲牙裂嘴丢掉弹弓蹲在地上，将那受伤的手夹在两腿当间原地跳脚。又比如过年时，好不容易向大人要钱买了几个二踢脚大麻炮，还没燃放就得意忘形，这时候往往乐极生悲。在大麻炮炸头一响的瞬间，没有及时松开手指让它在落地前反弹到空中，结果握在手心炸响了。手掌皮开肉绽，还将缠绕炮仗的麻皮嵌进伤口里，留下一股皮肉烧焦的气味。这时候，男孩就留心起这双无所不能又极易受伤的手来。

女孩的手则可以展现其与生俱来的娇美。

每年凤仙花开的时候（也叫“海娜花”或“指甲花”），秀气的小女孩们总要摘了那腥红的花瓣，在奶奶或姥娘的帮助下，将花瓣和蒜瓣一起放入小石臼内捣成粉红色的泥状，然后敷在十个指甲盖上，再用豆角叶子包裹好。隔一夜解开来看，双手的指甲就变成十粒晶莹剔透的石榴籽了。这时候，女孩儿们就聚在一起嘀嘀咕咕，相互攀比谁染的指甲更红更艳。男孩们则远远斜眼瞟着，满脸的不屑和鄙夷。可他们那双总也洗不干净的手，此时却不自觉地藏在了身后。

现在想来，即使爱娇的女孩，一生中能有几次用海娜花染红指甲的经历呢？那双曾经染着红指甲的小手，在日后能有几双成为所说的那种“纤纤玉手”呢？其中的多数也要被生活所磨砺，变得像男人一样骨节粗大，丑陋不堪。此时，男人的手和女人的手便会坦然相执，共同捱过漫长的岁月。不过，留在手上的记忆，还会是少小时那种懵懵懂懂的美丽么？

我手上有一处伤疤，在左手食指上。当了六年产业工人仅留下一处伤疤，在工友中算是稀少的。车间里的环境由铁与火、噪音与烟尘构成，受伤是难免的。任何一支锋利的刀具和飞转的卡盘或砂轮，轻易就会将手弄得血肉淋漓。工人风不吹日不晒，可比起农民在旷野里那份自在，简直是两重天地。几十年工人当下来，手上鲜有不留下伤痕的。

我见过最严重的工伤事故不在手上。开车床的一位女工，在我们车间的女工中算是最标致能干的。她舍不得将一头乌黑的发辫剪短，干活时塞在工作帽里。有回加夜班，她低头观察高速车削的工件，那两条富有弹性的辫子如蛇一样偷偷滑出帽子，掉在卡盘上瞬间就被每分钟 3000 转的工件缠绕起来。她下意识地向后死命一挣，竟然将满头乌发连同整个头皮扯了下来，登时就成了一个血葫芦。不知哪个手快关了车床，小心翼翼取下连着发辫的头皮。众人簇拥着一辆三轮车，将伤员火速送到医院。不久她出院了，那头漂亮的发辫又完好如初地展示在人们面前，只是在发际处留下一道发白的伤痕。十几年后，我从别人口中听说，她和她的丈夫都下岗了。男人靠四处打些零工，女人在街头卖雪糕。

我左手这处伤疤，和业余自学木工有关。比起职业木工，我这道伤疤算不了什么。自从普及了电动工具，木工师傅们伸出十个手指来，就很少有完整的了。

六年的时间给了一个勤奋的大学生,可以完成“本硕连读”的学业了。我却结结实实做了六年产业工人,学会了多种可以谋生的手工技艺。虽然后来一种手艺也没用上,不过并不后悔这段经历,因为它是我人生的底色,尽管调子有些黯淡。一生中有过的几次转捩,无一不是靠了那段阅历给予的底气。每当有人夸我“悟性好”时,我也忍不住自诩“咱是工人出身”。哪天见到篆刻家求他为我治印一方,印文“出身工人”,以提醒我不要忘了那段刻在手上的记忆。

灯下杂俎

杂文杂感

我的回归

我还是一名高中学生时，侥幸在报纸上发表了一篇短文，还被学校的大喇叭里广播了好几次。当时我在同学们心目中,应该和现在的“校园男神”差不多。

不过,它和后来变成铅字的东西一样,随着我的颠沛迁徙早已轶失无存了。我不保存它们，是因为当时的生活处境和世俗的常理告诉我，写作这玩艺儿不可以当饭吃。也让我在逃离它们时，显得那样绝决和义无反顾。之后的经历诸多支离。在之后的 20 多年中，我以大量的受命公文完成了一个产业工人向处级公务员的嬗变。中间在客串五六年的商务生涯时，足可以将可行性报告、策划书以及合同协议等商业文本,撰写得天衣无缝并有理有据有利。尽管我在官商两界的酬酢往还中尚能保持着对文学作品的阅读，但所有这些,却没有哪一种行为与真正的纯文学写作有关。

日常的所作所为与所思所想，往往于酒肉征逐的时空错乱中，迸裂成一些难以名状的碎片。它们无时不在冲击着我日渐麻木的心，也曾让我在酒醉方醒后辗转反侧。我知道这是文学在作怪。文学可以使人痛苦，它让身处官场或商场的人，不时地检点自己的人格或良心，让人难以心安理得地去追名逐利，让人将官和商做得很不纯粹，因而将自己弄成一个复杂的矛盾体，瞻前顾后首鼠两端的人注定在名利场上不会有多大出息。

太阳照常升起，阳光下的俗世又是那么喧嚣纷乱而又生气勃勃。我也曾坐进由专职司机拉开车门的车子里，仰靠在座位上行进在欲望涌动的街市上。但那些曾让我静夜难眠时无法释怀的东西，未等集聚就一路抛洒，不及凝固就蒸发殆尽。久之，它们在我的心里留下一个空洞，当我试图用文字来填充时，却发现自己手中的笔已经柔弱无力。

不过，我终究还是把自己找回来了。

了断俗务，卸去假面，疏离了相互利用的社会应酬，自在地游走于高天阔野和底层民众之中，感觉自己本应就是其中的一部分，真切得让人有所着落。我的世界，也本来应该在这里。在这里，职位可以不再晋升，存折上的尾数可以不再添“0”，而精神却是前所未有的充实。从此，我不再为商界谁发达了谁破产了耸动一下眉头；也不会为官场谁提拔了谁又被“请进去”了发一句议论。

在不停的读写不断的冲击和长久的内省中，思维像窗玻璃一样被擦净了。许多“斩不断、理还乱”的意念逐渐聚拢成篇。那年秋冬之交，文友主持一张报纸的版面，找我这个似乎有些经历同时又能拿起笔的人，为其“浮世物语”栏目撰写短文。我一度以较高的频率，连续在专栏里发表千字文，那种久已失落的感觉又被寻找回来。冥冥中，一个新的生命回到身上。一种久违了的冲动,又给庸常的生活罩上了些许亮色。

正当我在文字的丛林里跌撞时，一位高个子的白发老者走进了我的生活。是他，让我知道了什么是文学,什么是散文,什么是真正意义上的写作。在鲁院，能够在那么亲近的氛围中聆听他的授课，并在往后的日子里经常与他通信或见面，受益自是很多。这位老者,就是林非先生。他担任鲁迅研究会会长、中国散文学会会长、博士生导师，被公认为散文研究领域的大家;他笔耕不辍,写作了大量言精意远的优美散文,有被选为高考内容和中学教材的，也有被翻译到国外广为传诵的。以我这样的菜鸟，能够经常得到先生的策励和点拨,实在是荣幸。同时也明白了散文是那么的"易学难工"。

不甘平庸的追求，很难让自己在诚实的写作中潇洒起来，它让我经常沉溺在痛苦与愉悦里，埋头于脑体交瘁的不间断劳作中。回头再看，原初那些凌空蹈虚的文字，尽管颇有几分壁上观式的清高，却从雕琢的词句中反映出思考的浮浅。由看似老到的语气里，流露出对人性的冷漠。而那些源于刻骨铭心的亲身经历，由此而沉淀发酵流淌出来的真情实感，才算得上痛苦思考在心灵上的刻痕，这些刻痕理应变成能够"立得住"的文字。它们不但让我在精神上有所皈依，同时在日常的生存态变中更加笃实而宽容。

回归后的写作，多是颠扑蹒跚的步履，也不乏希望和愉悦的笑靥。眼前仿佛有一条依稀可辨的小路。这条路将把我带到好远,那正是我要去的地方。

2009 年 4 月 12 日

莲　心

暑日，人和天气一样燥热不安。此时，到茶庄买些莲心泡茶，并将这些碧绿的小东西分与几位心火上攻、目赤牙疼的亲友，告诉他们善时饮用。这样，就不觉昼长夜短，一个冗长的苦夏也就容易打发了。

找来《本草纲目》查“莲藕”条：“莲产于污泥，而不为泥染；居于水中，而不为水没。根茎花实，凡品难同；清净济用，群美兼得。莲子中含白肉，内隐青心曰‘薏’。薏藏生意，藕复萌芽，展转生生，造化不息。故释氏用为引譬，妙理具存；医家取为服食，百病可却。”人们常把莲籽中苦味的心去掉，将其肉作羹以为滋补。我倒觉得，多数人更需要借重莲心“苦、寒、无毒”的性味，给自己带来几分清醒与安宁。

作为传承生命的种子，没有哪一种植物像莲那样，能够跨越漫长时空，珍藏起生命内核。深埋地下千年的古莲子，出土后仍可发芽、开花，将她的品质和血脉，全部寄托于子实内的绿心中。佛家“用为引譬”，不知是取其清苦寂静的禅味象征，还是寄寓“展转生生，造化不息”的生命意义。心存大愿者，终身以苦寂为伴，对真理苦苦以求而无怨悔。因其苦，多数人不愿品尝。于是，真正的智者或永恒的事物就自然地属于了少数。

李叔同在他人生的最辉煌时，从容地走进了禅林空门。风花雪月的西湖诗酒、曾经辉煌的半生名流，全都在晨钟暮鼓中隐去，种种尘缘随着剃度一刀两断。李叔同已死，弘一法师方生。他以多才多艺的俗家，修行成藜杖布衲、面容清癯的高僧，临终前“华枝春满，天心月圆”的遗偈，道出了精神解脱后的深度愉悦，言说着灵魂皈依后的大自在。“灿烂之极，归于平淡”，是古今高人追求的境界。这种平淡给后世留下的意味是那样的隽永绵长。

唐代诗僧寒山与拾得有一段对话。寒山谓拾得：“今有人侮我，辱我，慢我，冷笑我，藐视目我，毁我伤我，诈谲欺我，则奈何？”拾得曰：“子但忍受之，依他，让他，敬他，避他，苦苦耐他，装聋作哑，漠然置他。冷眼观之，看他如何结局。”这段对话的要义，就在于“苦苦耐他”四字。佛教企图拯救苍生走出苦海，许多人却离开佛教的本义渐行渐远，庙宇中庄严的佛像，似有些无奈的苦笑。佛经中的奥义，本身就有一种深厚的苦味。禅悟虽然很智慧，似乎也有解脱的喜悦，但其底蕴终归是苦的。

人类往往由于不能自觉自悟而处于难以逃离的悲苦中。如今，许多人正在远离生命的原点，滑向深不可测的黑暗。过于丰盛的食品让人们淡忘了不久前曾经的饥寒；过于敏锐的思维被用于计算股票和汇率的涨跌；过于安逸的现代消费，让人们很难将思想的翅膀送上精神的天空，自寻烦恼地去沉思。沉思存在的源头、沉思宇宙中时间和空间向我们暗示的神秘寓意。我们终于嬗变成一群交织着欲望与冲动的不明混合体。现代人的四季，没有了春天的宜人与秋天的高爽；现代人的精神家园，要么荒芜得寸草不留，要么长满了带刺荆棘。于是，圣洁崇高的东西，变成了电视机前的小食品。所有的事物，都被打上了价位明确的条形码。一整套大家不得不遵守的“潜规则”，疏而不漏地笼罩住全社会的方方面面。没有人能揪起自己的头发，让身体离开地球，也没有谁能在真正意义上逃离眼前的现实。

此时，如果用干净透明的玻璃杯，泡上几枚碧绿的莲心，身心或可置换于另一番境界：在水的浸润下，莲心舒展衣袖，上下浮沉。淡雅的绿晕从她的裙裾下散出，渐至浸染出一杯通透晶莹的翡翠。我捧起水中的莲心与阳光对视，她在阳光的照射下，成了翩然起舞的精灵儿，迸发出一种电弧般的灵光，让人不敢正视。

呷一口莲心水，闭上眼睛。舌端的味蕾被激活，全身的神经也被刺激得不断蜷缩、拉伸。在这奇妙的清苦中，我感动着、忏悔着，如被雷电击中，如受醍醐灌顶。觉察到灵魂中的卑微，深感不配享用这至真之味。我深深地呼吸，感受到一种高度，一种空旷，一种虚静。我深信先贤们灵魂的皈依，圣哲们精神的创造，就是在这种苦涩的况味中完成的。

徐徐咽下这口苦水，将曾经昂视的目光收了回来。低下头颅，俯首于大地的厚重，跪拜于草尖上每一滴露珠的灵动。关注于低处的劳作、低处的细节、低处人群的生活状态。俯仰之间，我的颈椎不再强直，目光不再游移，头脑也不再混沌，开始进入一种沉默。这种苦思和默想，是阳光在时间里的滑动，是悄然入窗的半轮明月，是进入思想乐园之前的清寂过道，它赋予我冲向精神旷野的胆力。

我被莲心这个神妙的小东西所征服。当庄子神游天外寻求自由飞翔的时候，当佛陀静坐菩提树下证悟般若智慧的时候，他们可曾想到了莲心？其实，小小莲心中超越时空的生命力，还有其中那淡淡的清苦，暗示给我们许多东西。只要理解了莲心，品咂出其中的至真之味，走进她以纤弱之躯构筑出来的宏大世界，人类所有的终极命题都能破解，所有的困苦均可释怀。她那种“造化不息”的生命精神，足以带领着我们走出时俗的泥沼，和深邃的星空对话，与更高的存在商量，对准更远大的目标调整目光。她还可以鼓起我们的魄力，对残缺不全的旧我进行一次壮烈的扬弃。

品尝着莲心的苦味，欣赏着她在水中的舞姿，想象着古莲子在黑暗的泥土下那惊鸿一瞥，身心正在变得澄澈、宽广和有所着落。一种与大自然相谐的宽容与谦卑正在体内生成，还有一种超越自我的飞翔动力，正坚定、缓慢地将我的身心托起。我将整理琐碎的生活，擦亮久已黯淡的心灵，渴望有精神价值的劳动，向往有深度的生活方式，追求真正的人生意义。不惧怕漫长的等待，甘心于持久的寂寞，企盼着生命重归于庄严与高贵。古莲子沉睡于地下蓄势待萌，那一星永不泯灭的绿火，还有那悠长淡远的苦，将永远是我摸索前行中的灯。

我提笔写信，向远在江南的朋友索求几粒完整的莲子，欲将她们浸养于紫砂盂中。她们若安身于我的书房，会在某个静夜里訇然破壳，“自蒻蔤而节节生茎,生叶,生花,生藕;由菡萏而生蕊,生药,生薏”。世间最美丽的生命正在诞生。我坐拥好书半壁，守着孤灯一盏，感受着前所未有的实在。由心静而产生的凉意，如遥远天际的圣山之雪，消解了夏日的暑气和窗外的市声,引发了我的热切憧憬。

无论是在风雨鸡鸣的荒村野店，还是在红尘喧嚣的城市蜗居，生活中不再有烦闷与孤独。周遭四季如春,无须在夏日里打扇,也无须在寒夜里添衣。

弟子文说

客居台州，闲来无事。含饴弄孙，茶酒终日。有当地文友者，恐我意志衰退、过早痴呆，遂荐朋友子女跟我学习作文。于是，门下由七八名发展到数十名，便有了这一伙“弟子”。

这些弟子，说小不小，虽初中(一、二年级)在校学生，身高 1.75 米以上者竟有三分之一，体重秘而不示，亦足以观瞻；说大不大，正处于豆蔻年华，毛泽东式的反叛，少年维特式的烦恼，张爱玲式的自怜……身与心发育大不平衡，表现样式之繁多，较之内地学生更甚。其狡黠，其聪颖，其花花肠子与鲁莽草率，更令我始料未及——究其精神、物质原因，或可曰：独特的人文氛围(码头文化与骤然富裕)和更独特的饮食结构(海鲜当饭，补品当水)。

老话说：“家有隔夜粮，不做‘孩子王’。”于我而言，一为朋友所托，二为体验生活，有无“束脩”倒在其次。来在班上，如入非洲莽原动物世界，我观察他们，他们亦观察我，可谓“人视眈眈”，气氛一度微妙。我看每个孩子，身后均带着两个影子：一为家庭，二为学校。正是通过这个窗口，我对此地的世道人心，不敢说有方方面面的了解，至少要比点点滴滴来得多。这些，又惠及我对成人世界的融入。

自忖如我这样的“老树皮”者，也算是走州串县出过外洋的人。阅历沧桑放在那儿，对付这些“蛋白质”男孩女孩应当不在话下。以我之体力、智力、胆力，兼以趁风扬土、装疯卖傻、见风使舵、指东打西的伎俩以及没大没小、混同于一般老百姓的综合素质，对付这帮满身名牌、躁动不安的“小赤佬”，应该游刃有余。惟须上心的是，万不可误人子弟。

孰料，其间哭哭笑笑、恩恩怨怨、成成败败兼而有之。如作壁上观，倒也异彩纷呈活色生香，足以让人会心后莞尔一笑。近一年半功夫中，难免有离我去者，然而不离不弃、厮守至今的更多。孩儿们跟我时多，不免日久生情，互为忘年好友。与此同时，这厮们的作文写作也渐入佳境。翻检起来，虽非洋洋大观，却也桃红李白、可圈可点。现展示晾晒于后，恭请各路方家大侠指摘点评，以求至善。待积累日丰，手边倘有闲钱（或被哪位好心人看中），将刊印一本纸质的《课堂作文精选》。

如属奢望，先发于博客，好在无须“坏了银子”。

2011 年 6 月 8 日于台州椒江

也说散淡

看着窗外2008年的第一场雪，想起前不久的深秋去晋城参加《山西文学》创作会时的情形。

当时由定存驾车，沿太长高速穿晋中盆地，进入太行山脉。车上人正昏昏欲睡时，忽听沉默一路的他，兀地亮开嗓子唱了一句“我本是卧龙岗散淡的人……”可惜就这么一句，接着就是车内CD音响《空城计》的唱段了。这一嗓子把我唱醒，揉揉眼，看车窗外掠过连绵不断的山峦，已是赤橙黄绿的暮秋景色了。

回到眼前，面对着漫天大雪，心里嘀咕这“散淡”二字的涵义。所谓“散淡”，应该不是指散漫淡漠，它应该是一种无欲无求、逍遥自在的人生态度罢。作为思维方式的“散”，首先是一种闲思散想，由此可以进入大聪明和大智慧。由于摆脱了一切羁绊，任性适情，按照事物的原本进行独立的自由思考，什么从众者的媚俗，什么权势者的眼色，于思想者看来可以忽略不计。具体到写作上，“散”又可以涵养一种自由自在、无往而不逍遥的创作心情。

当年苏东坡因“乌台诗案”发配到黄州，无限闲暇同时又是拮据窘迫的底层生活，被他过得如神仙般自在。于是，不仅有了凄风苦雨的《寒食帖》，更有《大江东去》《前后赤壁赋》和《承天寺夜游》这些精妙幽玄的神品。苏东坡在清逸散淡中惬意地栖居，不仅享受到人间的真味，而且还在闲寂中深思，和宇宙天地、鱼虫草木对话共语。如有神助的灵感，便从这种“优柔适会”的闲思散想中迸发而出。

钱穆在《湖上闲思录》中将那种可以产生灵感的思维状态譬为“空屋”：“古人似乎还知道空屋的用处，他们老不喜让外面的东西随便塞进去。他常要打叠得屋宇清洁，好自由起坐。他常要使自己心上空荡荡不放一物……憧憬太古，回归自然，这是人类初脱草昧，文化曙光初起时，在他心灵深处最易发出的一段光辉。一切大宗教大艺术大文学都是从这里萌芽开发的。”他把这个空无所有的心境称之为“最艺术的心境”，散散淡淡做他的“湖上思”。人们都知道，只有小学学历的他创办了多所中学大学，成为国学泰斗和教育大家。

而作为人生态度的“淡”，不妨就称之为“清高”。把功名利禄视作身外事，将毁誉臧否当成耳旁风，只追求文学和学术的真谛。

与“淡”相对的是“浓”，清人沈复(三白)有个说法：“人的万病之毒，皆生于‘浓’——浓于声色，生虚怯病；浓于货利，生贪饕病；浓于功业，生造作病；浓于名誉，生矫激病。”学做散淡超脱之人，先要解决参照系问题。沈复又说：“将啼饥者比，则得饱自乐；将号寒者比，则得暖自乐；将疾病者比，则康健自乐；将祸患者比，则平安自乐；将死亡者比，则生存自乐。”

老庄也提倡“虚静”。当一个人不受身外之物的约束，使精神活动处于优游自在、了无牵挂，便破除了自我的心魔。真正做到了荣辱不惊输赢不计，方能与天地日月同在共往，最终达到大解脱大圆融的境地。

可惜呵，智慧的诸葛亮越往后就越“散淡”不起来了。自打走出卧龙岗，他一天也没安生过。借东风、空城计……一路下来，末了儿终结于秋风凄凉的五丈塬。人这一生，不就这百十来斤重百十来年长嘛，什么建功立业，什么名垂千古，那是大人物们的事儿。如我等凡人草民，还是活得实际点儿为好——洗洗睡吧。

赏乐三章

萨克斯

聆听萨克斯曲时，未曾放松的身心，就有一种被悬浮于柔软光滑之上的奇异感觉。它款款发出的声音质感，近乎于半流体的巧克力。不论是发烧级音响，还是廉价的随声听，都能很好地演绎它的细节，因而被广泛用于多种场合的背景音乐。银质的管腔中，气流振动出成熟男子般的喉音，优越而自赏，近于阅罢沧桑后的醉眼睥睨；有如游子的倾诉，往往会引发几缕惆怅。凯丽金那曲《回家》，曾一度流行为雅致的时风。

在有限的印象中，萨克斯是一种孤独而共赏的管乐器。它简直就是飘忽于耳际的狐魅，蛊惑着时下的人们在灯红酒绿中奔突征逐，尽情地透支着有限的生命；它渲染内心的蠢动，能滋生出强烈的获取欲望和一路抛洒的率性轻为。从纽约的百老汇到北京的三里屯，从布莱尔到克林顿的手中，再到光线不足的地下通道里，它都以优雅弯曲的身段晃荡出一些呜咽断续的旋律，让人们生出些薄醉的共鸣。演奏者的手指通常干净修长，休闲的衣着随意考究，浑身上下不经意间流露出一种富足气质。如将这种乐器人格化，便是当今时尚说法的“新好男人”。它外表风雅得平易近人，骨子里却是十足的冷傲。你尽可欣赏它的曼妙，而它身上那种与生俱来的优越感，会让你脆弱的自尊心受到伤害。

设想一下听乐的理想氛围，可以在雨雪的季节，在宽敞温暖的起居室，有小牛皮沙发和纯羊毛地毯，有咖啡壶里的香气袅袅逸出，还有燃烧着松柴的壁炉，全是铺陈出来的慵懒和舒适。在这惬意的物质包围中，你那颗躁动不安、无所皈依的心却向另外的方向放飞。不管是怀揣证书的都市求职者，还是身在聚光灯下的成功人士，心灵的最柔弱处有如涸泽之鱼，渴望得到水的拯救。虽然萨克斯发出的声音缠绵有余昂奋不足，可它会在你百无聊赖时施然而至，以极具善解人意的似水柔情，成为你拥灯独坐时的无怨知己。

陶　埙

远古的薰风吹过陶瓶的口部，美妙的空气摩擦声启发了华夏先人们的灵感，于是就有了这种用泥土烧成的吹奏乐器。它状如恐龙蛋壳，且被持有者的手泽浸润出古朴的暗红色。最早的埙，是在浙江河姆渡遗址发现的，距今已有七千多年的历史，被誉为“音乐史上最古远的文明”。在周代，依据制造材料的不同，将乐器分为金、石、土、革、丝、竹、匏、木八种，称为“八音”。其中埙独占土音，在宫廷乐队中与钟、磬一样居重要地位。它在近百年的内忧外患中几于绝迹，上世纪八十年代重现国乐圣坛。它独有的如泣如诉、古雅深沉的悲凉旋律,最宜表现金风瑟瑟的深秋印象。

当吹奏者将此捧于唇端，两眼凝视前方远不可及处时,听者的神情便不由地随之肃穆起来。未曾听声，先就被一种宗教般的虔诚气氛攫住了心房。屏息凝神，游丝般的声气从地心深处悠悠而出，经过幽深曲折的岩洞，被天坑地漏渐次放大，慢慢渗滤过山野丛林,萦绕于层层雾霭。待声波传到人世间,淌入听乐者的耳廓时,知悟者就被打动得难以自持了。仔细分辨，就会听到悠远深长的泥土原声，从大地母亲胸腔中发出声声叹息。

在这沉重的叹息声中,我们仿佛看到:岩石风化成了粉末，鸟兽树木的腐质经过时间的搅拌发酵，形成了可塑的泥土。女娲抟土捏人的时候，顺便用剩下的边角做了埙。她在给人开七窍时也给埙凿了七孔,于是人和埙同时有了相通的灵韵。明月初圆,虫鸟声息，万籁俱寂，惟有一带银河熠熠生辉。一种从未体验过的神秘气氛，被冷月清光灌注于听者的全身毛孔。埙声轻来,启开了世间的万种灵犀,圣哲、典雅、高贵的精神气质从这些神秘的孔洞中飘逸而出。其内真趣，诚如深邃的东方智慧，是那样的不可言说又无所不涵。她那玲珑圆润的泥土之躯，显现着符谶一样难以解读的隐语，闪烁着不可捉摸的玄机灵光。她那亘古不变的空远之声，引领着我们走出物欲横流的沼泽，对人生的终极目标进行长久思考，并凝眸东方，迎接天宇中最先升起的那颗星辰。

马头琴

有着蒙古汉子一样伟岸身躯的马头琴，秉承了先人们横扫海内的骁勇：选云南紫檀作琴身，用中原梧桐作音板，采巴山之竹作琴弓，以江南蚕丝作琴弦；艺人们没有忘记胯下坐骑的修长马尾，让它承担了最重要的摩擦发音部分；琴的顶端精雕着神骏之首，它目送柔情地望着赋予它金戈铁马和悲凉悠远的琴手。琴手的虎背熊腰裹着长袍，盘腿于草地之上。夕阳燃烧在细长的眼睛里，赭紫色的脸庞陷入沉思，进入了酣畅迷醉的演奏状态。

拥有这种大气而神奇乐器的民族，曾在亚欧大陆历史的演进中，用烈马弯刀写下了空前绝后的英雄史诗。巨大的版图有如狼皮，铺到了不想再征服之处的边界。至高无上的成吉思汗以他的铁血手段，宣告着蒙古人的天赋强悍。有时，强势并不意味着优秀，优秀的东西往往又不堪一击，其内涵也会被人随意抽换。当精钢锻制的蒙古长刀在抵抗者的头上呼啸掠过时，草原牧民手中的套马长竿却取自于关内的柔韧柳条。一部蒙古民族史、一幅战争与和平的长卷，足可浓缩于这两样东西之中。勇士的战刀成为牧民腰间的寻常佩戴后，其主要功用或许只剩下切割羊肉和雕刻乐器了。而马头琴却将这一切集中起来，化作悠远苍凉的旋律，在牛粪炊烟和奶茶飘香中久久传播。

传统的马头琴曲目，除了表现抢亲的曲子比较欢快诙谐外，大部分为苍凉的悠悠“长调”。民间乐手最懂得马头琴的性格，很少用多余的装饰音，是真正原汁原味的草原牧歌。听一听《远方的敖特尔》和《清凉的杭盖》吧，马尾与蟒皮略带嘶哑的摩擦，将游牧民族特有的情怀吐露：广袤无边的大草原上，牧人们宽厚的胸脯在皮袍下起伏，细长明亮的眼睛搜索着风雪中失散的畜群，孔武有力的面孔被焦躁不安扭曲变形，呼喊声变得声嘶力竭。风停雪驻，当硕大的圆月上来时，远近起伏的野狼嗥叫，似乎也在倾诉着一种悠长的悲怆；再听一听《查干陶海故乡》和《大青马》吧，隐忍含悲的弓弦顿挫中，衰退的牧草稀如薄纱，清凉的湖泊渐行渐远。饿鹰在天空盘旋，龙钟的大青马伫立不动，仿佛在假寐中忆起当年的雄风；叙事的《好力宝》，则以琴声伴以说唱的形式，讲述着英雄史诗和人世沧桑。这一声声足以让硬汉落泪的乐声，把整个民族拉回到原初的发祥地。当农耕民族重掌国玺后，蒙古人又回归到逐水草而居的游牧生涯。

蒙语“巴图鲁”是英雄或勇士的音译。再坚强的人，内心也有一种近于悲凉的柔弱。马头琴这种民族乐器，同时具备了“巴图鲁”们的所有禀赋。当我们挥霍着现代文明带来的好处时，那种开疆拓土的强悍血性却日渐式微，用赤血白骨刻写的英雄史诗，伴随风沙之下的残弓断剑，早已被岁月打磨得面目全非。倾听这盘旋上升于旷野高天的马头琴声，我们的精神也因此凝重，继而豁然。绵绵不尽的思绪骑上了神骏，冲出曙光初露的地平线。此时，早已在寻常生活中退化了的那点原始生命力，又被从很远的地方召唤回来。

每每从玩票开始

本人十七岁进厂，分配工种为“测绘仪器检修”(光学仪器如水准仪、经纬仪等)。不好好钻研本职，却在下班或工休日走家串户要手艺捞外快，一度成为小有名气的家具油漆师傅，整天吃香喝辣，追随者不少。要不是一个偶然的原因，也许我会一直干下去——当时这活儿很来钱。

至于让我停手的偶然原因是什么，不说也罢。如果非说，也没什么大不了的。

当地银行一个副行长请我给他家油漆一大套家具，跟着我出去干活吃饭的工友有四五个。行长家前排平房有个“邻家妹妹”，刚随父母从南方军转到本地，长得如何就不用说了。时值热天，那女孩每天傍晚，都要关门遮窗地给自己冲凉。跟着我的哥们中有个“登徒子”，干活不咋地，于这事儿上那叫一个绝。在我给东家上最后一道面漆时，他们几个就没活儿干了。当时我过于专注，没操心这家伙竟惹出了事。

原来，每当人家女孩冲凉时，这家伙就脱了鞋光着脚踅到人家窗后，踩上一摞砖头偷窥，这些我都不知道。女孩有两个哥哥，人长得高大孔武，且诡计多端。

快完工那天，我那不争气的徒儿又故伎重演。当时，我正对着大瓦数的灯光观察衣柜门，看漆面上有无气泡。忽听外面“噗”地一声闷响，“啊哟”一声惨叫，又稀里哗啦一阵，好像有人摔到在菜畦的黄瓜架上。紧接着，“呼通呼通”不知从哪儿跑出俩大小伙子，对倒地者又打又骂：“叫你耍流氓，叫你耍流氓！”原来，我这哥们的偷看行为，头天就给人家女孩发现了，悄悄告诉两个哥哥。第二天，女孩故意在屋里将水声撩泼出响声。我那哥们又闲来无事故技重演，踩到房后砖头上朝里看。不料人家早就做了手脚，在他要踩的那摞砖下支了一个漏气的暖瓶内胆，他一上去还没来得及看，脚下那玻璃瓶胆就炸裂了，严重扎伤脚不说，还挨了一顿胖揍。

接下来，事情就闹大了，一方要报官，一方要赔偿医药费。我那兄弟当中有个机灵的，不知从哪儿往厂里打了电话，不到半小时，呼啦一下三四十个工友骑着自行车火速赶到，一个个抱着膀子亮出肌肉。

见这阵势，精瘦的副行长赶紧出来打圆场，安抚住众人，把我拉到他办公室，提出了这样一个解决方案：你带来的人行为是严重地，闹大了是麻烦地，他可以出面给对方做工作不要报警地，受伤者的医药费也是要管地。看在我手艺不错、干得不赖，一切全包在他身上……不过，油漆工钱就不要结算了，由他用来给受伤的工友包扎输液，另外再买些东西安慰一下对方兄妹。如此，事情就算是摆平了。那个工友没被抓起来还得到治疗（行长用的公费医疗），女方看在行长面子上也不闹事了，同时还避免了一场大规模的流血事件

(厂里那伙工友还在那儿虎着呢，只看我的眼色)。最后的结果，以我损失了近200多块工钱告终。待我回过神来，很愤恨也很佩服行长的手腕——真他妈的行，怪不得人家能当官哩。

我领着一帮人从银行撤出来，再招呼大家到小酒馆里嘬了一顿，又坏了我二三百块“银子”。幸亏前几次挣了些钱，还够招待哥们这几桌“穷饭”的。只是当时心里憋屈，不免就喝高了。返回时，我将那身军官送我的国防绿作训服(当时这种衣服很牛B，我专门穿它出来走东家的)，卷起手头用惯了的油漆工具，打成一包夹在车后。骑到火车道旁的臭水沟时，用力将那包东西扔了下去，发誓再不干这种要手艺侍候人的活儿了。

现在想想，如果我还迷恋着那份手艺，也许现在早就被时代淘汰了，也可能干了家具行业。如果不及时转作他业，也可能已经进入了下岗者的行列。在人生的选择当中，变是绝对的，不变是相对的。在允许我们“玩票”的情况下，多从事几种职业，积累一些丰富多样的阅历，也不算是坏事。尽管有些经历留给你的记忆是苦涩的，甚至是不堪回首的，都可算作人生的财富，要好好珍藏起来。

厨中之乐

对于吃，世界上没有哪个民族敢与我泱泱中华比肩。若以此来观照过去、现在以至未来，足可教我等生出睥睨群雄的豪情。我们有博大精深的饮馔体系，还用有限的生活资料养活了众多的人民。据2005年中国烹饪协会的权威数字：仅大陆的餐饮业就做了八千个亿的生意。看来我们吃得不错，吃出了文化，吃出了自信，还吃出了社会经济的空前繁荣。

吃饭就得造饭，造饭的场所称之为厨房。西人还在茹毛饮血时，我们的先人就开设了当时最具规模的厨房，不说“肉林酒池”或“易牙善烹”，单看称之为“鼎”的青铜锅，不但大得吓人，而且可以煮人（辞典：“鼎，古代食器。也可用为烹人的刑具”）。相传，夏禹铸九鼎，商周都以此鼎为传国重器，国灭鼎迁。既然饭锅成了国家的象征，厨师可以左右朝政，那么厨房的地位就可想而知了。

传说有一次，慈禧太后选拔御厨，不准使用任何调料，硬要将清淡的冬笋烹出极鲜、极醇的至味来，一时难倒天下名厨。有个坊间小子，竟将别人侍弄好的极品高汤，吸附于白布小褂上晾干穿于贴身。入内应试时待四下无人，脱下在水中浸出，然后再上火还原，用以煨制菜肴。老佛爷食此洗衣水做成的“白玉佛指”后，果然佛颜大悦。赏赐此辈以顶戴花翎，安排在“御膳房行走”，一时成为厨界笑谈。

老子说：“治大国若烹小鲜。”烹饪小鱼要做到皮不焦、肉不生、形不散，非厨艺高手不可；照此主持国家大政，非政界精英中的精英不能胜任。无独有偶，近有大酒店厨师头儿的正式职位，称作“行政总厨”。甚至著书立说，将日常工作称之为“主理厨政”。饮馔之事跟政治攀上亲戚，教你另外高看一眼。

西方大国的政要们，也“寡人有癖”，喜欢在度假地的家中招待来访的国家元首，并亲自下厨。其人文精神可以缓和气氛，甚至影响正式会谈的效果。有些关乎全球性的大事，也许已在觥筹交错、宾主欢洽中达成解决的默契。看来，外国的“君子”们从来就不远离“庖厨”。在影视中，经常出现国外厨房和餐厅的镜头，这里是家人聚首的温馨场所。不论时代和地域，善于烹饪的主妇，绝对是家庭亲情的凝聚中心。倒是咱们有些“知识女性”，以不屑下厨为时尚，或曰妇女解放的体现，生怕“人间烟火”熏了香衫云鬓。岂不知，这实际等于放弃了为人妇、母的特权，丢掉了展示个人才华和魅力的机会。港粤民间有句话，叫“管不好男人的胃，就管不住他这个人。”此话是否普遍适用，有待观察。

厨界俚语：“菩萨活着一炷香，厨师凭着一碗汤。”我亲眼所见，厨师长为“吊”一锅好汤，夙兴夜寐地繁琐操办，将全部精力专注于一锅汤汤水水，其心态常人难以理解。中国传统大家庭里主持中馈的主妇，如朱德母亲式的先慈们，以她们的勤苦操持保障了家族的常盛不衰，儿孙后辈才能到世上做各种大小事情。母亲们和厨师们这种为口腹事业终其毕生、苦心奉献的精神，让人在唏嘘感叹之余，着实多了些敬佩。

严肃耿介的续范亭将军，还写过这样的打油诗："厨师不用夸，单看炒腰花；将军不用夸，单看为谁打。"我非厨师，更不可能当将军，蹉跎半生乏善可陈，倒是近来在自家厨中，发现自己还有些烹饪的潜质。

那天，好友萧黎明来与我泡茶清谈良久，两人腹中早已是"空灵"之至。妻上街买菜，捎回四个新鲜的猪腰子。于是，我故作老练地凭着印象加想象，将其剖开、去臊，切片、剞花、码味、配菜、下锅、颠勺、勾芡、起锅、装盘、上桌。刀光火影方罢，一道"火爆腰花"，竟然像模像样地呈现于青花玲珑大瓷盘里。只见刀功匀细，腰片在急火爆炒后状如花穗。颜色红润亮泽，火候油芡掌握得恰到好处。像煞一些胖乎乎的小松果，散布于林间青苔之上，好看得教人不忍下箸。待尝入口中，那种滑嫩爽脆颊齿留香的感觉，是无暇他顾难以言说的美妙，众齐赞"专业水平"。不耐表扬的我三杯过后，便飘飘然、醺醺然了。

经亲力实践，本人深以为：不论是干体力或是做学问，当你把它置于无功利状态下时，就不觉苦累，反倒是一种自寻其乐。厨中的乐趣，就是以自己的劳作，换得亲朋开颜一笑。与此同时，也极大地愉悦了自己的心神，甚而激活创造生活的才情，增添直面现实的底气。难怪孔圣人把口腹之欲排在了人类诸多本能的首位。如此，厨中之乐不就是人间至乐么？

冰　鱼

（成人童话）

某处高山湖泊，我在一叶扁舟上飘飘荡荡。深不见底的湖水充满了诱惑，想扒在船帮上看个究竟，一不小心失去重心，倾翻了的小船把我扣入水中，一砣肉身沉下去，人却没被淹死。刚触到湖底，身体就飘浮起来。飘着、浮着，就变成了会游泳的鱼儿。曾为人类时的印象，倏忽间就从大脑里清空了。眼前，是晶莹透彻的水体；耳畔，全是汩汩的水声。我的体形也迅速向一条鱼嬗变，手脚成了鳍翅，游动起来异常灵活。身上长满亮晶晶的鳞片，比原来的衣服漂亮多了。我优哉游哉地生活于湖中，是从未有过的安逸悠闲。

该是秋天了，湖水清澈得有些哀伤。五颜六色的树林被山风剥去衣衫，落叶镶着阳光的金边纷纷然坠下，似暮春的飞花。从水下观天，天空在水体的折射下变成了圆弧状的穹窿，有如照相机的鱼眼镜头，视角大得吓人：湖水之上是白天的夜，夜的底座是弯曲变形的湖，湖面是高悬于水下的深邃天幕，天幕上有沉默的星在眨眼。闪烁的星星又还原为水面上的光斑。所有这一切，是如此地神秘怪诞。

在人间时，我无缘观察水下的世界，如今却发现这深深的湖底，也不全是斑斓的卵石和洁净的砂粒。这里，死树倒毙在湖水中，拖曳陈年的根须随波飘动，如同传说中会唱歌的水妖。那湿漉漉的绿色长发，缠绕鱼类和其他动物的尸体，上面的皮肉被啄食殆尽，只剩得白骨嶙峋。看来，这里远非想象中的平静，一样有争夺食物的相互残杀，一样有尸山血海的部族战争，一样有弱肉强食的生存铁律，一样有说不清道不明的“潜规则”……在水下看天空，天空深得不可测度，波光水影汇聚成巨大的蓝色漩涡，仿佛要把水下的生命连同它们的爱恨情仇一并吸吮上去，蒸发在更为遥远的宇宙之中。

虽说连水底也没有尽如人意的空间角落，但生命还得延续，每个活物，仍以生存的名义在无奈的现实中继续。伤感和愉悦相生相伴，哭泣与欢歌声气相通。眼下，惬意的夏日已成过去，醇厚的秋意正浓，只是湖水明显转凉。我以人类的做法，想藉着快速游动来热身，然而是可笑的。要知道，鱼类是冷血的脊椎动物，只会随着周围的水温调整自己的体温，水的冷热一旦超过它们承受的极限，就会心脏爆裂或血管充血，接下来就是大批的身亡。死亡后的鱼群漂上水面，白花花地，又像了去颜色的落叶。于是，我时常提醒自已：你已是一条鱼儿了。

夏秋间的安逸，使鱼儿们身段健美，身上的鳞片也在湖光山色的折射下多彩多姿。靠近我的，有腮边通红的红鱼和浑身泛着金属光泽的青鱼。我以人类的惯例想上前打个招呼，可是它们不理不睬。忽又记起鱼儿们是天生的失语者，它们大概也没有明显的喜怒哀乐。它们摇尾摆身的肢体语言我还没学会。在这里，我是一条新来的、资历很浅的鱼。水底，淤泥做成的席梦思上，蜷伏着一群颟顸肥胖的黑家伙，我们总是厌恶地离它们远远的。

湖水日渐冷冽，水面上飘浮的彩色树叶也变成单调的枯黄，被山风驱赶到湖面的另一边。倒映于水中的树木分明消瘦下去，山石的轮廓却一天天明晰起来。这个季节，任何高深的理论和炫耀性感的作派，都属不务正业。每天起来首要的工作，就是尽可能地吃东西，以积聚体内的脂肪热量，应对即将来临的寒冬。

鱼儿们各有各的“领水”，一般很少越界乱来。这疆域不是人类地图上那样平面展开，而是按水层的生物种类和溶氧密度来垂直分布。有的活跃在上层，有的潜伏在湖底，而我则处于中层。这不上不下的位置倒有诸多好处：既可以窥探上面的动静，又可以俯瞰看湖底的情形，这样的处境令我十分满意，真想唱一曲“庸人多福”的咏叹调，可环顾左右无鱼搭理，也就罢了。大家为了生存，表现出空前的专心致志，吞咽着属于自己的那层湖水，用两腮滤食浮游生物，用嘴巴吸吮湖底的污泥，用齿尖剔剥另类或同类的残躯。食物结构和渴求生存的原因，使大家暂时放弃纷争变得谦恭有礼，像鸡尾酒会上的淑女绅士，一啜一饮，有章有法。

天又冷了些。仰头看，湖面上已结上一层亮晶晶的薄冰。红鱼和青鱼好奇地游上去用嘴巴触碰那层冰凌，冰凌立刻发出清脆的呻吟，断裂的纹理蔓延开来，像撒向湖面的大网、像地球仪的经纬线、像老女人脸上不忍卒读的绉纹。我以人类的本能，感知到寒冷的冬天就要到来。

今天似乎比昨日回暖，只是光线暗下去了许多。这些天，我大体能“看”懂鱼儿们的语言了，红鱼和青鱼回来说，整个湖面完全封冻了。冬天的阳光穿过冰层懒洋洋地照进湖水，照在静止不动的水草上，碧绿的水草直立不动，有如绿森森的刀山剑林，很是瘆人；整个湖泊的水体陷入沉思，所有的生物都不动，鱼儿们也不动，全部被凝进一个冷冰冰的大水晶球中。我以人类的侥幸心理推测，或许单凭着静止不动或哲学家般的沉思，水族们就可捱过漫漫寒冬。

冰层封闭了整个湖泊，上面还覆盖了一层厚厚的雪。头顶上的冰盖，晶莹剔透严丝合缝。光线变得更微弱，再呼啸的山风也难以搅动冰层下面的湖水。水中的鱼儿们开始胸闷气短，大鱼们更是躁动不安。看着它们痛苦呼吸的样子，我以人类的智慧意识到，这是水内缺氧的征兆，这知识来自一本叫《观赏鱼类》的书。有鱼类中的勇敢者，用自己最坚硬的部位撞击厚厚的冰盖，企图打开一个透气的天窗。然而坚冰却是冷漠得毫无通融，为民请命的鱼儿以头破血流的代价，明白了无法抗拒的自然力，并确认了寒冬的强势。

整个鱼类社会又恢复到死一般的沉寂。大家能做的仍是保持静止，以尽量节省水中残留的溶氧。老弱病残的鱼儿受不了缺氧的窒息，纷纷坠落于危机四伏的湖底，完成了入冬的自然减员。此刻，蛰伏在水底的那些丑陋的黑家伙们，正半睁开绿豆眼翘首以待，甩着老鼠似的触须，在淤泥里扭动着肥胖扁平的身躯，不慌不忙品嚼着弱者的腐肉。我以人类的记忆想起，它们叫鲶鱼。鲶鱼的生命力是强韧的，就是被摔晕后放入冰箱，苏醒后也能撞门而出，找到诸如下水道地漏那种潮湿的地方，顽强地存活几天。它们的呼吸系统特别异常，甚至可以用全身的皮肤吸纳潮气中的氧。眼前，这些家伙们一付玩世不恭的嘴脸，是那样的幸灾乐祸。在如此寒冷、黑暗、窒息的水下，它们处之泰然，是真正的适者，因而也就是当下的强者。

当着鱼儿们绝望无援时，湖面上似有人走动。透过冰面，我甚至可以清楚地辨认他们鞋底上的商标。接着，铿锵的声音回荡在寂静的冰湖，我知道这是人们在进行冬天的渔猎。人们用冰碓奋力凿开湖上的坚冰，捕捞因缺氧蜂拥而至的鱼，我小时侯也这样干过。

我以人类的直觉知道，冰洞一旦打开，鱼儿们虽能畅快地呼吸，但这是以群体性命为代价的酣畅。随之而来，便是一场空前的屠杀和和凄楚的绝唱。

冰碓准确地穿透湖面。剧烈的冲击波被水体放大，超过了震荡的极限，竟使一些鱼儿当场昏厥。吻啦一声，一个冰洞出现了，新鲜寒冷的空气迅速灌进沉闷的湖水里。我猜想，上面的人们肯定像猎狗一样闻到了湖水里的生命气息。鱼儿们从麻木中回过神来，争先恐后地游向敞开的冰洞，我想以人类的呼喊阻止它们，可是发不出声音，它们依然那样疯狂地奔涌、跳跃。一时间，洞口周围密不透风地挤满了鱼儿们的嘴，它们像盛夏的孑孓一样搅成一团，在冰洞里上下翻腾。霎间，无数个鲜活的生灵集中扭结成了肉体的漩涡，越聚越多。此时，一张精致的尼龙渔网悄然撤向洞中，鱼儿们明知大难临头，全然不管不顾，继续贪婪地大口吞咽着冷鲜的空气。我从没见过，竟有这么多的鱼儿聚在一起，跳起一场畅快的死亡之舞！鱼儿们不愿在沉默中死去，它们要在沉默中爆发，在爆发中让生命欢腾跳跃，在欢腾跳跃中释放出生命的最后能量。只要能自由畅快地呼吸一口，那怕锋利的冰茬剖开肚腹，任肠胃拖挂在外面，任冰凉的血染红了大片的湖水。它们被鱼网一串串拉离水面，躯体倾刻冻成了白色的棒槌。它们在严寒里发出毕生唯一的嘶哑叹息，它们用群体的舞蹈在冰面上燃起一堆堆银光闪闪的篝火。这痛苦的火，在惨淡的阳光下喷吐着冰冷的烈焰。此时，失语的种群不再缄口沉默，弱小的生命不再懦弱胆怯，死亡的仪式也不再肃穆悲哀。鱼儿们将最后的生命宣泻得感天动地，让死亡发出凄美冷艳的寒光。为了能在临终一息畅快地呼吸，不惜竭尽全力进行最后一搏。此时，天上的冬云绽开裂缝，冰封的湖面剧烈战栗，萧瑟的山林簌簌惊悚。冬眠的禽兽探出巢穴，向鱼儿们注目。

大鱼小鱼、青鱼红鱼们裹挟在一起，持续不停地飞腾蹿动，冰洞内外成了一部相互倾轧的绞肉机。机器的刀片在高速运转，肉体的岩浆从冰洞中喷涌而出，咸腥的生气把猎人们惊骇得五官扭曲，鱼儿们用无数个鲜活的身躯刮起飓风，把他们冲击得踉踉跄跄。人们手忙脚乱地收拢鱼网，越来越多的鱼儿堆积到冰天雪地里，晶莹的冰块裹满躯体，上帝给它们安排了如此隆重而简洁的葬礼，鱼儿们走得又是那样的壮烈而安详。

捕捞暂停，满载而归的车声渐行渐远。巨大的死亡给湖水注入了些许生机，减低的鱼群密度又苟延了它们的残喘。幸存的鱼儿们四散游开，再不去冰口徘徊。洞口在极度寒冷下迅速封冻，只留下一圈血肉的花环。花环上丝丝挂挂，该是鱼儿们身体的残余。湖底上，落满了受伤的躯体和死者的遗骸，又该是那些食腐者们的盛宴了。除此以外，整个冰湖里看不出什么异样，仿佛并未发生什么，也许繁盛的鱼类并不在乎这些短少，强盛的繁殖力又可在来年迅速补充群体的减员。我比鱼儿们敏感，也就没有它们强健，孱弱的神经承受了如此巨大的感动、惊吓和刺激，在混沌、冰冷中，昏昏沉沉地睡了过去。

不知过了多久，我在一片刀案切剁声中苏醒过来，发现已置身于烟气蒸腾的厨房。偷眼望去，炉火熊熊地燃烧，油锅滋滋地作响；周围尽是白衣的人影忙乱地走来走去，高声大气地喊叫着。专门宰杀活物的配菜师傅把我赤裸的身子翻来掉去，说这条怪鱼怎么长得有几分像人。随即，我的五脏六腑被掏空，鱼鳞被刮净，身上被熟练地剞上菱形花刀，还在花纹里塞满了姜葱的细丝，然后被浸泡在酱油和料酒的混合液里。

既为鱼身，那一刀迟早是要来的，咔嚓一下，我就成了案板上的鱼肉。至于被切成片、改成丝、码上味、挂上浆，再到滚油锅里走一趟，最后变成食客们的盘中佳肴，更是自然不过。我预知这必然的死亡，并未感到过分的恐惧。没有眼泪没有悲伤，感觉竟是从未有过的自在和解脱，甚至想放声大笑。从眼前的境况，联想到远古人类的纹身，或许缘于他们面对鱼鸟动物时的不自信。与其说是模仿鱼鸟的美，还不如说是人类由天生的恐惧而生出的崇拜。

刀案上的鱼肉不再属于生命活体，剞在身上的刀纹，也仅是为了便于烹调入味。我认出旁边那料酒的牌子，正是我从前品尝过的“绍兴花雕”。此时，这黄酒正拌以“生抽”酱油，透过那些美丽的伤口，正迅速地渗入我的体内。在调味品的腌渍下，全身凉丝丝地震颤，竟有一种异样的快慰。我以人类的思考，明白了鱼儿们之所以能够乐天知命的道理：只要属于较低等的生物，便可无苦痛，无生死；便可荣辱不惊、逆来顺受；便可在简单的死亡中得到大解脱、大自在；便可在迅速死亡和快速繁衍的轮回中，达成一次又一次生命的圆满。难怪在脊椎动物的种群中就数鱼类最为庞大了，详数至今尚未统计齐全。同时也纳闷：本来是动物中最丑陋、最笨拙的人类，怎么可能进化成一群直立行走的“灵长”？就是轮遍了所有的飞禽走兽，也轮不到人这种动物来主宰美好的世界。看看他们把地球搞得危机迭起、一派乌烟瘴气，还不知羞耻地把天上飞的、水里游的、土里长的所有生物都拿来满足自己的饕餮贪欲。

作为一条鱼，我无权选择死亡的方式，但我可以感受生命结束时那种短促的恍惚与意识中的广大空白。下油锅或进蒸笼，对我来说别无二样，我只想再看一眼熟悉而陌生的世界，可被厨房烟气熏了眼，难以看清远处，只能身处刀俎之间，成为待烹的鱼肉。模糊中，勉强瞥见冰柜里贮满了冻僵的同类，那些呆滞的死鱼眼如某个朝代发行过的小铜钱。店堂的玻璃缸晶莹剔透、景观如春，人造的水草在充氧泵的吹拂下摇曳，又像冰湖底下绿色的长头发。观赏鱼在里面游动，其间似有小红鱼那样丰盈轻佻的身影。此时，我有些怅然，继而又释然——谁让我是一条鱼呢？

我感到体内的血正在慢慢冷去，渐渐凝固。但我的记忆不会死，即便连记忆也死了，它肯定化成了无数个卑微而顽强的意愿。意愿的翅膀在严寒中如一只死而未僵的冻蝶。单薄的翅膀在风中翕动，如两片嘴唇向冰雪叙述着生命历程。死去的已然死去，不散的灵魂却在四处游走。作为一条人变的鱼儿，我死而无憾，因为我本已死过一回。惟愿造物主摊开怜悯的手掌，救救这个地球吧！让人和自然保留原生的和谐，让全世界多一方净土和圣湖，少一些窥伺和占有。至于我的生命，早已轻如蜉蝣，渐至挥发成一缕烟云散去。我向上苍祈祷，如若还有来生，再让我回到湖海深处，痛痛快快地做一回真正的鱼儿吧。

冥冥中，有个声音催促说可以结束了。了无遗憾的生与死首尾相衔，坚定地围绕那颗原点旋转。皈依后的灵魂，如冰鱼无尘无垢、无生无死。生命的衍替永无终穷。一切生命现象，一切灵魂的絮语，将在这沉沉冬夜里结一朵寂寞的灯花，然后毁灭。

此时，严谨的时间正运行到某个刻度，天际响起了遥远的钟声。

稿边手记

小文论

散文的味道

希望这不是一个令人尴尬的话题。

日常，我们议论一个人有没有“味道”，恐怕不是说男人身上特有的烟草汗味，也不是指女人的发香、体香以及脂粉香。一个人言谈举止间流露出来的韵味，跟本人修养气质的高雅低俗相关。有的男人，虽非裤脚挺括鞋子铮亮，却偏偏能从不修篇幅的率意随形中，透析出那么一股子阳光或大树的气息；有的女人不施粉黛，就那么发式随意素面朝天，却俨然一个大家闺秀向你款款走来，甚至还让懂得审美的你，充分领略到她内在的蕙质兰心。

世界真是太奇妙了。味道这东西，看不见摸不着的，却能切实感受得到。可惜，在如今工业时代里的商品社会中，有滋有味的人和事物实在太少了，少到凤毛麟角，少到混在熙熙攘攘中不可分辩。看来，只能从类似非物质的东西当中，才能找到那种可以激活我们生活的味道了——比如说散文。

那么，散文有没有味道呢？回答是有，而且肯定有。

作为看稿人，当我点开每位作者的电子文件，最先感受到的不是作品中的篇章、段落、语句、字词等有形的东西。伟大的汉字，其形、声、义等等，在我这里暂时被模糊、被抽象得“形而上”了，实在对不住。而它们所传达出来的信息，首先是若干五味杂陈的感觉。前《人民文学》主编韩作荣谈挑选稿件，说好稿子用鼻子一闻就闻出来了，当然这只是个说法，实际是指选稿时要重视其韵味。我虽不敏，自认还不算冬烘先生，况且自己作文时在字句上也不甚讲究。所以，我不会为一些字、词、句、段有些欠妥，就轻率地毙掉任何有内涵的稿件。往往是一篇文章在手，先看整体上能不能立得住，也就是说里面是否真有“干货”；然后，再看表达得有没有意味。有内容有意味但表达上存在欠缺的文章，宁肯花功夫也要帮他改出来（但愿不至于费力不讨好）。而对那些花拳绣腿、大话连篇、空洞说教、不知所云、缺少同情等“大作”，虽不至于深恶痛绝，也不免会敬而远之。值得欣喜的是，《华夏散文》收到的多数稿件，尚能围绕一个精神主题，写清楚一件事或一个人。而能否发表，则要在前面所说的“味道”上见高低了，自然是有内容也有“味道”的占先。

这里所说的味道，并不全都是口吐莲花的妙语华章，同时也允许朴素的写法和冷静的叙述有它的大地。因为，再普通的生活事件，其本身也暗藏玄机哲理；而再好的文笔和想象，必然小于客观世界——除非是宗教或玄学。同时，艺术上还有个峰回路转、柳暗花明、犹抱琵琶半遮面的机契。文中有意思的锁扣，有时倒不如不去打开，让读者自己闻出味道来才更好。

再说，味道属于审美范畴，艺术审美是可以见仁见智的，既可以浓如美酒，也可以淡若山泉。所谓“香远益清”一语，是古人用来形容香气淡雅的花卉的，如梅兰竹菊等。人们甚至尊称它们为“花中四君子”。可见，淡雅更是一种难得的风韵，而非同一般的东西，往往都是有价值的宝贝。有大师说过，散文是“思”与“诗”的艺术，乍听之下，似有些阳春白雪。我等常人，可以简单理解为“生活气息、文质品味”。窃以为，生活中饱含着哲思，写作者将有文气、可品咂的笔力把它表现出来，并对读者产生了耐久的感染力，便达成了我们所思所求的目标。

想来，这大约能算是我们所说的那种散文的“味道”吧。

另外，作为刊物执编，基本道德不允许我在“味道”上有个人偏好。我曾跟本刊出品人表态，说要将个人喜好放在一边，眼里能容得下各种风格的文章。更何况，泱泱华夏，偌大中国，南甜北咸，东辣西酸，要照顾所有作者、读者的口味，不是一个“出以公心”就能做好的。但原则和底线总该是有的，那就是将心比心，想想自己初涉写作时的艰辛，就能理解广大作者的不易。古人云“文章千古事，得失寸心知”，我是感觉到了，相信大家都有同感。

姑妄言之说散文

编了三期稿子，要说整体上把握了所有作品的面目，还不敢。只是摸象，只是窥豹，只是眩晕——眩晕于来稿中若干散乱的亮点。

并非故弄玄虚。记得我在首篇《阅稿手记》中，写到“高密度散布其间可供审美的艺术元素”一语，现在念起来仍有些拗口，仍有些大而化之，仍有些不像我自己的话。没办法，都已经刊印了，白纸黑字抠不下来，只好顺着一江春水，流到哪里算哪里。对那些被称之为“元素”的东西，我与文友们所能交流的，仍然是一些“点”。因为，我不具备推出成套理论的学术背景，更不具备某大师那么“肥”的胆儿，权且对着来稿就文说文——姑妄言之。

“散文要形散而神不散”，说了多少年，仿佛好坏的关键在于一个“散”字，不散就不是好的散文了。可是，怎么个散法？众说他就纷纭了——有说天南地北，古往今来，从自然到哲学，散文都可以写；有说散文如同一个人平平常常走在路上，不使劲，不刻意，不矫情，不营造，更无须“绞尽脑汁”，最终只是写一点感觉、一点情境、一点况味罢了；有说散文像天上的云，不知由何而来，不知何时生成。你的生活，你的心，如同澄澈的蓝天。你一仰头，一些散文片断仿佛片片白云，已然浮现出来了……诸如此类的说法还有很多，都没错，但听了都不得要领。

而对于散文“神”的不散，比较形象的表述有这么一段：散文要有一条线，这条线就是牵着你的文章主题的那条隐密的线，像一堆珠子，被你串了起来，就是好的文章了。不过，假如我们手中的东西，不是“一堆珠子”而是一堆散乱的头发呢？珠子单个放在盘中，也有它的审美价值，而头发呢？近日我和一位未曾谋面的女作者交流，她文章的特点是细节丰富，场景如走马灯一样转换，想到哪里就写到哪里，篇幅自然冗长。俩人隔着因特网说了半天，效果不很理想。她不断地给我发来一系列依然照旧的稿子。最后我急了，给她打比方：请您将您那一头秀发梳通了、理顺了，然后打成若干条小辫儿，再将这些小辫儿盘在头顶，做一个高雅的发髻，最后，插上一支簪子加以固定，就成了。而那支簪子，最好是碧玉的。她明白了，不给我发稿了，大约是照我说的去打理“秀发”，寻找那支“碧玉簪”去了。我相信，以她现有的基础，沉默一段，是可以“悟”出几篇好文章的。

有人又说，散文首先要“美”。美是什么？美可以是文字笔调的优美，也可以是描写对象的优美。许多作者一说起散文就想到单纯的写景，不管写自己的家乡还是写一种物体或是写一个场景，用很多的文字，写得很美，但读后也就是个好看，不会给人以震撼。为什么？因为古往今来写美的诗文太多了，你要写到巅峰有多难？况且单纯的美究竟有多大的价值？这就不免想到，有些作者文章一出来，为什么就如当今的“蛋白质女孩儿”，“美”得那样单薄、那样没有品味呢？看来，“美”更存在于一篇作品的精神深度之中。回到本刊已发表的作品，我们发现：凡能“立得住”、有看头的文章，都有一个精神主题在里面。它们不一定显于言表，往往像砌于墙体里的柱脚在暗中发力，以此来支撑起整个建筑辉煌的屋顶。这种深度都不是制造出来的，而是悟出来的。□□

这个“悟”，是被书写对象长期感动着、震撼着而引发的灵魂悸动，并由此而产生了文学的感染力。成功的作者就是靠这个来打动人心，使受众在审美的境界中提升精神。人家读你的文章，不是读你对风光的转述，也不是读你对旧事的回放，更不是读你风花雪月式的扭捏矫情。说到底，是在读你的思想。在你暴露的思想面前，与你一道经历情感的深度和生命体验的深度。面对大自然与人生，你像树叶一样张开每一个气孔，调动起“口眼鼻耳舌身意（佛家语）”所有的感官，用你体悟到的痛苦、欢欣、敬畏、轻蔑、感恩、升华等等情愫，首先感动自己，再去感动读者。

由此可说，“散文”的要义不仅在于“形散神不散”之类伪命题，更重要的是自由精神。自由并不意味着轻松。散文的难度，不是入门的难度，也不仅仅是写作技巧方面的难度，而在于思想或精神的深度。散文对思想的渴望，超过任何文学。散文不仅呼唤思想，它更适合思想的生长。让我们在《华夏散文》开设的“文心走笔”中，以文、史、哲的眼光观照过去与未来；在

“山水清音”的游历中浸润人文思考；在“方域风土”的憧憬中表达皈依情结；在“尘世物语”的独白中反省对社会人生的理解；在“情海微澜”的荡漾中抚摸人间的冷暖；在“碎影流年”的反刍中回味远去了的苦辣酸甜；在“多维视角”的审视中求解人类生存与发展的奥义……

让我们在所有的作品中，以真情消灭伪善，以质朴对抗圆滑，以智慧取代肤浅，用“有深度、有难度”的写作，把我们的“散文”打造得更接近于散文。

我们在路上

现在看来，接手执编之初所焦虑的问题，差不多都解决了。

我曾向朋友发出过“办刊如开店，编稿像做菜”这样俗气的感慨。因为我担心，一个新创刊的纯文学杂志，去哪里寻找那么好的作者？开发那么多的稿源？好比再体面的店铺，如果进不回好货来，任凭经营者有天大的本事，也支撑不起这个门面；又好比厨师在料理一桌酒席时，如果百菜一味，百肴一式，肯定不会赢得食客喝彩。坊间生意经尚且如此，更何况我们做的是一份散文月刊，企图操办出一桌精神大餐。

在首篇阅稿手记中，我所能做的只是发出呼吁，邀请广大散文爱好者和写作者加入到《华夏散文》的阵营里来，以关注或稿件支持我们办刊；接着，我们共同探讨了“散文的味道”，还一起追求“有深度有难度”的散文写作。值得庆幸的是，我们的作者群体越滚越大，收到的稿件越来越多，其中不少让人拍案称奇的佳作，也越来越引起社会公众的关注。短短几个月下来，在编辑部全体同仁的努力下，已经可以在同一时间里基本做到发行一期、排印一期、审校一期、准备一期这样的良性循环。

但这并不意味着真正找到了办好刊物门径。

目前，在华夏散文博客上有关办刊风格的讨论还在进行，其内涵和外延也在不断引深和扩展，甚至惊动了当今散文界一些名师大家。这表明我们虽然已经上路，而“在路上”的艰辛远比想象的要多。

我们期待着那种豪放的、有史学力度的、比较大气而且写法新颖的文化散文，却看到一种普遍的匮乏，就是每当写作者的心灵和精神触角无法到达的地方，往往求助于历史资料的转述。那种带有个人发现的、具有独特视角的“讲述”，变得凤毛麟角般稀少。有些文章，假若我们用透明的颜料笔将其中的转述部分抹去，剩余的仅是些勾连之句，只联想到了剪刀与浆糊。

我们期待着那些在平常的外表下蕴涵着不平常的精神空间的篇章，并试图从那些细小、密实、具体、甚至是卑微的事物中，解读到作者深邃的精神密码。然而有不少作者关心的多是宏阔、伟大和远方的事情，仿佛自已的呼吸与感知器官均已关闭，正在演绎一出“拽住自己的头发企图将自身拔离地面”的荒诞剧。那些可触摸、可吸吮、可闻嗅的下面的、近处的写作素材，越来越被一些以文化、时尚或其他名义自诩的写作者所不屑，结果只让我们看到一些停留在“纸上”的文字。

我们期待着那种有质感、有密度的散文，尽管它完全可以有轻灵飘逸的笔触，但它骨子里依然应该很重。然而掂量一些来稿，感觉轻就轻在没有任何遐想，没有隐藏在文字后面那种令人怦然心动的思与诗，更不会让人久久地静默感念。它们更像一些消费性的话语泡沫。

所有这些，我们可以归咎于作者群体还不够“高档”，甚至我们可以把自己比作 1949 年的新中国，许多尚未与我们“建交”的散文名家还在观望。我们可以归咎的东西尽管还有很多。而如果一味地归咎于客观，不从主观上找原因，那么我们只是些戴着文学面具出席化妆舞会的人。

好在我们不是那样的人。

这里的“我们”是一个复数，是编者与作者的合体。之间不是主客的位置，更不是二元对立的关系。如果我们是那样的人，就不会在这里熬油点灯地讨论散文了；如果我们都是那样的人，完全不必如此钟情于散文——大家可以相望于江湖，也可以相聚于闹市。

我们是一群挚爱并追求散文境界的同道。我们不满足于一般性地写人、叙事、状物、表情，一切的人、事、物、情都不是我们所欲抵达的终极目标。我们要从这些“皮相”中突围，去伸张个人对所有事物的文化感悟，去探索散文的无限可能。

我们在路上，前面的路还很长。

散文之远

不知不觉，时间过去了一年。

在2009年初那些寒冷的冬夜里，我时常对着窗户上的冰凌彻夜难眠。让我发呆的，正是手头编辑的这本《华夏散文》月刊。说实话，接手编务之初，我不知道纯文学杂志的命运将会如何，也不知道自己的体力心力能否胜任。可是，每当我面对一篇篇热气腾腾、活色生香的来稿时，如同面对一张张凝重而虔诚的面容。这些生疏而熟稔的面容，聚成一种推力，催我前行。

终于，在作者、读者的热情支持和本刊同仁的合力劳动下，一期期杂志如期出品。其间，我们在博客上展开关于办刊方向的大讨论，参与者之众，真知灼见之多，都让我们始料未及；一些未曾谋面的文界名家，主动发来原创作品，有的还附有勉励话语，使我们在彷徨中信心陡增；承蒙“第九届中国散文期刊年会”邀请，我们与“国字头”老刊、大刊的主编们同堂议事；在常设栏目之外，我们为残障女刘潇开办了“凝望生命”栏目；为白丁等四位90年至95年出生，现已在文坛崭露头角的青少年作家开办了“90方阵”栏目；还陆续增添了“短笛横吹”“深度体验”等栏目。同时，本刊的博客也获得了较高的点击数、跟贴数和人气关注指数，发挥了编者、作者、读者三位一体交流互动的效果，也起到了补充杂志容量不足的作用……

然而，以上的初步绩效和诸多亮点，并不意味着《华夏散文》就可以浅尝辄止，更不能说明，我们在今后的道路上能走得更远。

散文，在寂寞多年之后，仿佛在一个清晨就完全苏醒了，大家踊跃而迅速地加入到散文的合唱队伍中。周国平将畅销刊物中的散文归结为"小散文模式"——小故事＋小情调＋小哲理。面对那些雅俗共赏的文化快餐和"廉价的安慰"，他拒绝加入合唱。而祝勇眼中的散文家则应是："他们站立在人生的湍流中，面临的是文化的逆境，体味的是生命的苍茫。当流行趣味试图吞噬不群的灵魂，更适于作商人的编辑们苦心孤诣砍劖这些不合规矩的枝桠，他们却心甘情愿去做那时间深处的孤灯，照亮世人心灵的死角。"

孔子说："言之不文，行之不远"，不单指文章的辞采，而应理解为一个人的人文素质和修养缺乏，在人生的道路上行之不远。孔子又说："不学诗，无以言"，告诉我们文学对提高人文素质是何等的重要。在多数作品中，崇高、悲壮、险峻、典雅、浑厚、纤腻、力量……往往被作为美的元素反复实践着。其实，在生活中，淡淡的忧伤也是一种美，是一种由淡淡的回味产生的无穷的美丽。我们笔下的文字，如果能有一种"苦涩后的回味，焦灼后的会心，冥思后的放松，苍老后的年轻"，这样的写作与许多醉汉般的高分贝喧哗和风花雪月的轻佻虚浮相比，可能距离真正的文学要近得多。

一篇文章或一本杂志，恐怕不能单凭典雅艳丽和赏心悦目的色彩和风格立身，更不能靠空喊口号或虚张“主义”大旗而行世。不迎合媒体的要求，甚至不照顾读者的惯性，保持写作的尊严和文本的自觉，方可呈现出逍遥于大众视野之外的、多姿多彩的散文写作生态。透过这种能够用心意会到的生存状态与写作心态，让我们看到在当今众声喧哗的文坛上，还有一种文学样式飘逸出一股难得的清寂之气，那就是散文。

如果你是个读者，也许会为你所不熟悉的风景而陶醉；如果你是一个作者，也许能在这里找到同类，并相携相挽，在散文的路上走得更远。

短笛横吹隔垄闻

生命短暂，散文太多而好散文太少，于是只能从浩茫的阅读记忆里搜索。最先浮现出来的，却是一位古人七岁时写的短诗：

骑牛远远过前村，短笛横吹隔垄闻。
多少长安名利客，机关算尽不如君。
——黄庭坚《牧童》

恰在此时，保国兄发来一则短信："建议每期加一个小栏目叫千字文，专发千字以下的短文。这样既可增大信息量，又能扶植新人……。"其实，做一个专发精短散文的栏目，是我执编《华夏散文》以来的夙愿。碍于刊物初创，总想发些有份量的作品稳住阵脚；总觉短文好则好矣，但与那些大块文章相比，毕竟属于片光吉羽。就在这次散文期刊年会上，几家散文选刊的老总，也向我提出了多发短文，以供他们选载。

那么，怎样才算是一篇好的精短散文呢？我所敬重的古耜老师，在他的《怎样使精短成为可能》中提出：

首先，就题材选择而言，散文家撰写精短散文应当坚持小处着眼，点上切片，注意采撷生活的微观场景和生命的细节体验，加以精致的生发与点染。其次，就艺术构思而言，散文家撰写精短散文应当善于提炼恰当的“文眼”，抓住富有包蕴的闪光之处或者充满内涵的特殊物件，实施以巧取胜的布局谋篇。第三，就思维方式而言，散文家撰写精短散文应当善用逆向思维，讲究反弹琵琶，力求别开生面。在散文创作中，顺向思维固然十分重要，而逆向思维同样必不可少。最后，就表现手法而言，散文家撰写精短散文应当更多使用象征、隐喻、意境、拟人等诗性手法，让笔下的艺术形象因虚实相生而意蕴丰富、题旨深远。

对此，我再也拿不出任何超越性的主张，只好从这期开始，开设一个短文栏目。在编稿时，却做不到专发“千字文”。因为翻遍来稿，千字以内的文章少之又少，倒是文字恐龙般的东西充斥其间，有些堪称鸿篇巨制，体积和容量成正比；有些细读之下，如同一堆发泡塑料，大而轻，且无味。没办法，权且“放宽政策”，将两千字以内的来稿都算作“短文”。栏目名称借用黄诗中“短笛横吹”四字，虽然和原意不甚搭调，好歹有个“短”与“横”。闭目瞑想，这短与横的意象兀立于眼前，有点像骑牛的牧童，有点像闹海的哪吒……

真希望新栏目内刊发的作品，既短小灵泛，又各具风骨，使一篇精短散文呈现出博大境界。

（以上篇什是在担任北京《华夏散文》月刊执行主编时，刊于卷尾的编后语。）

门外说文

评论 序跋

《敲壶集》小引

说来好笑，原是和朋友之间的手机短信，几年下来却也攒了数百条“段子”。这些东西之所以没有被删除，是因为它们有些像旧体诗。更为好笑的是，我甚至还想从中编选出一本所谓的“诗集”。

我所在的忻州地区，历史上曾产生过不少诗家词人。如元好问、傅山、白朴、萨都剌等，都是在中国文学史上占有显赫位置的本邑人氏。我交游的文友中，也不乏诗酒风流的君子。身在此间，不免学点儿附庸风雅，来点“清茶润句、冽酒泼诗”之举，却也不失为性灵的另种表达。

遥想古人那种追求精神完美的境界，环顾周遭日益物化的生存环境，难免发些“虽不可至，心向往之”的慨叹。朋辈之间唱和往还，不满足时下的流行用语，就仿着旧体诗词编些新段子。将原本时尚的手机短信，搞得古意盎然，在年轻人看来一点也不好玩，我们却以此为乐。利用现代高科技手段，以旧体诗词的形式鱼雁传书、抒怀言志，单是这种做法就很有些意思。

不管“全球化”的浪潮来势如何凶猛，中国传统文化体系中的哲学思想和诗词艺术，仍在潜移默化地影响着我们这代人的思维和情感。孔子说:“言之不文,行之不远。”他又说:“词达而已矣。”旧体诗词中规范下来的那些格律,虽在制约着今人的自由表达,但它毕竟蕴涵着艺术规律,仍是我们在学习写作中应遵奉的圭臬。不过,苏东坡也曾说:“大略如行云流水,初无定质。但常行于当所行,常止于不可止。……夫言止于达意,则疑若不文,是大不然。”他的散文和诗词也常因突破前人窠臼而自创一体。内容和形式从来就是一个皮和毛的辨证关系。于我来说,肯定不具备孔子的严谨和苏东坡的才情,因此,就只能在吟诵中感受古诗词的美感和愉悦,而在实际写作中却顾不了许多规矩,仅以“自度曲”的面目出现,实在不敢冒昧地冠以“律”、“绝”或什么词牌的名头。这本集子中,也仅以“四、五、六、七言、长短句”类分——这也算是是一种“偷跑”的办法罢。明知不可为而为之,实属自不量力。还请方家前辈体谅我对这门高雅艺术的热爱,且饶恕我对她的诸多不敬。

既是本诗词集,按说也该请托找人作序,可转而一想,再宽容的专家,大概也不耐烦细看这些涂鸦,也就无从理解我的一片苦心。如若尽讲些“放之四海而皆准”的溢美之词,别人信不信先别说,弄不好,作者就成了丰子恺先生笔下的漫画人物:三尺小童头顶大人的帽子,手提大人的皮包,脚上趿拉着大人的皮鞋。如此这般,真正是滑稽搞笑。

观音菩萨有言,求人不如求自己。于是,我写下了这些废话,以为序。和下面那些“段子”一样,不为述求什么,只是个人心情的一种表达。作者姑妄作之,观者姑妄观之，只是不必拿它当“诗”或“词”才好。

丙戌冬月于方壶斋南窗下

碎了一地

——吴言《中篇小说集》跋

听说吴言将出中篇集，理应写点文字以表贺忱。可实在让人汗颜，面对文学“代言人”的小说，我向来只可远观，不可近亵。

我曾向诸多被称作“名著”的小说发起过冲击，可每次阅读都知难而退。比如《红楼梦》就从来不曾读过前二十回。至于近年来被介绍到国内的洋人小说，还有不断涌现的小说名家之大作，更是不知所谓。昔日文友聚会，大家津津乐道于某人某篇作品甚或发生争论时，我则完全插不上话，倒像观摩乒乓球赛，左　眼甲方，右一眼乙方，满脸的迷惘。

比《红楼梦》幸运的是，吴言这几个中篇是被我读过的，有的甚至在没有公开之前，就略窥一二了。说实话，读吴言的小说，我并没有那种“先睹为快”的愉悦。在我看来，他的小说有股子啥都不在乎的味道，类似于北京方言中的“浑不吝”。生活中浑不吝的吴言，仿佛对自己小说的评价亦如此。有专家说，近年来大获成功的小说家，是那些靠直觉表达的非专业写作者，因为他们少顾忌不拿捏，或许更接近于一种真正的强大。我愿意在此预言吴言的成功。特别是当他止于展示现象时，当他只看现象而不看现象中的人，甚至不考究人物后面社会、历史背景的时候，他将成功得更快。

这样说绝非嘲讽。

在我看来，吴言小说的底色总是那样混浊。时空错乱，人兽不分，亦真亦幻。地无分南北东西，人无分男女胖瘦。想来就来，想走就走，且言谈举止扭曲变形，类似于《红楼梦》中的癞和尚或疯道人；其中的价值取向也是模棱两可，含混不清。最要命的是，他总是将人人都有的那件“皇帝新衣”，硬生生地剥脱下来，全然不管赤裸的灵魂在簌簌发抖。现实生活中，人们为使自己能够撑下去，宁肯相信那件新衣的存在。如今，即便是这件虚拟的新衣，也被吴言扔在地上踩成碎片，撕扯得条条缕随风扬散。单从这点来看，吴言小说不仅是满不在乎于别人观感，甚至有些残酷的意味在里边了。

于是乱翻书。瞥见米兰·昆德拉一句“小说是公民社会的基石。”着实吓我一跳。虽不敢恭维，却要维护老爷子的尊严，宁肯相信此言是在酒吧里喝高了随便说说，不当真的。只不过如今有人抬出这句话来，吓唬吓唬像我这样无知的人。

又看到《汉书·艺文志》中“小说家者流，盖出于稗官。街谈巷语，道听途说者之所造也。”我觉得这样解释虽说没有将小说神话起来，可又多少贬低了其身份地位。不过，如果用东方智慧搞一点折衷，将上述二者结合起来看，倒也更接近小说的本质。

其实，真正的小说可以使人穿越经验的藩篱，穿越那些阻挡我们真正了解他人的表象。小说家的工作，就是告诉你，你心里的经历太简单，让我来说出这个故事，人生还有其他的好事或破事，还有其他的叙事可能……不过，当今文学中出现的虚构之无根性、虚构文学与生活世界的隔膜越来越深等问题，使文学创作正变得越来越书斋化，越来越与现实无关。当所谓的专业作家们认为自己对现实已洞若观火并获得代言资格时，心里跟明镜儿似的读者则认为，他们不过是活在自我想象的真空中，是在匆匆忙忙代表着别人，同时也显露了自己的浅薄和无知。

幸好，吴言的小说不是这样的。傅雷说:“倘没有深刻的人生观，真实的生活体验，迅速而犀利的观察，熟练的文字技巧，活泼丰富的想象，决不能产生一件像样的作品。”不说吴言的小说多么的“像样”，起码他所展示的生活现象，也就是他熟悉的那块社会的众生相，让我们会对人物有一种期待，他将做什么？他将去往何处？他的身上有一种我们所不知的可能性，他不驯服不做作，他们身上有一种难以把握的东西。没有那种东西，就不会有真正的小说，甚至不会有真正的生活。在有与无之间，错与对之间，生与死之间，读者可以有无限的想象和选择的可能。只有承认这种可能，才是对小说、对文学的敬畏。

由此看来，很少在“文学圈”中混迹的吴言，显然是在极度无聊、荒谬、混乱的现象中，是在财富和权力粗暴地扭曲人和人关系的世道中，孤独行走于小说中的那个人。他的小说搅乱了我们平静的生活，也让我们残存的那点幻觉或希冀，碎了一地。

本来是祝贺，此文也原打算叫《秀才人情纸半张》，可久不弄文的我，却拉拉杂杂写下了这么多不合时宜的话，这也算是我的一种“浑不吝”罢。不知吴言感觉如何，希望不会给他添堵。因为，我相信他的大脑，也相信他的肚皮，更相信他这个人。

在息壤上观潮

——萧然散文集《沉芦浮石》序

两年前，我曾在萧然兄的招呼下，于钱江两岸的萧山和海宁小作逗留。有趣的是，这两处人文荟萃的地方，总是让人生发出许多的联想。而且，这些联想大抵都能得切实的验证。

在鲁院时，我已在萧然兄的海涂系列作品中卧游了这里，并为之写下了一篇《文学审视下的生命世界》。在这篇小文中，我对与长城、京杭大运河齐名，同被誉为古代三项伟大工程建设的钱塘江围垦作了臆想式的描述，竟被萧然兄拿去发表在浙江的多家报刊上。要知道，在这个被称之为“半部现代文学史”的地方卖弄，是要冒一点风险的，也不知有没有贻笑大方？反正心里是惴惴的。上次萧然兄费心为我安排游览，我却非要参观日程上没有的钱江围垦。我要亲历现场验证一下，看看自己的想象到底与现实有多大距离。

眼前的一切，再次印证了“现实远大于想象”这句话。

钱塘江两岸的海塘，相加起来实长317公里。石堤海塘在如此漫长的江岸上排闼而来又绵延而去，早已超越了常人的目力范围。视线所及,仅仅是万亩一方的石塘。石塘里呈现出世界上幅面最大的画卷:刚刚退去的早潮在滩涂上留下一条条纵横交错的“流花沟”。其分布状态有如人体的血脉,又似一株奇大无比的树木倒影。三五成群的水鸟,芭蕾舞般的长腿在滩涂上轻盈跳跃。所有的的动物、植物、泥土、江流和海潮,无一不在这里释放着生命的能量。这种奇妙的造地运动以海涂延伸的方式,使动植物资源相应发生着微妙的变革演替:海涂淤涨,植被也随之延伸,底栖动物也紧随其后外延,而以其为食的鸟类鱼类亦随此跟进或聚拢。滩涂湿地,阳光充沛、气候温和,水资源丰富而平缓,咸淡交冲。许多鱼、虾、蟹类在这里寻食、越冬、产卵,共同打造出一块四时不息的生命乐土。大自然将这块不断伸扩的沃土赐给了萧山和海宁,人们又将其建设成为当今中国最富庶的地域之一。

每年的农历八月十八,是钱江大潮最壮观的日子。苏轼曾写到:“八月十八潮,壮观天下无。鲲鹏水击三千里,组练长驱十万夫。红旗青盖互明灭,黑沙白浪相吞屠。人生会合古难必,此景此行那两得。”数十万之众的观潮者,聚集于钱江两岸的海宁和萧山,静听着入海口雷鸣般滚滚而来的潮声,眼看着一条白练由远及近,汇聚成惊涛拍岸吞天噬日的大潮,那场面一定是很壮观的。

然而,如果我去了那里,一定不会挤在江岸的栏杆边上。也许我会离开人群,选一处高冈远远地看着。这并不是害怕与潮头亲近, 而是想以一个宏观的角度,同时欣赏这江潮和人潮的互动。我觉着,这两者之间必定有一种神秘的关联。这种关联打通了上下几千年的时光隧道，将《山海经》中“禹以息壤堙洪水”的记载，与萧然编纂的《萧山围恳志》，还有他即将出版的新作《浮石沉芦》，同时摆放在我的书案上。

我想，如果钱江潮没有了观赏的人群，仅仅是地老天荒中的一种自然现象。从喇叭口状的入海口溯源而上，经人工整治而狭窄规整的水道，再加上月亮和太阳的引力，以及地球本身转动时产生的离心力，才凑齐了钱江大潮的诸元要素；我又想，如果钱塘江依然像上古时那样漫漶不羁，两岸仍旧是一片洪荒泽国，那么，还会有从汉魏唐宋相沿至今的观潮盛况么？现代的人们，在修葺一新的观潮台上惊呼着，然而，在这短暂的狂欢过后，有谁会想到自己脚下站立的这块土地，原本是什么样子的？大自然经人类调教，由潮汐的无数次涨落淤积成新土，先人们将这种会自动生长的神奇土地，称之为“息壤”。

而今观潮的人们，便是站在息壤上欢呼的。

这些感悟，对早年亲历于围垦，后来又长期从事《萧山地名志》、《萧山县志》、《萧山围垦志》等方志编纂的萧然来说，显然比一般人要深刻广大得多。他却对即将出版的新文集《沉芦浮石》淡然处之：“书名取为《沉芦浮石》，并无多少深意。源自一个典故，说的是‘梦里老家’的海宁硖石，西山旁曾有沉水的芦苇，东山上仍有浮水的石头。应浮则沉，应沉则浮。在这里寓的是世上的一些事物，或许有点意思在。”

许是先入为主的缘故，这本书在我看来仍是满眼的波澜壮阔，其间一条主线贯穿始终，那就是，无论多少人物过眼，多少故事轮番，它们的发生地均在这块神奇的息壤上。不管是文采风流的徐志摩，还是冷眼红尘的宋云彬；也不管是杭城奠基者吴越王钱缪（金字旁），还是为民请命死保湘湖的何舜宾；还有在流花沟铺陈开鱼宴的渔人们，在滩涂上搁浅的江猪大鱼们……他们无一不是在息壤上，展示出生命的广大和美丽。因而，他们比凭栏观潮的人群，更应该受到深层意义上的敬重。或许，他们早已沉淀为息壤的本体，而观赏的人们，也正以自己的拼搏，潮水般地加入其中。

今年中秋临近，萧然兄又力邀我去观潮，终因为事务缠身未能成行。从网上关注到：今年八月十八日前，到此等待观潮的游客达 35 万人，是有史以来的最高纪录。专家们事先已经预测说，今年的钱塘大潮是本世纪最大的。据说，海宁盐官镇一个最佳位置的观潮包厢，竟被炒到 8888 元。然而，大自然却向人们开了个不大不小的玩笑：大家翘首盼来的潮头，并不是今年最大的，更不用说本世纪。后来，专家们打趣说：潮水什么时候看最大？第一次看的时候最大。因为“新鲜的时候最为精彩”。

1855 年，美国传教士丁韪良来到这里，第一次给他震撼的并不是稍纵即逝的钱江潮，而是那些实实在在的鱼鳞大石塘，他把钱塘江的“海堤”写进了他的书中，介绍给西方。到目前，大多数明清时期的鱼鳞塘已经埋入地下，但是，在海宁老盐仓一带，还有约 30 多公里一段清朝留下的古海塘，已被列入国家级文物保护单位。今天的人们，已经渐渐淡忘了钱江大潮曾经带来的危害，只是陶醉于大潮的惊人力量，感受大自然的造化。

由此，我对未能观潮并不后悔。如有可能，待萧然兄这本新书出来后，我们相偕沿钱塘江两岸实地行走一回。到那时，两个年过半百之人，脚踏着先辈留下的息壤，沐浴着江上吹来的清风，持螯把酒，笑看潮起潮落，那又将是怎样的一种情怀。

看似平淡却奇崛

——王保国散文集《苦着、乐着、活着》序

三十多年前的一天，经文友介绍，我专程拜访了王保国。

当时，在忻县师专一间单人办公室里，他坐着，我站着；他说着，我听着。临别，我从他书架上抽出一本《少年维特之烦恼》，说要借回去看看。其实，歌德的这本小说早已读过，只是想以此为由头，加深和他的交往。不想，他一再嘱咐：这书务必要还，因为这是学校图书室的，你看——他指着椭圆形印章，一脸的端肃。我心想，本地最早在《诗刊》上发表作品的诗人，看上去温文尔雅，却不怒而自威，还挺“拿人”的。

后来，又听说他在《随笔》上发表了一篇很有影响的文字。我不懂新诗，熟友的散文之类却是要寻来看看的。《贫民窟里的男人女人》，单看这题目就纳闷，王保国何时从诗歌的云端落回到散文的凡间，抑或原本就在二者之间游刃有余。细读此文，其中所展现的世相百态，真真是尴尬人说荒唐事。通篇的诙谐调侃，将一个充满苦辣酸甜却又不失温暖记忆的特定年代，定格于笔端，存留于纸上。在我眼中，保国原先那种清高

的诗人形象，又还原成一个“依劳务实”的成熟男人，还透出那么几份沧桑的感觉。

早期印象中的王保国，是诗的王保国或散文的王保国，总之是文学的王保国，谁也不会将他与当今最前卫的事物联系起来，可他偏偏从象牙塔似的学院，从清高冷寂的文学圈，转向了红尘滚滚的传媒业。我一直担心，这个职业于他是否合适。

两年前，我去电视台见他，他正在演播厅里制作节目，抬头看了我一眼，也不问来意，指着监视器说：你也帮我盯着点字幕，最近领导尽批评新闻节目。我陪他一起审完节目，他才命令手下：去，把前几天播过的那两段薛勇摄影专题拷个盘。我听说，但凡有些才气的人，并不注意待人接物的礼数，或许这就是真实的王保国。

这些年，以彭图兄为首的文友们时有小聚。每有外地名家来忻，常唤我末座作陪。席间，又看到王保国那修长的身影和清癯忧郁的面容，依然是我心目中的诗人形象。

王保国在电视台已“媳妇熬成婆”，闲暇时间也多了起来。特别是开设“南坡僧人”博客以后，人们才对他的人生态度和文学才情，从内涵上有了更进一步的了解。他像冰山一样，将80％以上的体积沉没于水中，人们所能看见的头角，只是一小部分。但是既然看见了一小部分，就说明必然还有更多的部分没有暴露出来。

果然，王保国近日将他的散文、随笔结成厚重的一个集子，名曰《苦着、乐着、活着》。其内，计有篇目

36件。虽然暂未分类，笔端却直指散文能够涵盖的多个向度，如：感物怀人、亲情忆旧、游踪屐痕、醉眼红尘、人生感悟等。我知道，以王保国式的严谨，他肯定将此书稿分发给了几个他看得起的人征求意见。虽然我不是唯一的先睹为快者，但我绝对是一个虔诚的读者。其人、其文在我心目中，早在30年前就系下一个情结，何况，我还算是他能“看得起”的人之一。我以为，设身处地地揣摩他写作时的心境，窥探他内在的精神世界，并与他一起“苦着、乐着、活着”，反倒比急不可耐地进入到文本解析来得更为重要。不过，所有这些，终归要以文字为载体展示出来，方能让人细细感受其中释放出来的能量，这就是“真文章”所具备的共同特征。

无疑，王保国文集中所有的文字，皆属于真性真情的文章。只是，他“真”得有些让人一时无法理解。

初观王保国这本集子，对其中有些文章似乎感觉不够过瘾。例如：有些颇具传奇色彩的真人真事，像《认识父亲》中出身黄埔军校的父亲，抗战时期在重庆担任教官那一段，给了一般人都要大书特书，唯恐渲染不够；又如《高堂在上》中出身于蜀地的母亲随父回到原籍，被人称为“侉侉”这一极具张力的情节，按常规完全可以写得绘声绘色。放在小说中，就是作家们孜孜以求的那种“拧巴”式的的悖论，完全可以对生活来一番解构和重构，演绎出一场夺人眼球的人间悲喜。可是，这些“看点”和“靓点”，却被王保国轻轻一笔带过。他置生活的复杂性与可能性于不顾，只是娓娓道来，细细描过，其冷静与不动声色的定力，简直让人可怕；他将本可进入热门的巨型话题（如国共合作）和足以满足人们猎奇心态（如川女归晋）的绝好素材，先来一次淡化式的冷处理，这些别人编都编不来的东西，都不是他所关注和在意的。显然，王保国并不准备在他的文字中，马上给人一种血脉贲张的浅层快感，也不想为读者设置云谲波诡的情节迷团。初读之下，王保国的文章简直有些过于“平淡”。

那么，他写下这些看似直白平淡的文字，到底是为了什么？难道这就是他所追求的散文风格么？

德国的威克纳格在《风格概说》里说：“‘风格即是人（布封）’……作品本身的性质愈具客观性，作者主观的风格表露就愈隐蔽，从而去辨认主观方面也就愈困难。”他谈到散文和诗的不同风格时说：“散文和诗正好相反，诗充满纯粹的和具体的感性事物，散文的基本性质则是非感性的（甚至是）抽象性的；散文面向真实，诗则倾向于美……”平淡与奇崛，有时并不存在于文字的浅层，而是如歌德所言：“风格则奠基于最深刻的知识原则上面，奠基在事物的本性上面，而这种本性应该是我们可以在看得见触得到的形体中认识到的。”看来，徜徉于诗文两端的王保国，同样也是深谙散文之道的。读他的文章，须先读故事，再读情态，继而才能抵达其良苦用意，窥探其深邃堂奥。他的这些文章，看似素面朝天，行文不急不躁，甚至有些篇章像是写给自己的，全然不管别人如何看。但不管怎么读，只要读懂了它们，总能感觉到里面缓缓散发一种能量，在不轻不重地撞击你内心最柔软的部分；甚至能感到，那一个个方块字有如一排排细小的牙齿，在轻轻啃噬着你神经中最脆弱的区段……这类看似平淡却极耐咀嚼的文字，让我们想到一个成语叫“举重若轻”。

然而，如果以一种风格概括王保国的所有文字，显然有失公允。与前面面那些端庄整肃的文章相映衬的，还有许多充满机智，不乏调侃、诙谐甚至称得上幽默的篇章。像《官升三级记》《敝鞋自珍记》《下海沉浮记》这三记，堪称“冷幽默”之佳作。

真正的幽默，不同于相声小品中逗人发笑的“噱头”。幽默，在文学艺术中应属“高文化语言”的范畴。老实说，我们是一个缺乏真正幽默的民族，日常所见之大量“幽默”，充其量只是一种民间的低俗调侃，如“万荣笑话”等。文章所追求的幽默感，真正含义应是“把众多观念与出人意料的机敏结合起来的能力”。因而它的感染力不能乞灵于表面化的“过嘴瘾”，而在于文化内涵的深厚和意蕴的高雅。如何彰显这种“深厚”与“高雅”，其手法与风格可以很多。一般写作者，多半靠“生活气息”取胜，而缺乏来自文化意识的诱导，因此在运用“幽默”这个工具时，显得力不从心。试观王保国这“三记”，无不以冷峻的笔调，展示出现实生活中并不好笑的无奈，而其中许多细节以及作者自嘲式的叙述，其中透析出来的幽默却给人一种会心的微笑，这种笑是一种五味俱全的含泪的笑。我曾在编辑《华夏散文》第五期时，选发了《下海沉浮记》中的《寻觅上帝》（约 5000 字）。文章开头一段：“妻不像我，是个不太安分的人。上世纪九十年代初下岗后，本该老老实实每月领上二百多块救命钱就行了，可她偏不，非要在我寄居的学校里摆地摊，跟其他几个摆地摊的共同争夺学生这个上帝。本来学生就够穷的了，她还想在穷学生身上刮油。结果，被学校的保安撵得满校园乱窜，非但没从学生上帝身上刮下油，反而货物被没收，自个身上的油倒让保安刮去了。这下该老实了吧，谁知她不知悔改，却变本加厉，硬是盘下了一个小店，干起了等待上帝上门的活儿。那料想她又是在错误的时间错误的地点做了一个错误的决定，一年过去，上门的上帝寥若晨星，只得关门完事。”仅此开篇一段，就定下了通篇的基调。文章刊出后，在全国各地的读者中反响强烈，好评如潮。他将最复杂、最难以言说的情绪、矛盾、痛苦，剥掉智力和技巧的外衣，将那些带着皮肤、质地、体温的酸楚细节，以一种漫不经心的笔调写来，将生活中尚存的美好希冀撕碎成一地鸡毛。他并不打算归拢、收拾甚而粉饰它们，就那样散乱着给人看。能够将“下岗求生”这样一个写滥了的题材，打整出如此不同凡响的佳作，除了事情本身所具有的穿透力和震撼力外，不能不归功于王保国擅于“冷幽默”的功力。

除此以外，这本集子中还有不少多维多面的篇章。或正出止入、义正辞严；或乡土气息、原汁原味；或插科打诨、嘲讽抑揄等等，无一不是体现出王保国静水流深、厚积薄发的生活积淀与创作才情。

对王保国这样的人和他的文章，我不忍用过多溢美的词汇来形容摹状，因为这样不会让他感到踏实和自在。但有一点我不甚明白，以他这样一个极为本色的人，何以写出如此丰富多彩的的诗文来？难道李白和杜甫的某些特质，可以同时存在于王保国一人身上？而那种凌空蹈虚、哗众取宠式的时文，还有那些故作高深、自我神话，动辄妄言“开宗立派”的所谓“大家”，从来就不属于文章的道中之人。因为，生活本来就示人以平庸的面孔；又因为，真正的写作者能够以自己的笔锋，穿透大千世界平淡无奇的皮相，书写出不一定波澜壮阔却是真诚奇崛的文章来。

只有在这个前提下，才值得我们以一种的特有的心境，对这本书名为《苦着、乐着、活着》的文集充满了期待之情，还将对文本展开进一步的阅读，并对其思想内涵与文风魅力，再进行一次深度的品味与赏析。

精神游牧者的短歌长调

——勾长吉散文集《一个人的草原》序

我认识的散文作家中，再没有像勾长吉这样奇特的人了。

长吉的奇特，首先是写出东西来不急于发表，先在文友间交流。我在《华夏散文》上编发过他的三篇作品，第一篇是由山东若荷转来的，后两篇是向他索要的。由于喜欢他的文章，便打听他这个人的来头，原来，他在南下之前，就已经是北方颇有影响的诗人了。在我的印象中，诗人的个性总要比常人张扬些，曾在诗坛上挥斥方遒的长吉，却在散文面前表现得如此谨慎，这其实是一种敬畏。

从他的《一个人的草原》《草原的风花雪月》等篇章，可以看到他在写作中通过对精神自由的追求，让散文呈现出了诗性的表达。原本可以作为好诗来吟诵的句子，被长吉打散了写在散文里，给这种看似随意的文体注入了高密度的审美元素。这不仅仅是抽象的"真美""大美""凄美"或"壮美"，而是那种可以使读过它的人在心灵的最柔软处，产生一种被撞击后要碎掉的震颤，文章给人的美感就应该是这样的。"风花雪月”的意象被长吉用来写他的草原，不能不说是这四个字的造化，它们原本应该承载草原一样美丽而广大的内涵。

知道敬畏的人，往往在精神上是最强大的。对长吉来说，这种精神的强大体现在作品中，有如他走出来的坝上草原的那样，除了舒缓起伏绵延辽远，还有奇峰凸起森林湖泊。而长吉本人的个性，也就在他的文章中了。

长吉的又一奇特之处，是他的精神家园和社会职业并非一体。一方面，他以数学名师的身份，成为浙东南最大一家民营学校的领军人物；一方面，他还经营着自己的一方精神草原。夜深人静的灯下，他独自在高天旷野间走马，放牧着他的思想和文字。数学教师与散文作家，两个看似不搭界的角色，被他结合得如此自然而完美。在他称之为“谋生”的职业生涯中，他不避其俗，是入世的；而在他所呵护的诗歌和散文中，他却是出世而超脱的。他将大雅大俗集于一身，让人几经回味之后，就感受到了一种份量。这些沉甸甸的感觉，是可以从长吉的散文作品中掂量出来的。

长吉的散文除了《草原的风花雪月》那样充满诗性美的大手笔外，诸如一些细小的、人间烟火的、一地鸡毛的篇什，同样也让人读后唏嘘感叹。然而，如果这些作品仅仅给我们留下一个男人独闯江南的生活记录，或者说作者仅仅沉溺于日常琐屑的自说自话中，甚或只是对周遭生存环境的抱怨，那就不是长吉的散文了。从他这些反映当下现实题材的作品中，我们既看到了人性的弱点，也看到了人性的光辉；既感受到了生存的无奈和不易，也与作者共享收获的欢愉。莫言说有两种写作，一种是为老百姓的写作，一种是作为老百姓的写作。虽然一字之差，作家的立场却有天壤之别。长吉并不因生存条件和社会地位的改善就忘记自己仅是个“谋生”者,他自觉地将写作之根深植于底层社会。这种着眼于底层与草根的写作，不仅仅停留于表现物质的匮乏和生活的窘迫，而是将底层民众的内心痛苦与精神突围作为重点。在当下这个功利而浮躁的时代，我们期待着更多的像长吉这样开掘底层民众美丽心灵和崇高思想境界的严肃的散文作家。

在作品中探寻乡土命运的拯救与新生，则体现了长吉散文所承载的忧患意识和历史使命感，这在文学越来越被娱乐的今天,越发显得难能可贵。

长吉在《回童年去看雪》一辑中,以田园牧歌般的回忆抒写了对故土的眷恋；而在其他篇章中，却不无痛楚地向我们展示了这样的现实：随着市场化的进程，就连淳朴如坝上草原的农牧民们，也不免陷入深深的迷茫和精神上的无所归依，彻底颠覆了我们对传统乡土社会的美好记忆，让我们看到以土地为依托的、朴素的乡村道德情感正逐渐消亡，取而代之的是粗鄙的、实际的、功利的价值观念。

在长吉笔下,这种彻骨的痛楚不仅来自于塞北,同样也来自于江南那个消失了的慈湖。在他的散文中，那些生活里的苦恼与反讽，看似漫不经心的浅显和平凡,常见的、甚至是琐屑的生活细节,寻常场合中哀伤得扰人清梦的现象，人们筋疲力尽的体态、空茫无助的眼神等等，都具有一种令人不安的诡异。从他的散文中，我们甚至可以解读到整个民族当下的精神状况。所有这些，都无法让我们再用轻松的笔调去描绘早已远逝了的乡村风景。

我一向以为，一位成熟的散文写作者，不仅仅是一位涉猎广泛、心纳百科的学人，最好还应该是一位理性、睿智的“达人”。长吉在《人在天涯》这一辑的游记体散文中，从西湖、烂柯山、琼州、龙游古村落、泰顺廊桥、鼓浪屿、苏州一路走来，一头是他现在工作生活的温州江心屿，一头是他魂牵梦萦的草原千松坝。行走中所有的感悟、怀想与呼唤，无不浸渍着浓郁的文质品味，体现出他对中国传统文化的深厚学养，还有对历史事件及人物那种客观从容的臧否态度。这些篇章，足以让许多被冠以“文化散文”的“大作”们相形见绌。

我看到过许多散文稿件，拿衣服作比喻，有些作品是光有面子没有里子，有些作品光有内容却不讲究表达方式，大量的来稿是一些表里皆无的东西。长吉散文的质地，就像草原牧人出席“那达慕”盛会时那件体面的长袍，绸缎罩面羊皮作里，既华丽又御寒，这大约就是古人文论中所提倡的“文质皆美”了。长吉的散文能写到这个范儿上，不能不让人想到，他原来不仅仅是个写现代诗的诗人。

长吉的奇特，还在于他那惊人的真率。雷达先生说：精于权术，城府深藏，把自己包得严严的，“成熟”得滴水不漏的人，是不大可能写出好散文的。长吉能写出这样好的散文，恐怕与他的个性大有关系。

去年岁末，我偕钱国丹老师赶赴温州参加当地一次文化人的雅集。临席，当着小说家王手、哲贵等先生的面，我冒昧地提出再叫一位朋友来聚聚。待长吉匆匆赶到时，我才发现他和当地文学圈并不十分熟稔。何况在这之前，我也只是只见过其文未见过其人。然而，这并不妨碍长吉坦露性情。其间，他多次提到自己的祖上是满族，而且还是离皇族很近的支脉。我无法猜测努尔哈赤当年的样子，却联想到早年结识的一位叫“都仁必力格”蒙族骑手。长吉也是那样精悍的体形，也是那种略带马步的走态，也是那样直率的谈吐和豪放的酒量，身处一群儒雅的浙南才子当中，显得那样的不同。所幸，在座的大都是真文人，当看了他的《从烂柯山抵达魏晋》一文后，赞赏之态溢于言表。及至当晚，长吉在瓯江的江心岛上作东设宴，又一次展示出他惊人的才情，大家早已将他引为文学同道了。

如果说当年的满人南征是为了王道霸业，那么长吉的南下却近乎一种自我流放和精神寻找。当然，能够决绝地离开渗濡着自己脐血的故土，除了不甘平庸的一腔血性外，应该还有冷峻而现实的理性，抑或更为深远的哲学思考。

一年中最冷的日子中，他从温暖的浙南赶回冰天雪地的故乡过年；春暖花开之前，却又匆匆踏上南下的旅程，像一只反季节的候鸟在独飞，将落单的翅影投映在苍凉辽阔和杏花春雨之间。从他的多数作品中，可以感受到长吉的仆仆风尘。一个“在路上”的男人，偶尔在路边小店举杯小憩，那种醉眼睥睨的冷傲神态，足以让四座倾倒。

很难想象，眼前这个以出产巨商和美女著称的温柔富贵之地，有什么力量能够将勾长吉那样的男人驯化成一个李煜或柳永。他的骨子里，依然并且永远是一条坝上草原的北方汉子；他的文章，本该以金戈铁马般笔划的母语，用蘸着动物血的骨质硬笔，刻划在羊皮卷上。长吉没有生活在那个年代，他只能独坐于电脑桌前，用灵性的手指在键盘上敲打出这些端肃方正的汉字。所以，他将这本散文集定名为《一个人的草原》，是再贴切不过了。

我之所以接受长吉的托付为他的散文集作序，完全出自于对他为人为文的了解。当我再次细细品咂他的每一篇散文时，却深感自己这件勉为其难的东西，实在不配放在这本厚重文集前头，如置于卷尾作个“读后感”，也许凑合。

期待着更多读过这本文集的方家，能够对长吉的散文发表更为深刻、独到的见解。

旧式的、高质量的意会
——《郜峰散文集》书评

当郜峰将他新出版的散文集送给我时，彻夜不眠的捧读几乎让我产生了一种幻觉——乍看里面的文字，倒像是一本重新刊印的旧书。

我不能想象，书中分明写的是现代当下的人事，却让人产生时空上的错觉，仿佛重回文风鼎盛的从前。那些看似泛黄的意象，还有“浮生琐记”“萍踪追忆”“砚边点滴”等，也让人恍兮生出隔世之感。在今人的想象中，旧时的文人近乎于完美，比如那一袭长衫下的风流倜傥，那优渥生活中的风骨依然，以及受到吾国吾民的敬重，皆是我辈难以望其项背的。一本崭新的文集，能够给人如此奇异的印象，就有些“穿越”的意思了。

以郜峰本人的作派，尤其是脸上那副老式眼镜，笔下那些颇具渊源的“文人画”，还有隽永疏朗的书法题跋，足可将其人其文其画叠加起来，拼凑成一个貌似“旧式文人”的形象——只少了身上那件标志性的长衫。倘若果真如此，郜峰就拘于他的外形了。要知道，在当下所处的“多元”时代，并不缺乏“仿旧如旧”的人和事，尤其在我客串主编的那个京城，这样的“大师”很多。

所幸，郜峰不是徒具其表的人。而当我静下心来，将目光沉潜于这本文集的深处，轻轻拂去那些由文字所构成的表象，惊奇地发现，郜峰并非一个可以用简单的“旧式”来定位的文人。尽管他的文字中充盈着简净、淡定、飘逸等前人遗韵，尽管他展现的大多是些温文尔雅的人和事，尽管他的文本总是让人联想到沈复的《浮生六记》乃至张岱的《陶庵梦忆》，并且以他文章自身的质地和肌理，给予我们毫不逊色于前辈的审美享受。然而，我却隐隐觉着，在他的精神疆域里，在这本文集以外的地方，郜峰应当另有一番境界……

又想起他赠我的一本画册，其内的画风与他的文风相得益彰。从他这本文集里，我看到了他的文章与绘画，同样放弃了细谨和绚烂，形成了一种水墨浅淡的的审美基调，营造了一个简朴、高逸、清雅、内涵的艺术格局。看似平常，但由不经意处流露出天然情趣。

他的文和画，还有一股难得的静气。这种虚静恬淡，是真正的文人逸士所选择的一种生存态度；是在参透了天地人生的真谛之后，所秉持的一种精神自觉；是非功利性的高雅追求，也是作者心迹的纯真流露。在快餐文化盛行的今天，忽视精神修养，追求视觉冲击，远离了传统文人那种写心、写境、写情的精神世界的表达，陷入一种充斥着刺激、外在、速成的喧嚣混浊的名利场。

仔细揣摩郜峰的文和画，却领受到一种强烈的人文内涵。感佩于他重视内在修养，贯通精神气脉，注重境界营造，保持发扬传统文人特有的那种风骨气韵。所有这些无形的物质，冲出了纸面和书页的载体，弥漫在所有读者的意会中，留存在静谧无垠的空间里。

就在商量这篇小文的同时，他和我在电话中又提到诸如“东林党”“风骨”“士人”等属于历史的词汇。当然，也顺便言及“豢养”“犬儒”等等古今通有的现象。由此我得出这样的结论：尽管与郜峰交往不多，但我俩之间有一种近于“通神”的交往，这或许来自于他的文章书画，来自言谈交流中的吉光片羽，来自于匆遽的相见与离别。这种淡如净水的交往，超越了现如今许多流行的东西，可以看作一种旧式的、高质量的意会。

浅阅读，深感受

——周冰心小说《么么在长大》简评

这是一本有关孩子成长的书。作者不仅以平视的眼光注视女儿一天天长大，而且将叙述的主角交还给一个叫“么么”的孩子，以第一人称的口吻讲述着那些童趣盎然的故事。

以周冰心做人的风格，知性与感性、简约与细腻兼而有之。她一贯的文风，却是清新、自然和质朴的。她总能通过日常生活的细节和自然朴素的语言，在平凡的事件中找寻生命的哲理。而在《么么在长大》这本书中，她通过童趣、亲情、成长的困惑和快乐这些存在的真实，揭示了一个又一个被许多人所忽略的理趣。正是这些理趣，为我们提供了一种高质量的意会，带领我们回归于纯真澄净的世界，回归于人性初始那种原态之美。

她不是以成人的高度来完成这些创作的，而是蹲下身来平视着孩子的世界，并且将自己的心性融入到了孩子的世界里。做为一个书写孩子成长史的母亲，同时也书写着自己的心灵史。周冰心捕捉到了孩童稚嫩的思维中才有的世间万物的灵性，而当这种灵性散布在字里行间时，愿意接纳这本书的就不仅仅是小读者了。

在多数父母望子成龙、望女成凤的浮躁世风中，大人企图在孩子身上实现自己未能抵达的人生高度，孩子却向往着本该属于他们的自由欢乐。当这些错位屡屡出现甚至被不断放大了的时候，家庭教育往往演变成一场永无休止的战争。于父母，是不停交织的希望与失望；于孩子，本该是阳光灿烂的花样年华，却像蜗牛一样背负上过多的期望，在阴影中缓慢爬行。

周冰心并没有那种急功近利式的焦虑。她可以“放纵”孩童的种种“恶行”；也可以和孩子一同坐在地板上观看动画片，并且像姐妹一样开怀大笑。在女儿的青春发育期，母女之间可以坦率地讨论所有问题，一切都是那么平常而自然。家庭教育蕴涵于情趣和幽默，孩子的成长沐浴在如此温馨的暖流中，许多两代人之间难以填平的沟壑，在这里都变得坦砥如镜了。周冰心以自己的爱和孩子互爱，化解了许多人为之困惑的家庭教育难题。爱在点滴之中积累，不仅回馈给她一个阳光聪慧、品学兼优的女儿，也使她自己的人生不断充盈。

老话说“女要富养”。这个“富”不单指物质的丰富，更重要的是为孩子营造一个和谐、高尚的环境，让孩子的内心世界在这个环境中得以丰富延展。女儿生活在这样的环境中，她对爱和幸福的感受，她对世间万物的怜悯与感恩，她对自身与社会的选择和宽容，都是丰腴而甜美的——父母给予孩子最大的财富莫过于此。可以推测，这样的孩子长大以后，她的情商和智商都能得到充分的发展，她与社会的相容必然也是很契合的，她的内心世界必然也是广大而美丽的。无论她走得多远飞到多高，孩童时美好的生活记忆必将伴随着她的一生。而当她将这些美好传承到下一代时，同样亦可体味到母亲那样的幸福和满足。

让人欣喜的是，这本好书已经在台州几个书店里上架发行了。

这似乎是一本不需要作深度思考就可阅读的书。我们可以采取跳跃式的阅读方法，感受它带给我们的视觉快感和心理愉悦；我们也可以在掩卷之后另有所悟——这本写孩子的书,不仅仅是为孩子所写,同样也适宜成人阅读。

读过这本书我们会发觉，自己那颗心已经不再是原来的模样了。曾几何时,我们也凝眸过山间的溪流,也聆听过屋檐的雨滴,也感受过如水的母爱。而今,我们已经被自身的社会角色所磨砺，变得愈来愈粗糙坚硬了。读过这本书，我们会将自己的目光从遥不可及的高处收回来，重新俯下身形用心去体味人间的亲情。那么,我们的心也会由此而变得细致柔软起来。一切的浮华富贵,都不过是过眼烟云。人生的真味,都积聚于父母儿女间亲情的细节当中。

这本书中的事例，虽然不能供所有家庭套用和模仿，但起码会给我们多种启迪，让我们至少可以完成由喧嚣到沉静的进化。全书潺潺湲湲流水般的画面，于细微处又有光彩闪烁之笔。文字后面的人，是自然而然的从容淡定,是品味人生的泰然自若。时光流逝，岁月却似乎对周冰心这样的女人格外宽容，没有在她的脸上留下更多的印痕，反而赋予了她更多母性的温柔的美；当然，还有勤勉、严谨和睿智。

有一种散文
——徐迅散文集《草样年华》序

有一种散文，没有时下流行的新潮样式，却有一种恒久的魅力。所写之人，所叙之事，所忆之旧，一般也是常人之情理，没有那种“语不惊人死不休”的劲头，我们可以称其为“小散文”。而每当我面对这些看似漫不经心的随意之作时，却不由地生出捧读与跪拜之感。

此次，让我颇有同感的，却是徐迅的散文集《草样年华》。他的作品让我如此感佩，不是敷衍，也绝非矫情，而是源于这种以平实恬淡的文字，所铸就的悠远绵长的精神感召。著名散文家林非先生提倡理想的散文，“一是最能够触发读者久久地感动的；二是最能够唤醒读者回忆起种种人生境遇和自然风光的；三是最能够引起读者深深思索的；四是最能够在语言的文采和艺术技巧方面满足读者审美需求的。”以上四个特征，在徐迅的散文中起码可以看出三个。

徐迅生活根柢深厚，内心清洁，做人为文自有一种气度与底蕴。仅就其散文而言，全无血脉贲张、浮躁急促之笔，或娓娓道来，或侃侃而谈，反倒淡中出鲜，回味悠长。品读她的散文，由读故事到体味情感，继而随着她回到那个虽则几分饥寒、却给人留下温暖记忆的过去。如《儿戏如饴》所记：“我们孩提时，家穷没钱买玩具，就是有钱也买不到什么玩具，可是我们与大自然浑然一体，玩的虽不是高科技，但能健身强体益智；比拼的也不是爹娘，而是自己的技巧与体能。五十年代的童趣那才叫真正的童趣。如今，老少一相接，长歌怀旧游。打开记忆的酒坛，那儿戏就像是窖藏了年近甲子的陈酿，香醇可人，仔细品味，甜美如饴啊。”

如何对待自己走过的历史，尤其对一个渐入老年的人来说，足以显现其心胸襟怀的高下宽仄。有的人境遇改变后，以前的经历亦随之显得不堪回首；而有的人，却将过往的岁月当作一枚橄榄，慢慢由苦涩中品咂出甘甜来。

传统中国散文追求冲淡中和，近代欧美随笔推崇睿智幽默。在徐迅的散文中，少见精工细琢的华采辞章，更多的是无意为文的率性之篇。文中所记，多是寻常生活中的凡人小事；笔下山水，有天地造化的钟灵毓秀，也有梦里家山的关情草木。如《江畔人家》所记：“老家是典型的江南小城……它真的很美，城中有龙泉山挺拔，城东有玉凰山守望，两山遥遥相对，无言地诉说着龙了与凤凰的不老传说。城中又有向东蜿蜒的姚江与侯青江穿城而过。姚江上有座石拱三洞通济桥，俗称江桥，古以‘浙东第一桥’著称……”又如《小娥姐》：“她长得很漂亮，皮肤薄得好像用手指就能戳得破，还白里透着红，眼睛大而不凸，总是文静地看着你，线条分明的嘴红嘟嘟的老是往上翘着，一脸的笑意……她总是打五股辫，每一股都细细的，显得那么精致均匀，辫梢留出足有半尺长，像锦旗边荡着的流苏……我实在不忍写她唯一的不足，她行走时右脚脚后跟永远也踩不到地，她是个轻微的跛子，只要她一走路那背后的辫稍就与众不同的起伏着……那时我老往她家跑，看看她的眼睛，摸摸她的辫子，有时还背着我妈去她家喝凉开水，那凉开水盛在狮子斗缸里的，是那种盖子顶上有只蓝色小狮子的圆圆的青花瓷缸。”

她没有过多地揭示尘世中的悲情，更注重将富含人文情怀的内涵飨以读者，唤起了人性中尚未泯灭的那点良知。他在有意无意处，漫步于人生的海岸踏沙拾贝；由恬淡平实间，自在洒脱地抒发真情实感。他以感恩的心态追忆过往岁月中那些人和事，首先感动着自己，同时也拨响受众的心弦，引起了大家的共鸣。母亲是人生的启蒙，也就成为文学的永恒话题。作为女儿的徐迅在追忆母亲的时候，以《多彩母亲》为题，不惜用“坎坷”“另类”“自強”“能干”“时髦”“超前”“讲究”“节约”“胆大”等九个章节构成了一条珍珠链，在近 23000 字的篇幅中，多角度、全方位写出她心目中的母亲。其中场景铺陈和细节提炼，还有充溢于其间那种浓得化不开的母女深情，是所见描述母亲的文学作品中极为罕见的篇章。

我们再看陈寅恪、季羡林、孙犁、汪曾祺等大家的散文，撇开其中的学问不说，仅就其竭尽简省的用笔，却可在平淡中凸显奇崛，由素朴中直抒性灵。他们的文中，没有玄奥的言词，也没有空洞的说教，只是以亲历者的身份讲述情味绵长的物事，如春雨润物无声；

他们的艺术感觉灵敏精微，常用轻淡的笔墨，揭示出现实生活中并不轻松的人生要义；又似大侠独行，踏雪无痕。他们这些体量精短的“小散文”，非但没有过早地化作纸浆，反倒成了人们手边案头的常读之书，散发出陈酒般的醇香。

谈论徐迅的散文，提到一些文坛泰斗的风格，并非将二者相提并论，只是借着这本散文集的问世，重新确立我们为文做人的定位，追求真切自然的写作状态。可以想见，在徐迅这种质朴潺湲的语境中，浮躁的心态必将得到抚慰与净化。而无须形诸文字的，则是徐迅的为人：她在冲淡平和里峰峦显现，于圆融通达中性情依然；她以泰然、淡然的心态励已，又以自身的行为无言地度人。

匆匆几笔，勉为序。

文章道场

讲座 谈话

第四届冰心散文奖获奖感言

尊敬的各位前辈、各位老师、各位文友，尊敬的吴青先生：

大家上午好！

今天，作为一名基层的散文写作者，我能够得到第四届冰心散文奖的奖项，深感荣幸。在此，我要感谢主办冰心散文奖的老师们，在众多送审的作品中选择了那篇并不完美的文字，还把“单篇作品奖”这个崇高的荣誉授予了我。

可以说，我是读着冰心先生的散文长大的。不论是温暖了多少个黑夜的《小桔灯》，还是被多少人口传心诵的《致小读者》，都使我们拥有了可以世代相传的精神财富。让我们在学习和写作中，都不致离开真正的文学、真正的散文太远。无论这个世界怎样喧嚣，无论生活的现实怎样令人啼笑皆非，一想到冰心先生那慈祥而清澈的目光，我们的内心立刻变得宽广而美丽，我们的文字也仿佛附着了爱与思的灵光。

在散文的百花园中，有的散文家可以凭借其学养去追抚文化与历史，或者以今人的眼光去解读古人的言行；有的可以凭着儿时的记忆，用田园牧歌般的笔调倾诉对故土的眷恋；有的可以抒写自我情感或生命体验与读者共享；有的还可以将作品写成娱人悦己、可供把玩的案头小品。凡此种种，都有存在的理由。

而在这些优雅的文字边上，还有一种散文。它的作者并不因生存条件和社会地位得到改善，就忘记了文学的良心与使命。这种散文，自觉地将写作之根深植于底层社会，着力于表现草根阶层的生存状态；这种散文，不仅仅停留于表现物质的匮乏和生活的窘迫，而是将民众的内心痛苦与精神突围作为重点。

探寻乡土中国的命运，呼唤其拯救与新生，体现了散文所应当承载的忧患意识和历史使命感，这在文学越来越“被娱乐”的今天，越发显得难能可贵。现实向我们展示：随着市场化的进程，就连最纯朴的乡村百姓，也不免陷入深深的迷茫和精神上的无所归依。无情的现实，彻底颠覆了我们对传统乡土社会的美好记忆，让我们看到以土地为依托的、朴素的乡村道德情感正逐渐沉沦，取而代之的是浮躁的、粗鄙的、功利的价值观念。所有这些，都无法让我们再用轻松的笔调去描绘早已远逝了的乡村风景。

在都市中，那些生活里的苦恼与反讽、看似漫不经心的浅显和平凡、常见的甚至是琐屑的生活细节、人们筋疲力尽的体态和空茫无助的眼神等等，都具有一种令人不安的诡异。从这些现实镜头中，我们甚至可以解读到整个民族当下的精神状况。

在这个“讲求实际”的时代，进行那样严肃的思考与写作，似乎有些不合时宜和自寻烦恼。然而在任何时候，总有一批良知未泯的写作者，保持一个文人独立思考的品质，他们的作品不会被媚俗的、做秀的、粉饰的“大众文化”所淹没，从这些反映当下现实题材的散文作品中，我们既看到了人性的弱点，也看到了人性的光辉；既感受到了生存的无奈和艰辛，也共享着成功与收获的欢愉。

期待着更多的这样开掘底层民众美丽心灵和崇高思想境界的散文出现，我个人也要向那些严肃的散文家们学习，将自己散文书写的笔端，继续对准诸如“最后的鲁班”、“游走的鼓班”那样的社会底层、边缘群体。

这就是我的写作无法摆脱沉重的缘故，也是我所理解的文学和文学的散文。我坚信：倘若文学还在，散文也在。

我的发言到此，再次谢谢大家！

2010 年 8 月 1 日于北京

在茶话会上的致辞

尊敬的各位业界资深前辈、尊敬的本届年会东道主王总编和李社长，尊敬的全体工作人员，老师们、文友们：

首先，请允许我代表《华夏散文》林非社长、王宗仁主编，代表本刊出品人和杂志社全体同仁，向中国散文期刊年会组委会、向在座的各位散文期刊老总和编辑朋友们，表示《华夏散文》对你们的深深谢意！感谢本届年会的邀请，使我们成为其中的一员。作为一个后来者，《华夏散文》有幸与名刊、大刊的代表们同聚一堂，共商中国散文期刊发展大计，探讨当今中国散文创作的潮流走向，把脉散文期刊办刊的客观规律，对我们来说，实在是一次难得的机会。

《华夏散文》作为 本年轻的纯文学月刊，与在座的各家大刊相比，虽然没有妄自尊大的理由，但也没有妄自菲薄的必要。我们像明治维新时期的日本，小心翼翼地揣摩着、借鉴着各家大刊的成功经验；我们更像 1949 年成立之初的新中国，决心要走出一条自己特色的办刊之路，因而对未来充满了希望和自信。我们坚信，随着中华民族主体精神的回归与重建，随着广大民众人性自尊的觉醒，随着国家对文化市场准入机制的逐步改革，中国的纯文学期刊将迎来更为广阔的发展天地。只要《华夏散文》能够坚守文学的良心，以强烈而牢固的散文本体意识，与广大作者、读者更加紧密地团结在一起，就没有走不出来的路，就没有办不成的事。

目前，我们的步履还像小儿一样蹒跚，我们的举止还像少年一样青涩；我们的经验和实力，似乎还不足以操办散文月刊这样的精神盛宴。但是，通过这几天与各位的恳谈交流，大家给予我们热情的鼓励和无私的点拨，促使《华夏散文》在今后的办刊实践中，将会不断完善自我，提高质量，增强生存能力，谋求发展壮大，以强烈的开拓精神和诚实的劳动，在业界各位前辈和广大作者、读者的支持下，争取在中国文学期刊之林中占有一席之地。

各位老师、各位朋友：如果《华夏散文》能够获得下一届年会的主办权，我们将在以往各届年会、特别是本届年会成功举办的起点上，从现在开始努力筹备、缜密策划、积极运作，争取将“2010 中国散文期刊年会”办出特色，办出新意，办得承前启后，继往开来！

我提议，借大同这块宝地，让我们品呷着手中这杯清茶，祝中国散文和散文期刊昌盛，祝中国散文期刊年会一届又一届传承下去，祝在座各位身体健康，心想事成！谢谢大家！

最后，为表达《华夏散文》一点心意，我向大家赠送一件小纪念品，它是我的老家大同广灵县的剪纸挂件。“广灵剪纸”已被国家列为非物质文化遗产，县里还建有剪纸博物馆。小小物件，不成敬意，给大家留个念想。

其实，像今晚这样的小聚，也不需要更多的理由。只要我们以文学、以散文的名义相聚在一起，这就够了。

再次感谢大家的赏光，期待着来年相聚！

实现作文学习的突破和提升

一、作文学习与人文培养

法国电影《蝴蝶》里有这样一句台词：在父母眼中，每个孩子小时候都是天使。长大以后，便都成了噩梦……今普遍存在于世界各个国家青少年身上的种种问题，是人文教育陷入困境所造成的结果，和现代化进程中过分强调技术知识教育的世界性潮流是分不开的。美国校园里发生了那么多的暴力行为，中国的中学、大学生现了那么多匪夷所思的事情。一些高中成绩挺好的同学进入大学后，由原来紧张拼搏的状态一下子进入无人管束的环境，由于没有养成阅读写作的习惯，精神生活极度空虚，不免沉溺于游戏、泡吧等，以至于厌学、辍学，荒废了大好青春。究其原因，本质上正是独尊技术知识教育，轻视人文教育造成的恶果。那么，什么是人文教育呢？

大家知道，人的思维方式有三类：悟性、感性、理性。那么，一个现代人所认知的世界有科学、艺术、人文这三个领域。科学求的是真，给人以理性，科学使人理智；艺术追求的是美，给人以感性，艺术让人富有激情;人文融理性、感性、悟性于一体,使人的精神世界更为美好。

换个角度来讲，人一生中要完成三种教育：一是生活教育,通过家庭与社会来完成;二是知识教育,一般由学校来完成;三是心灵教育,主要通过人文教育来完成。最后这一项往往需要一生的时间,是终身教育。如果青少年的问题更多地发生在心灵方面,那么,这至少说明,我们的人文教育是不完善的,或者说是有缺陷的。怎样才能使得青少年人格更加健全,心灵世界更加广阔,人性更加美好,精神更加独立和自由呢？改善我们的人文教育是必不可少的一个环节,而通过阅读与写作,可以使我们更多地关注人的精神世界,更多地关注自我心灵的健康,更加宽容、淡定、清醒地面对这个纷繁的世界。

人作为感情动物是需要交流的。青少年更渴望得到别人的认同和理解,更需要与人分担或分享失败与成功。而交流的方式,除了说就是写。学会写作,在很大程度上可以提升交流的质量，并且可以自我排解,自我疏导成长中的青涩与烦恼,有效地化解学业压力下容易出现的心理问题。

不少家长反映，孩子在加强了作文学习以后,生活做人各方面都有了明显变化,又重新像童年一样对周围的世界充满了好奇、细腻的情感(陶甄例),又开始愿意与父母沟通聊天了,其他各科成绩也有了明显提高,又重新给父母带来欣慰和欢乐了。看来,“要作文,先做人”这句老话还是不过时的。因为通过对学生进行合理有趣的作文训练,找回了大家对人与事对自然与社会观察、分析、表达的天性，带动了大家对经典文学艺术的阅读和欣赏。原来对周围充满了迷惘、怀疑、焦虑、冷漠的目光，逐渐提升到了一种审美的、艺术的、欣赏的眼光，自己的心情和处世方式也随之宽容、理性、淡定、积极、阳光起来。

我们作为家长和老师必须明白：在一个孩子的成长目标中，既要追求速度、高度，也需要有韧度、温度；既要追求学习分数的"含金量"，更要追求个人内心的"幸福感"。这样，我们面前的道路将会是光明的，我们的人生也将是完美的。而这一切的达成，是可以通过阅读和写作来实现的。

二、作文学习的重要性和我们的"短板"

汉语是我们的母语，是中国人自己的语言。现在，随着中国综合国力的日益强大，全世界都在学习中文。美国前任总统奥巴马的两个女儿也在学习中文，现任总统特朗普的两个外孙也在学中文，为此特意聘请了华人保姆用中文跟孩子们日常交流。有许多去国外留学的学子反映，在跟人家当地同学交流中，最能拿出手、可以与人家交换的话题还是中国博大精深的传统文化，对方最想了解的还是来自于东方的神秘智慧，作文则是汉语言文字水平的综合体现。

鉴于近几十年来，中学教育普遍重理轻文，从教师配备到课时安排，语文的地位偏弱。你们何校长也说到，大家刚从初中考上高中，一开始还不太重视语文学习，在数理化、外语方面下的功夫比较多。甚至有的同学认为学好了外语,就等于学好了语文。可是,就拿和你们切身相关的升学来说,历年的“高考”,语文学科里作文一点也不少占分,其分值还有逐年增加的趋势。近年,高考中大作文之外还要加试一篇“小作文”。现在每年都有好多学生因为语文分低而考不上好高中或好大学,这才真正耽误了一生的前程。看来,多年来流行的一句话叫“得作文者得语文,得语文者得高考”,并没有引起大家的注意(这句话有两方面的理解)。

在学术上走过来的人知道,语文是学好各个学科的基础。著名的数学家华罗庚说:要打好基础,不管学文学理,都要学好语文。因为语文天生重要。不会说话,不会写文章,行之不远,存之不久。这句话,从一个著名数学家口里讲出,其意味可想而知。在学习中,试想一个语言理解能力很低的人,对于数学应用题中以文字叙述的题意他能理解透吗?在生活中,一个青年人走入社会,连话都说不清,个人简历都写不好,人家用人单位能录取你吗?搞技术的不会写技术报告,就会被认为能力欠缺,迟早会被边缘化的。其实,到社会能站稳脚跟、被一个用人单位重用的人,除了具备专业技能外,往往同时是一个能说会写的人,不信,您去问问一下在公司或单位上班的爸爸妈妈就知道了。

下面请大家看一幅“木桶效应”图(略)。

“木桶效应”:是指一只木制的水桶想盛满水,必须每块木板都一样平齐且无破损。如果这只桶的所有木板中有一块短小或者其中有某一块木板下面有破洞,这只桶就无法盛满水,这个现象也称为“短板效应”。

由此可见，一只水桶盛水的多少，并不取决于桶壁上最高的那块木块，而恰恰取决于桶壁上最短的那块。根据这一核心内容，“木桶理论”可以有两个推论：其一，只有桶壁上的所有木板都足够高，那水桶才能盛满水；其二，只要这个水桶里有一块不够高度，水桶里的水就不可能是满的。

那么，在你的整个知识结构中，作文是不是那块“短板”呢？如果是的话，如何补上它呢？刚进入高一的学生普遍觉得高中语文难学，也有的认为无须学，高考时再说。许多原本初中阶段语文不错的学生到了高中，对语文学习由失去兴趣到失去信心——特别是作文不会写了。要解决这个问题，首先来分析——

三、初、高中作文的差异

纵观每年高考以后产生的满分作文，往往在同一个题目之下，呈现出不同的文体和风格——有的写了标准的议论文，有的写了标准的记叙文，还有的是兼容描述、议论、抒情的散文随笔式的“跨文体写作”，更多的是“思辨性”较强的议论文。不管采用什么样的文体，人家满分作文都写得那么好，让我们在羡慕之余，又有点眼花缭乱，无所适从。

我们慢慢发现：高中作文在要求上，也比初中有了明显的跨越提升。尤其是作文的要求，已经从初中时的描述和抒情，偏向高中阶段的议论和思辨。这就带来一个大难题，即初高中作文如何衔接的问题，也就是如何有效地缩短初、高中作文写作之间的距离。为了弄明白这个问题，首先来看初中与高中作文的差异：

1、首先是初中作文教学的要求与高中作文教学的要求上的差距。初中语文课程标准对学生作文的要求是：学生的作文应关注生活，热爱生活，表达真情实感。还要求在“写作时考虑不同的目的和对象”。初中阶段以记叙文为主，最低的要求是围绕文章的主题，通过写人、叙事讲明白、说完整人和事。好一点的记叙文,可以通过写人、叙事表达一定的情感和思想。而高中阶段的作文要求则是:“能考虑不同的目的要求,以负责任的态度陈述自已的看法，表达真实的情感,培育科学的理性精神。”这里,就把“思辨性”放在了第一位。高中的作文还讲究文章整体的意境，表达主题的语言、结构要求更完美、更精准。

对于写作文体的要求，由初中阶段的写记叙文为主，向写议论文为主过渡，并努力学习运用多种表达方式。能调动自已的语言积累,推敲、锤炼语言,表达力求正确、鲜明、生动。

经以上两方面比较,我们不难发现:初高中作文要求上是有明显跨越式提升的。而且，由于年龄段的增大,我们学生已经表现出思考、辩别的能力,所以高中阶段的作文要求已经偏向议论文。

由此我们可以概括出两句话:记叙文以情感人,议论文以理服人。但二者之间不是截然分开的，尤其是从历年高考的满分作文来看，就有不少情感和理性交融的佳作,也就是有思考的记叙文,有温度的议论文。

2、其次是教材编排上出现的差异。高中教材中有了一套相对系统的作文教学体系。以人教版为例：必修3和必修4的表达交流板块就是专门关于议论文写作的。它是由8个部分组成的：a.学习选取立论（确立论点）的角度；b.学习选择和使用论据；c.学习掌握多种论证方法；d.学习议论中的记叙；e.学习横向展开议论；f.学习纵向展开议论；g.学习反驳；h.学习辩证分析。这8个部分分别都含有话题探讨和写法借鉴两方面的内容，有文可写，有"文"可依，并设置了体味范文、领悟写法、学会写作等相应训练科目。

回头来看，由于初中教材中没有更为具体、清晰的作文训练体系，作文教学全凭老师个人的经验发挥。如果教师没有写作教学的系统计划，学生没有写作提高的渐递梯度，就很难与高中作文衔接了。

3、初高中应试目标不同，也造成了作文学习重点的不同。初中作文教学着重于叙事类作文的指导，与初中语文教材中的课文相对应有关。同时中考作文命题也以宜写记叙文的内容为主，为了在考试时能得一个理想的作文分数，老师总是建议学生写记叙文，先不要写议论文，无形中让学生对议论文产生畏惧的心理。而进入高中后议论文写作却成为一门必修，要求高中生有思辩能力、理性分析问题的能力，这一步跨得太大了。如果我们一下子无法适应这样急速的转变，学习写作的兴趣就下降了。有的认为作文只可意会，不可作系统具体、条分缕析的学习训练。这些都是误区。为了解决这个难题，就要找到——

四、高中作文的切入要点和学习途径

寻找初中与高中作文(由记叙文到议论文)相衔接的切入点,我们可以在以下几个方面入手:

1、继续强化观察、思维、表达的基本功练习。

议论文的写作和记叙文一样,都要有对生活的认识与体验,对经典作品的阅读吸收,对语言文字的驾驭表达,对题材的选择与组织、对结构的章法与布局等要求。区别是:记叙文运用形象具体的思维和表达,“以情感人”;而议论文则要运用抽象概括的理性思维,要有逻辑思维能力、理论分析能力、事例运用的能力、价值判断能力等方面的体现,是“以理服人”的。

2、从日记、周记以及观后感、读后感的写作入手(因为这种样式兼有“叙”和“议”),完成由“记”到“议”的过渡,适应议论文的写作。

在看过一篇文章、一本书或一部电影之后,把获得的感受、体会以及受到的启迪等写下来,写成的文章就叫“读后感”或“观后感”(也称书评、影评)。读后感、观后感是议论文中最常见的文体之一,也是初高中学生必须掌握的一种文体。在教材中有许多文章都可以成为读后感的好材料。

比如有关战争题材的课文,我们不仅仅把它当故事看热闹,而是可以通过阅读了解历史,看到正义的威力和非正义战争的罪恶,看到真善美与假恶丑的两个极端,看到人类的意志力、智能、体能最大限度的表现,从而获得有益的启示。再比如可以先观看电影,看完后谈自已看完影片后的感受,找到影片中最能打动你的片段发表自已的看法，在讨论的基础上选择一个角度写一篇观后感。

老师评价的依据，是所写的作文有没有以下四方面的特点：(1)围绕感点，引述材料（简述原文或原片的有关内容）；(2)分析、议论材料，提练感点（亮明基本观点）(3)联系实际，纵横拓展（围绕基本观点摆事实讲道理。写读后感最忌的是就事论事和泛泛而谈）；(4)总结全文，升华感点。这几个步骤概括起来叫“引”“议”、“联”“结”。可以由写读后感这个路径，过渡到“给材料的议论文”这种题型的写作。

3、在日常生活中有意识地进行“思辨”的训练。心理学的研究证明，在争论中，人的思维处于最积极的状态，思想的火花在争辩中不断闪现，成串的妙语如泉水般涌出。我们可以就一个共同关心的话题，在师生之间、同学之间开展议论或辩论，对大家磨砺思想，提高思想水平，养成良好的思辨习惯，是大有好处的。

在辩论中，为巩固自己立场的需要，就得从多角度、多层次来分析问题；为了说服对手认可你的观点，也需要充足的事例和理论（论据），采用多种论证方法进行雄辩精当的论证，来打动听众，让别人不仅同意而且还要与你的观点产生共鸣。这就需要我们追求逻辑层次的明晰与语言的简洁流畅，还要有气势、氛围的营造和渲染等等。

4、重视素材积累，为议论文写作提供论据。论据有事实论据和理论论据。

学生最感困惑的是议论文中论据的积累和选择，

在议论文写作时常常言之无物，有观点无论据，更谈不上论证,你那个观点也就言之无据、言之无理了。那么，重视积累丰富的写作材料，就成了大家增强写作兴趣、提高写作水平的关键。同学们在平时学习时,对这些材料多加注意，并充分挖掘利用。既可以解决论据缺乏的问题,同时也可更进一步理解课本和作品。

可分三步走：

第一步：在学过或读过的文章中去寻找可以充当论据的材料,记录在摘抄本里,完成量的积累。

第二步:将积累的材料进行整理,系统地分类。

同学们平时所搜集的材料,往往是包罗万象、杂乱无章的,古今中外、天文地理、名言警句及谚语、俗语等,无所不有。如果对这些材料不加以整理的话,就会给查找及用做论据时带来诸多的麻烦，所以还要对所搜集的材料进行整理、分类。可以根据论据的类型(理论的、事实的)分类,也可以内容为主题进行分类。比如以“亲情、感恩、成长、挫折、忧患、修养、价值观”作标签进行分类整理。

例:围绕有关对待学习的态度的观点,可以找出很多符合要求的论据,如:马克思写《资本论》,辛勤劳动、艰苦奋斗了 40 年，阅读了数量惊人的书籍和刊物,其中做过笔记的就有 1500 种以上;历史巨著《史记》的作者司马迁,从 20 岁起就开始漫游,足迹遍及黄河、长江流域……这些材料可以从不同角度论证学习的态度。

第三步:给每一个摘录的论据写上简单的评注。适时展开同学之间、同学与老师之间的交流。

这样，在整理分类交流的过程中完成了量的积累，同时也能从量的积累完成质的变化。

当然了，如果有针对性地阅读一些课外的相关读物，那里有更丰富的材料资源；如果把自己听到的、看到的、经历过的事加以提炼概括，从中拎出一两个观点来，并试着找一些依据来证明你这个观点，那么这种日常生活中的模拟训练，对写材料议论文大有好处。就像一个摄影家有时没带相机，也要用手框进行构图，用眼睛进行拍照一样。如果养成这种好习惯，你就是一个“有心人”了。

我们说，任何文章的产生，都要经历观察、思维、表达这三步过程：

1.观察：记叙文注重观察事物的细节特征，从中找到表到感情的“感点”；议论文则注意观察事物的普遍规律，从中找到阐述道理的“观点”。

2.思维：记叙文的思维是形象思维，是感性的或情绪化的；议论文的思维是抽象思维，是理性的或思辨的。

3.表达：记叙文的语言表达是形象具体的，通过细节的描写和修辞的运用，营造一种氛围或境界，达到“以情感人”的目的；议论文的语言表达是抽象精确的，通过充分的论据和有力的论证，阐明一个道理，达到“以理服人”的目的。

至于那些文采斐然又议论精辟的、内容与形式都好的散文随笔式的高考美文，则是最大限度地发挥了作者的学养、才情、思辨的能力，将各种文体的思维方式和写作手法融于一体，表现出高超的驾驭语言的能力和放飞思想的才华。

（用不同语调朗读不同风格的三篇同题高考作文）

五、有关议论性材料作文的几个问题

通过以上的分析对比，我们知道初中作文的特点是记叙为主，那么高中作文对应的特点就是议论为主。其实相对来讲，写议论文要比写记叙文容易些，或者说，写出较好、较真实并且有自己观点的议论文，要比写出精彩的文学性强的记叙文更容易。

写好高中作文，不同的人会找到适合自己的各种方法。文学底蕴好的人，文章中华采的句段信手拈来，让人看了就爱不释手。如果没有非常好的功底也不用担心，只要论点鲜明，论据充实，论证得当，并能适当地使用一些修辞，也能写出不错的文章。

最后明确 4 个方面的问题：

1、文体格式的确定。应该说文章格式是不应该固定的，这样会限制文采或者思想，但作为应试作文，格式会让作者思路清晰，让阅卷者很迅速地了解作者的思辨能力，文学功底等等。高考作文题中“文体不限”，不是不要文体，而是不限于某一种文体。常见文体有议论体、记叙体、散文体和书信体、日记体等等。文体要依题目要求和材料特点而定，如果可适用于多种文体，那就依照个人喜好和驾驭能力来确定其中一种。既然确定了写哪一种文体，就要按这种文体的特征来写，不要写成非驴非马“四不像”的自由体。

2、议论文的基本思路。以议事说理为主要表达方式的议论文，要求对议论对象发表看法，阐述道理，做到以理服人。议论文提出论点，无论开门见山，或文中揭示，或篇末点题，必须清晰、鲜明，毫不含糊；选用论据，不管是事实的还是理论的，必须确凿可靠，紧扣论点，不能张冠李戴，风马牛不相及；进行论证，不论采取何种方法（立论、驳论两大类，有归纳、推理、演绎、类比、因果等多种方法），都要言之成理，深刻全面，不能牵强附会，失之偏颇。理解了这一点，那么写作一篇议论文，也就应该遵循提出论点、摆出论据、展开说理论证的基本思路，并使论点、论据和论证三者有机地结合，尤其须在说明论证上下功夫，阐述道理深刻透彻，从而使发表的看法为大家所信服，所接受。议论文重在说理。在梳理自己的写作思路时，除了确立论点和选用论据以外，还必须思考如何展开说理论证。善于说理是写作议论文成功的关键，在论证方面需要注意三点：

一要重视揭示内涵。选择论据证明论点时，必须避免“论点 + 论据 + 结论”简单叠加式的思路，要在文章中将论据为论点服务的内涵揭示出来。

二要重视论据选用。靠自已直接观察获得的生活体验，其中内涵的道理、哲理可以作为事实论据；学过和读过的作品中，有许多名人的事例、名言警句、科学的数据都可引为论据。关键是要贴切。

三要重视说理层次。这就需要对论述的事物进行深刻的理性思考，要把握事物的各个侧面及其相互关系，同时应注意主次顺序，先说什么，后说什么，必须成竹在胸，使文章有清晰的论述层次。

四要重视辩证分析。在分析说理时，还要善于透过现象看本质，用辩证的眼光分析事物，对事物作出正确的、合乎事实的评价，以避免说理的偏颇。

3、议论文的语言的运用。尽管议论文重点考核的是思辨而不是文采，但在语言的表达上仍应尽可能精美。语言的准确性、简炼性、生动性、通俗性是它的基本要求。

但议论性语言不是板起面孔空洞的说理，不是干巴巴的语言。请比较下面以"时间"为话题的两个议论文说理文段。

文段1：时间是公正的，如果你充分利用了时间，你就会有所收获；如果你浪费了时间，你就会两手空空，后悔一生。

文段2：时间是一把双刃剑，既奖励勤奋者，又惩罚懒惰者。时间是天使也是魔鬼，它为耕耘者留下丰收的田野，为懒惰者留下荒芜的戈壁；它赠给跋涉者以醉人的花香，也会把投机者引入绝望的沼泽。

两相比较，你就会发现：文段1的道理是说清楚了，但如同风干了的黄岩蜜桔，干瘪无味，内容空泛，缺乏说服力和感染力。而文段2通过丰富的联想和想象，把抽象的"时间"变成了具体可感的东西，说理精辟透彻，语言也显得文采飞扬，像刚出水般鲜活的鱼儿。由此可见，议论语言也需要形象生动，形象生动的语言更有助于说理。

提升议论文语言的方法：

A、运用"列举具象"的形式，将抽象的概念转化为可感的形象。

不少议论文提供的话题是一个抽象的概念，如果以抽象解释抽象，不仅不易于操作，而且枯燥乏味，往往越解释让人越难以理解概念的内涵。此时，如果运用列举具体事例或列举具体意象的形式加以阐释，不仅能有效揭示概念的内涵，还能使语言形象生动，文采飞扬。

如解释“诚信”这一抽象化的概念，我们可以采用列举意象的形式，赋予它形象的感受：

诚信，是一月的飘雪、三月的春风、五月的花海、七月的骄阳、九月的红枫，是大自然赐予人类的宝贵财富，也是我们每一个理智的现代人应该接受和珍惜的。感恩诚信，尊重诚信！

作者用“飘雪”“春风”“花海”“骄阳”“红枫”等几个意象，运用比喻修辞，分别揭示了诚信这种美德的纯洁、温馨、美好、热烈、珍贵等特征，显得形象生动。这样的语言用在文章的开头或者结尾处，可使文章显得文思飞扬，平添几分魅力。

B、充实具体内容，充分利用名言警句的价值。

名言警句含蓄隽永，富含哲理，往往有警策人心的作用，引用名言警句来论证或总结自己的观点，可以使文章增强说理的力度，增添文章的厚重感。但是，在引用名言警句后的具体分析及引申中，如果不能充实具体内容，不作生动形象的阐发，而只是生硬地、机械地将其拉向自己要论证的观点，那样既不能充分利用名言警句的价值，又会造成名句与观点之间“油水分离”，这也是我们学生很常见的弊病。因此，引用名言警句以后，分析引申的议论语言也应该充实具体，这样才能使名言警句与文章内容“水乳交融”，让它更有效地为论证中心观点服务。

比如一篇关于“自立”的作文，有这样一段文字：

德国的布莱希特说过：“不管我们踩着什么样的高跷，没有自己的脚是不行的。”这说明一个人不能永远依赖他人生活，只有依靠自己的力量，才能走出自己的路。如果一味依靠他人，你将一无所有。

这段话引用名言论证是值得肯定的，但对名言的引申却翻来覆去说一个意思，不妨将名言之中概括含蓄的语句加以具体阐发，将上面的文段修改如下：

德国的布莱希特说过：“不管我们踩着什么样的高跷，没有自己的脚是不行的。”也许你有富裕的家境，也许你有身在高位的父母，也许你已有父母为你铺就的人生坦途，这些用金钱、地位和宠爱做成的“高跷”，会使你在人生之路上昂然阔步且四平八稳，可一旦“高跷”倒了，你便会重重地摔倒在地，除了落得个鼻青脸肿外一无所有——没有用自己的双手摘来的浆果，没有用自己的头脑设计的未来，更没有用自己的双脚走出的人生之路。

通过这样的修改，拎出“高跷”的意象加以阐发，就使分析引申的议论性语言变得生动形象，对名句内涵的揭示深刻丰富，对观点的论证也有力许多。

C、联类及物，展开联想想象，运用比喻、类比说理。

我们写作议论文，使用最多的是举例论证、分析引申。这是考场作文最易于操作的论证方式。但是，一篇厚重的议论文，最能够展示作者思维逻辑能力的还是深刻的说理。但如果整篇都是抽象的概念判断和推理，就会让人感到味同嚼蜡，难以卒读。为避免枯燥抽象，我们应该学会联类及物，展开联想想象，培养形象说理的能力。

比如鲁迅在《战士和苍蝇》一文中，针对反动文人对已故革命家孙中山的攻击毁谤，写道：

战士战死了的时候，苍蝇们所首先发现的是他的缺点和伤痕，嘬着，营营地叫着，以为得意，以为比死了的战士更英雄。但是战士已经战死了，不再挥去他们。于是乎苍蝇们即更其营营地叫，自以为倒是不朽的声音，因为它们的完全，远在战士之上。的确的，谁也没有发现过苍蝇们的缺点和创伤。然而，有缺点的战士终竟是战士，完美的苍蝇也终竟不过是苍蝇。

深刻的道理通过联想以生动形象的语言表达出来，让人回味无穷。

D、描述画面以后，写好充满感情的议论抒情语句。

议论文的素材，并不仅仅局限于名人大家。我们生活中触动心灵的一个细节，让你震撼的一幅漫画，温暖心灵的公益广告，都可以写入文章，作为有力的论据。只是在具体描述画面的基础上，离不开充满感情的议论抒情，因为它是对画面内涵的揭示，是构架在画面与观点之间的虹桥。

一篇作文在论及战争给人类带来的灾难时这样写道：

一幅摄影作品中，一个金发碧眼的小姑娘带着迷人的微笑翩翩起舞于一间破败的教室里，缕缕阳光透过没有玻璃的门窗洒在她的裙褶上。多么美丽安静，多么富有诗意——你也许这样想。但当你知道这教室是被轰炸后废弃的屋子，当你知道房外的巴格达是怎样的局势时，你还会这样想么？也许你会感慨这美丽和诗意是多么的脆弱，一颗炮弹就可以使它灰飞烟灭；也许你会叹惋：小女孩脸上那迷人的微笑还能盛开多久？她那温馨的梦能否不被炮火惊醒？她那纯净的心灵能否不飘进一片战争的乌云？战争，摧毁的竟是这般美丽这般纯净的事物！物质的毁灭可以重建，但心灵的创伤能否愈合？

上面文段中对摄影作品的描述，巧妙地把美与丑、善与恶、浪漫的诗意和残酷的现实组合在一起，形成了强烈的反差，产生了动人心魄的力量。而画面描写之后的议论抒情性的文字尤其出彩，它巧妙运用排比、比喻、反问等修辞手法，一步步引导读者了解画面的背景，一步步引导读者对画面做出深层次的思考，从而有力地表达出作者对战争的厌恶、对和平的渴望这一主题。充满情感的议论抒情,就是这样情采并茂,深深地打动人心。

让议论性的语言形象生动起来,虽然涉及到选取事例、物象的联想、想象能力,涉及到化抽象概括为形象具体的扩展能力,同时还涉及到论证方法、各种修辞手法综合运用等等各方面的能力,但是,只要我们善于总结,多方实践,就一定能够写好形象生动的议论性语言,为你的考场作文增色添彩。

4、材料作文的要点

近年来,材料作文成为考高的主流题型。材料作文比命题作文、半命题作文更有利于考生发挥自己的作文水平,我们可以通过自己对材料的理解和解读,选择适合自己的文体进行写作。

但是,同时带来的问题也是显而易见的。如何从文题给出的材料中提炼观点,把握切合题意范围和重点,做到不偏题、跑题,会让许多学生头疼不已。具体来说要特别注意以下三个方面。

一是读懂材料,全面把握。读懂材料是材料作文写作的重要前提,没有读懂材料必然会仓促作文,以致出现偏题或者离题的现象。读懂材料必须全面把握,切不可断章取义,执其一端,而要抓住重点,明白内容,理清关系,理解中心,为立意奠定一个较好的审题基础。

全面把握材料和理解材料,不可从某一局部入手,只抓住片言只语不放,否则容易跑题。而是要抓住材料中的关键词语或语句,深刻理解其本质意义,这对于把握材料的中心很有帮助。

一般来讲，文题给出材料可以分为三层意思：第一层是材料句，以事例、故事等方式呈现，意在从这方面引发你开始思考；第二层是范围句，以议论抒情的方式呈现，意在划定了大概的话题（写作内容）范围；第三层是重点句，以关键性（结论性）的词语呈现，从这里可以提炼（概括）出作文的论点（观点）。这种“分层法”是材料作文审题的有效方法。

二是立意求准、求新。材料作文也是“命意作文”，立意的深浅、雅俗和好坏直接影响到作文的整体品位和创新程度。因此，写材料作文，在读懂材料的基础上，要尽量在立意上求准求新。所谓求准，就是要把握住材料的内容，牢记主题必须从材料中得来，切不可脱离材料，否则就容易写出失败之作。所谓求新，就是要努力突破思维定势，超越一般人的惯常思路，应该发人之所未发，言人之所不能言，力争做到“人无我有，人有我优”，在“新”字上下功夫，这样写成的文章才有希望焕发出创造的光彩。

三是使用材料恰当巧妙。在材料作文中，材料在文章中的使用，也是一个不可忽视的问题。一般来说，引用材料有两种形式，即直接引用和间接引用（化用）。根据文体的不同，使用材料也有不同。一般而言，写成议论文，开头最好引述材料，以便更好地提出自己的观点；其他文体也不能完全脱开材料，要在恰当的地方直接和间接引用一下材料，否则容易造成于材料疏远的感觉。

结束语：

总之，今天借这次学习、交流的机会，希望大家直面自己的“短板”，勾画一个作文学习的轮廓，摸索到与原有基础的衔接点和切入点，寻找到高中作文学习的解决路径。接下来，只要通过科学、具体、针对性的写作训练，平时尽可能地多读多写多练，对照老师的批改意见反复修改打磨。这样就能真正学会和提升高中作文的写作，同时也丰富我们的精神生活，以充分的实力和足够的自信迎战高考作文，迎接我们人生的光辉未来。

祝愿同学们在新的一年里开心、顺利、均衡地学好各门课程，特别是学好作文！

谢谢大家！

2018 年 1 月 6 日

（此文为台州北师大附中讲座文稿）

在瑞安搜文

记录整理/王键

按：瑞安是温州南面的一个县级市，经济发达，商业氛围浓郁。这里的文友大都有自己工商主业，写作虽是另一种活法，却也活得痴迷、精彩。以下是我应邀出席他们的一个活动时，边走边聊的一些废话，不想全被录在机器里，还煞费苦心地整理成文字。整理这些东西的文友叫王键，家住瑞安市城北长春巷42号，职业不详，只记得他比我年轻，个头不高，浑身上下除了长枪短炮，还有我叫不上名字来的、好多好多的IT类新鲜玩艺儿。

薛勇：文学就是追求从形式到内容的创新，就是新颖化。说得通俗点是追求陌生感，追求不一样，追求个性，不是追求共性。不是我写出来的文章很像朱自清，或者俞平伯。不需要这些，这文章是你自己的。我（读者）能从里面看出他的渊源，比如你看过明清以来的笔记、五四以来的散文，看过欧美的小品、随笔，好比书法上，你学的是二王还是黄、柳、颜、赵，我们都能看出来，他的渊源就在那儿，但这是你自己的体。当然，开始写文章你能把它写得准确、形象也就不容易了。我们写的文章不忙出版，特别是你跟一些比较专业性的杂志一接触，他给你的印象，他有什么要求，跟你有什么不一样。我们不是说要唱反调，我们不是以这种方式来促进和谐。事物都是两方面的，有的人就去大量的讴歌，在党报的头版、通讯报道发表。文学呢，天生就是怀疑的，批判的。咱们看历史上的留存，悲剧的力量远远大于喜剧，莎士比亚他悲剧、喜剧都写，但是他悲剧的成就大，所以文学天生就是从另一个侧面促进社会发展，这就是基本。然后提到我们写散文应该有些反思，我们短时间内也不必写成像一个学者那样的散文，我们起码看到在商品经济下每开发一个地方他自然资源也好、人文资源也好，一旦被开发进入商业体制的话，整个味道就变了，你种下的是玫瑰，收获的是蒺藜，往往是这样。要写出这些来，也是从另一个方位来促进社会的和谐，当然这不要大众的，要个体的。哪怕那里边，比如我是北方人，来到南方一个建筑里，看墙角那个青苔，那个潮湿的气息给我感觉不同，就是不要面面俱到，要看那些细小的，卑微的，别人不注意的地方。你比如我刚才去那个百草园（利济医学堂的草药园），就大呼了不起，我觉得这里的管理者真不容易，把生长特性不同的各种草药放到一个园子里去管理，大多数长势挺好，这就有得写，那么这个园丁呢，就很值得讴歌了。他里面含着教育，因材施教。所以我们要注意细小的事，没必要做个全景式的回放，比如：摄像机整个给你拍完，完了给你回放。我们要去切个断面。

薛勇：我写过一篇文章，我说，风景优美的地方往往是交通不便，生长在这里的山民觉得高山远水阻隔了他们生存的环境，所以在他眼里呢看山不是山看水不是水。这些官员这些名利场上的人，偶尔去一些名山大川，他的眼光面对这个真山真水到底能领略多少趣味？他惊呼，好啊好啊，是否掩盖着他内心的另一种惶恐。或者他心里惦记着股票的涨跌，房价的指数，纪检委是不是要找他“喝茶”。他老惦记着这个，能欣赏得了好山好水么？写游记，没必要做个全景式的回放，你抓住某个东西，感觉有趣，放大了写，其他都可以忽略不记，什么这地方有什么没什么，那都没必要，好多人也去过，没去过，人家找图片资料，可以再去一次，这都不重要，恰恰是此情此景此人，这个重要，或者你自己，或者写景中的他，这个特定的人处在特定的环境，生发出特定的情感。那么这种情感，展开你的想象。那么再翻过来，假如你是一个很放松的人，淡薄名利的人，你可能钱没他那么多，你在这儿的收获，山水给予你的馈赠，你的领受，你肯定比他好，你比他的名利心要弱，所以你对山水的感受要比他深、真。那么你的享受，在这个环境里的幸福感、放松感、满足感，要远远大于那个腰缠万贯的大老板。我们倒不是赞成要把一个文章写得要死要活很严重，但是毕竟他要有一点思想性。我说的思想性是一个反思，是一个用另外一只眼看这个世界，是吧？所以我说今天我到了这个玉海楼，我的心情很复杂。复杂在哪儿呢？为什么每到一地，比如到宁波天一阁我也很复杂，正像余秋雨（心情)也很复杂。这是一个文化人的良知,他调动了全部的学养,用古代和现代的对撞,西方和东方的对撞,他个人的生活际遇在一刹那产生了对撞,产生了微妙复杂的情感。这种情感一时说不清,过一段你把这个写出来,不一定有答案,到底复杂在哪儿,我也说不清,反正会给人回味。

薛勇:当然初期写作,能把资料拢到一块儿,能把他回放出来,用现代的语言,用我们的文字功底,这已经不错了。但这仍然不能算文学写作,我们文学写作不是好词好句,不是语言优美,他是一种味道,一种想法,一种追求,一种不一样。我不能把他写成旅游解说词,在报纸上发了,县里要用到这个旅游词也能用,但我们写文章,不是写个旅游解说词。旅游解说词要面面俱到,要准确数字、朝代,有什么没什么,什么经济呀,政治呀,文化呀,还有人民呀都有。散文,同样的题材,这个事,抓住这个细节放大,展开无限的联想,这个就叫面上选点,点上还要切片,散文就是干这个的。因为他跟小说来比,它叙事性不强,故事性不强,不需要有线索什么的,它的线索是情感在流露,情感流动的线索,它不是故事情节线索,它跟诗歌什么通感啊,想象力又不一样。是这么个文体,散文易学难工,散文形散意不散。你有个意在里边,就有个核心的东西,如果没有这个核心呢,那肯定就是这个散文不成立了,散掉了。你这样散文可能在朋友照顾下给发出来,虽然没害,但绝对没用,没有读者。不过也有用,没去过玉海楼,瑞安有个玉海楼,旅游说明词,怎么样怎么样，也有点用，但从文学意义上讲没用。可能要求有点苛刻，咱们慢慢来，反正追求嘛，有时候我也做不到，但我绝对不愿意写旅游解说词。我们开始好多这样的作者呢，这个也是自然的，毕竟没有受过专门训练。先做展示，你写得很好，也不错了，但是呢，我们应该往那追求，追求完美。

薛勇：新闻的价值在于时效性，一般都围绕着国家，党啊一个中心工作啊，来塑造他的价值。那么文学的价值呢？有时候它俩可以重合，文学是人学，写人性，就是把这个人的意识形态，身上的社会身份，贫富差距都抛去，看看这个人，赤裸裸的人在这个时间里为什么做出这事。我们知道，新闻写作跟文学写作不太一样，写新闻久了会把笔写坏了。如果你一直写（新闻），当然不存在坏的问题。那么想搞文学写作时发现，那个新闻写作对你负面的影响真是太大了。我有体会，你原来那语言是体制内的语言，和文学语言是不一样的。

薛勇：对一个景物，对一些名胜古迹，我们做一些思考。这个山清幽或者奇险，雁荡山秀美的景色，在一种什么语言环境、经济环境、政治环境、文化环境下大家感觉它的秀美。那么它那个秀美几乎不变的，多少年来，人是变的，是吧。从古到今去过雁荡山的多少人，为什么现代人留不下当年歌咏雁荡山那些诗句呢？山没变，人变了，人什么地方变了？人的心情变了，这是散文。我觉得写这些，这就不一样了，不要注重展示这些那些，现在信息发达，影视什么的，大家都能知道。你说这个，我们再写得好，描写山水我们能写过我们的老祖宗吗？再刻画得形象，我们能刻画过影视吗？不会的。一篇散文完成了，或者一篇游记散文，不是不可以写游记。你看古人吧，他往往是抒发自己的情怀，因为古代那个交通不便，他还起了个传播信息的作用。你比如徐霞客，他有条件走得多，他就写了游记出来给我们没有去过的人，来读读，好像去过了，卧游嘛，躺在床上卧游，他是亲身游嘛。我们读徐霞客的游记，权当卧游，因为他很形象，栩栩如生，历历在目，好像影视一样给我们放出来了，这个笔力呀，文字功夫呀，表达力呀，就像现在我们的影视一样，过去没有影视，没有照片，只好用文字的刻画去构架起一个效果，他起到一个传递信息的作用。那么现在呢？用文字来传递信息的作用在游记作品中不重要了，传递情感，情感才是一个人一个样。你去了，我去了，他也去了，我们三个人一起去都不一样。可能我就喜欢那个东西，也可能你就比较反感，他就无所谓。我们三个写出三个散文，那么你写出你的了，跟我俩不一样。我俩不一样，我俩就喜欢看你的了。如果我们三个一样了，谁也不要看了。是吧？文学看点的价值是求异的，不是求同的，就是追求这个差别，不是追求相同。不要用文字试图来传递美景，现在时代不一样了。你写文章是给人看的，给人看是为什么？是展示还是什么？不是这个任务。好多文学作品留下空间，就让读者跟你一起联想，或者他反对你，赞成你，比你想得还多，这就成功了。

薛勇：把新闻写成散文，我们可以不写政治语言，照样可以写出。我们可以从形象和细节中知道党的力量，时代的进步。

文友：我觉得人物散文不好写。

薛勇：那也不一定。就我说，材料不重要，你就一个很平常的材料，丰子恺他写一个《嗑瓜子》，就能写出个很好的散文。

薛勇：我感觉形式也不重要，关键你写出什么亮点来。你写他小的躯体里面蕴藏着强大的生命演化。你必须要找到这个有关的版本，你要超越他，你比如说《昆虫记》呀，多好。你看一看，他们还没写到的，我想到了，你就可以写。你内容定好了，再选形式，好像册页，拉开来，一个一个的。小的生命，大的生命，微观的，宏观的，你要写出哲学意义来。你只是再现他，那就没必要写了。你说别人不知道，我知道，你要找找别人怎么写，你这种写法别人都有，中国的外国的，名篇都有。你受他们启发，写出我们地方的东西，我们不能低于他的标准，古人说发乎上，取其中。按这个标准写，你才能达到人家以下这个标准，那么发乎中，肯定取其下，你应该有这个追求，你紧追求着做出来还不是最好的，我也是，谁都是。因为那经典在那儿啦，我们很难超越。但我们还喜欢这个，想这样写，做这样思考，你就看人家的，阅读，初看故事，后面就看感情，再后面就看想法，他怎么想怎么写的。因为我们要写作嘛，我们要不写作这个就免了，你就看故事，看故事我们就进步了，看情感看情怀，这是好读者了。当作者的话恐怕就不够了吧，看思考，怎么表达的，从思考到表达这个过程，这个表达会消耗掉多少思考的信号。你肯定不能将全部思考的信号，通过我们这个笔表达出来，当你这个内容和思想完成的时候，表达是个技术活，他跟熟练有关，跟你这个心灵手巧有关，要训练出一个好的思维方式。从一般看出不一般来，以小见大。大，大在哪儿，哪个点上，从哪个点到哪个点，从哪个点到哪个面，哪几个面又构成一个大的空间，它的时间轴和空间轴都要考虑。从时间上来看，我们看到什么了，从开始到现在，从现在倒过去看到原来；从空间上来看，天地六合之间，这个事情处在什么位置，和周围的事物是个什么关系。关系不是政治关系经济关系，是情感流露和精神世界的关系，在哪儿？找到这些东西，得考虑这么多东西，才能去写。所以，平时要训练一个好的思维方式，一旦用熟了就成为习惯了。看到一个现象，马上就想出不一样，因为思维方式不一样了嘛，而且这个还合理存在，不是怪想，不是奇思怪想，荒诞的那个。你比如，我今天就想到很多东西。我老觉得到一个文化的人文的环境里，人文的古迹吧，我特别有一种难受，他的潮湿，湿滑的那个地，后来仿造的实物，包括那个气息，都给我们很深的撞击。周围的高楼压过来，我在这个小小的环境里，感到的不是一种当时和这个老先生一样的感觉，我不是，我感觉到一种很强势的力量压过来。这个传统的，美的，文化的，精神的显得太弱小了。这样你不说那个谁的伟大和可贵，你就难能可贵了。在车水马龙的钢筋混凝土丛林里，还保留着这么一块地方，但是不能想象太多，若干年他会是什么样的？你就表现出一种无奈、苍凉的感觉，叫生命的苍凉。并不是一个甜甜蜜蜜的色彩鲜艳的东西。（从玉海楼）我就看到过好作品，从那个古代的窗口拍出去，灰墙黑瓦，然后上面压着现代的建筑，那就是一副作品。用框式构图，本来应该是和谐的，来个一枝梅呀，一扇芭蕉叶呀。（现在）恰恰不是，来一个混凝土的现代的高楼，本身这就是一副不和谐的，这就是作品。我也喜欢摄影。这跟写散文是一样的。如果你从窗口里拍出去恰恰有棵很合适的树啊，芭蕉叶啊，那就不是作品了，那是应该有的。我们文学是他应该有的恰恰没有，让人牵挂、放不下、难受，就是追求个性。所以我也拍一点东西呢，我拍了一些纪实的东西给画廊去卖，拍了大量的片子，其中被认可的是纪实的。我在北京拍了很多，北京的拆迁，墙上写的英文 China——拆那。摄影跟我们写作挺好互补的。

薛勇：你得对你的文章有个把握，你觉得读者想看你的东西，你就展开来，我们要面上选点，点上切片，放大了细节写，我们可以把人类历史用四个字来概括：古往今来，完了嘛。我们可以把一个细节写好几千字，写某年某月某一天，某一个惊鸿一瞥，一个眼神，一个神态，墙上的一个雨水流下来的痕迹，能够写三五千字，真的。恰恰是人类历史不需要你写，古往今来嘛，上下几千年，完了。文学思维，首先态度是批判的，反思的，这是肯定的，不是赞扬的，讴歌的，这不是我们的事。但我们不是逆反，去反动，那个也不讨人喜欢。要锻炼自己观察面，一个事情，你总是有个形象的表面的东西。首先进入你眼帘的，让你看见的他就是一个表面的。某个景区的某块石头，某块石头的一草一木，某棵草木的某个斑点，我们定位在这儿了。首先，表面东西要先呈现出来，我们再往下写有没有呢？有。你比如上山的路，有一段石阶是原来的，这路上走过很多人，走过徐霞客，走过蒋委员长，历史上匆匆过客，从石径来讲他们留下了痕迹，但从我们一般人来讲他们没有留下痕迹，匆匆过客，那么现在我们走过的是什么？两段路，假如一段是新修的，中间有段原来的，有这种情况。文学三段：观察、思维、表达。观察，各个侧面，由里到外，然后就产生想法，思考。思考做些深层次的思考，人性的思考，那需要表达的东西自然就流露出来，哪怕你语言写得很朴素，手法也不太讲究，那也是没问题的，真的。如实把我的观察思考的结果表述出来，朴素，不讲究修饰，反而更好。现在文学都向现实主义回归，那么向形而上的，生命的反思，生命的追问，终极的目标这方面靠拢，而不是去为了宣传地方，歌颂哪个领导。非要咱们做这方面工作，也可以。但同时我们要给自己留块自留地。自己精神家园是很秘密的，很隐蔽的。

传统散文的解构与新散文的再造

[据录音稿整理，已经本人审阅]

按：2009年春节前在台州客居期间，当地几个县区图书馆内设的“人文大讲堂”邀我谈谈散文，其中路桥区南官书院将我近三个小时的谈话录音，请专业速记人员整理成文字稿，今年夏秋之际请我审定后刊印成集。他们这种诚恳态度和严谨精神，不由让我肃然起敬。同时又深感自己那次发言，不配让众人们如此上心。我在讲课时一再声明，里面所讲内容非我原创，也不代表我的水平，我所做的其实就是替大家读了点书，看了点资料，然后将我认同的观点加上自己的归纳理解，还有写稿编稿的心得体会，拢巴拢巴再贩卖给大家，以期共同学习、交流。

大家上午好：

我是来自山西的薛勇。今天我们相聚在南官书院，是为了探讨和交流有关散文的理论与实践。需要说明的是，我本人不算什么散文家或理论家，只是一个看稿子的编辑和写散文的作者。在这里谈论散文，是为了能够和大家一起真正理解散文，学会散文的写作与鉴赏。今天的讲法，和上月我在椒江枫山讲堂有所不同。如果那次是“椒江版”的话，这次就算是“路桥版”。为什么分两样呢？因为我看到在座的各位中，有几位也出席了上次我在椒江枫山讲堂的讲座。比如说郑炜老师、涩水老师、王楚云老师，还有黄岩作协的秘书长、温岭、玉环文联作协的朋友们也来了。所以我把今天的提纲重新做了一遍，算是“路桥版”吧。

上次在椒江枫山讲堂，我们对当今的散文现象作了梳理与认识；探讨了散文的终极价值与重新建构的问题；进入到现代语境下的散文理论与实践，展望当今的文学呼唤着什么样的散文出现；同时谈了一下散文写什么、怎样写的问题。今天，在南官书院这个风雅的地方，如果旧话重提，感觉有些对不起主办方的盛情，也对不起牺牲休息时间前来听课的各位了。再说，台州“椒（江）黄（岩）路（桥）”三个城区相距如此之近，文界有什么风吹草响，早就鸡犬之声相闻了。那么，为了不至于贻笑大方，今天对讲座的前两个话题，我们不妨换一些内容和讲法。

大家都知道，如今的文学理论著作和所谓的“名家”也太多了，其中装神弄鬼的也不少。各位都很忙，无须将宝贵的时间花在他们身上。我将那些东西找来读一读，捡有用的吸收进来，再加上我个人在编辑工作中的发现和体会加以整合，最终形成了以下这些可以和大家交流的话题。如果今天的发言能对大家有一点实际的用处，可以算是我替大家读了点书。

在这个“路桥版”的讲座里，我们分上下两讲：上讲：对传统散文的解构与重新认识；下讲：时代呼唤着什么样的散文。让我们进入正题，对中国的传统散文，先来一番解构与重新认识。

在咱们中国，散文曾经是最古老，最丰富的文体。发展到后来，其中的抒情变成了诗歌，故事变成了小说，论述变成了评论。为什么会这样呢？我们不妨翻翻老账，看看中国的传统文化，老祖宗给我们留下精华的同时，还顺便留下了什么糟粕的东西。大家知道，现代文学是在传统文学的基础上发展起来的。而传统文学，正如朱自清所说："中国传统的文学以诗文为正宗，大多数出于士大夫之手。"在中国传统文化土壤的条件下，中国散文从《尚书》起，一代代的士大夫写了几千年，形成了一整套审美模式和文本制式。可以这样说，中国文学最早出现的诗歌和散文，产生于宗法农业社会和专制政体，成熟于封建官僚士大夫之手。而传统文化到了后边又是以一种儒家思想为主流的文化，就从根本上决定了这种由封建官僚士大夫书写并建立的"散文文化"，天生就是"载道"的，维护的是皇权和正统，忽视的是民间与草根。那么时过境迁到了现代，就显现出它的反现代性。现代人追求的是自由民主，追求个性解放，追求思想的自由，是吧？反对的是专制，反对的是人与人之间的不平等，那么回头看，传统的"散文文化"是一种犬儒思维，就显出它的反现代性。我这样讲，可能与一些先生对中国传统散文、中国传统诗歌在认识上有些不一样的地方。可是，我们不妨这样问问自己，我们耳熟能详、倒背如流的东西，它真正和我们自己的所思所想有多少贴近？如果这样问一下的话，就觉得它是它、我是我。这除了古人和今人的隔阂以外，还有一个就是过去的文人诗文，一般来说很少说自己，比较肉麻就是对皇权的赞扬，比较好的一些就是对大自然的讴歌。真正发自己内心的东西有没有？有一点，但是很少。我们都是背着唐诗宋词、看着《论语》过来的，但是真正想一想，如果我们抛去一切人为的设置，这些东西和我们灵魂深处真正产生共鸣的东西有多少？这是个问题，可能很少有人做这样的联想。这些东西具体体现到散文，有这么几个特点：

第一是行文立意的载道性。写一篇东西非得说出重大意义来，如果没有民族、国家，没有这些宏大的词汇，好像就不成文章了，写作者个人就不知道去了哪里。

第二是意韵情调的封闭性。它是封闭的，不是开放的，是吧？

第三是情感取向的感恩性。我们读过很多很不错的古文，偏偏里面就有一些“皇恩浩荡”的句子，其实没那句话也不错，偏偏要写那几句话。

第四是辞藻修辞的夸饰性，它的用词比较浮夸，修饰性太强。

第五就是与此相伴随的中国文人的文化优越感。好像中国文人不管是成功的文人，或者是不成功的文人，都自视甚高。成功的文人就是在朝为官，不成功就是在乡间、民间，不管是否成功，都比老百姓强，在文化上有优越感。所以，古代文人不是把人和人放在平等的位置上考虑问题。

这种审美模式和文本范式，经过几千年的陈陈相因，慢慢积淀成为一种“文化”——即中国“特色”的“散文文化”，而这种文化反过来又制约着散文的创新和发展。由此，我们可以这样说：当代散文的创新与发展，面临两个需要去爬的坡，一是政治之坡，二是文化之坡。在这里，让我们先把政治放一放，仅仅将散文作为一种文化来考察。这时候我们会发现，后者比前者更难爬过，因为文化的力量，实际上比政治更强大。千万不要以为经过五四“文学革命”，我们现代散文的“文化根性”就能彻底地改变。非但如此，古代散文所形成的“文本惯性”，还造成上世纪散文家对于古代散文情调的传承和认同。我们看到很多散文，明明是今天的人，都说古人的话，连情调都是古人的，其实社会已经发生了翻天覆地的变化，我们的意象还在古代里，这个好不好？我们从小受的教育，我们的知识结构，我们的文化积淀就是那个东西，所以那个惯性觉得也很美，反过来这个美跟我们有多大贴心贴肉的关系？还需要考虑。因此，鲁迅曾写《小品文的危机》痛斥过，林非先生（我的老师，中国社科院博导、中国鲁迅研究会会长、华夏散文杂志社名誉社长）也考察过这种现象。他指出：“不用说，被认为是五四时期‘美文’大家的周作人，其审美情趣几乎完全是围绕着中国传统散文艺术的那条中轴线；不用说，明显受到英国小品文影响的徐志摩和梁遇春，其字里行间过分拘泥地承受那些体裁风致，同样缺乏更为蓬勃的生气。就是杰出的散文大家朱自清，在他自己流畅的白话文中间，往往也摆脱不掉那种净化境界的熏染，在他的不少篇章中隐约地藏匿着一股古老的情趣与意境。”

(《散文创作的昨日和明日》)

前面说过，古代散文基本上是一种重辞藻、轻体验、尚教谕、“大我”情感过分充盈，而“小我”情感又过分孱弱的文体。因为儒家讲究“修齐治平”，虽然也说“修身养性”，但最终是手段，目的是为了“齐家，治国，平天下”，最小的单位的是“家”而非“个体”。当然，在古代也始终存在着一部分“在野”或“体制外”的散文家，特别是晚明时期出现了“公安派”“竟陵派”散文。但今天看来，他们的散文又似乎有点“趣味主义”或“病态美学”。总之，古代散文的这些负面性，不可能不影响到我国现当代的散文的创作。粗略说来有以下几点：

一是变相或曲折地“载道”。仅仅考察新时期以来的我们的散文作品，便会发现，我们的散文家虽然都在反对和摒弃“载道之文”，但骨子里仍深深地潜伏着一种“载道情结”，只不过他们认为“此道非彼道”，并把一种“他人之道”自觉地内化为“自己之志”罢了这种只写外部世界变化而无内心体验的作品，终归是昨日黄花。其实这种散文也没有什么不好，关键问题出在哪里？只写外部事件的变化，没有自己的内心体验。我们现代人意识的觉醒，就是要把每个人内心的体验唤醒，你说了半天都是说国家、社会、别人，你呢？个人意识就是现代意识，在文学这个意义上来说，个体意识就是现代意识。

二是毫无主体自觉的“歌功颂德”意识。如果说，“歌功颂德”在古代散文中。有一个老作家曾经写过这样一篇散文，篇名叫《我和书记喝过酒》。内容写一位地委领导如何“平易近人”,在百忙之中接见自己这个“乡土作家”。字里行间流露着一种“被接见”的幸福,洋洋得意的神情溢于言表。“作家”在“权贵”面前膝盖发软,毫无公民意识,却赞扬或夸奖官民之间的不平等。在这样散文中,我们依稀感受到了古代散文中的糟粕在当今散文中的遗传,很难说这是一种先进文化。

三是游记散文的“观光客心理”和“炫耀意识”,把一种文人的文化优越感和“玩世心态”表现得淋漓尽致。如前所说,古代散文家在“载道”、歌功颂德之外,还有一个毛病,就是重辞藻渲染,轻生命体验。这主要体现他们所写的那些“山水游记”中。按说“山水游记”应该属于官僚士大夫们的最能宣泄自我、放逐心灵的消遣文字,但是由于“官场伦理”或“潜规则”的内心束缚,他们终于不能。这样,他们文章的美,只能停留在自适自足文字浅表的情感自慰和文字愉悦层次。即使那些深受道家或佛家思想影响的“体制外”的散文家,也同样如此。他们至多在这种山水徜徉中,寻找一种精神的自我麻醉与安慰,而远不是寻找自由精神的“避难所”。古代游记散文对现代游记散文的影响,还有就是上世纪八九十年代以来,游记散文家把这种“游世”心态,慢慢演变为一种“优哉悠哉”的“观光客”的“玩世”心理。游记在当今是一种屡遭诟病又屡写不绝的文体,在当今,有钱人“域外观光”,夸谈“国际见闻”;无钱人“卧游”“神游”,乘机炫耀学问知识。这些都构成游记散文家们的“集体游戏”。游记成为记游,夸夸其谈的“炫耀”代替了作家主体的内心体验。

从以上的三类散文里，我们究竟能够找出多少“现代性”的文化因子或文化资源呢？另外，即使我们能够“载”得起此“道”，也存在着一个如何去“载”。常识告诉我们，在吸收中国传统文化精华的同时，不要忘了还有糟粕——正如观赏孔雀开屏时不要忘了，当它转过身来的时候，也让我们看到另一面不雅的情形。刚才算是“上讲”。我们对中国传统散文进行了一些解构，特别对中国传统散文中糟粕的东西，对现代散文的负面影响作了认识。任何事物都是有精华和糟粕，没有很纯的精华，也没有全是糟粕的东西，我这里重点说的是在专制体制的宗法农业社会体制下，由官僚和文人书写的散文。过去古人肯定有更好的散文，但是不一定能够留传下来，因为他们没有话语权，他们写的文章传播不出去，当时也没有出版社杂志社，他们写的东西要有人帮他们刻成诗集、文集，没有能够留下来的是多数人，留下来的都是一些“有办法”的人，那就是官僚士大夫这些人。那么我们现在所看到的，不一定就代表中国古代最优秀的散文，很多民间的、草根的、乡贤的东西没有能够留下来，所以我们能够继承的东西也只有这些。但继承当中要有所扬弃，吸收精华的同时不要连糟粕也一起吸收了。古文作为一种文化资源，给我们提供一个坚实的基础，这也是不可否认的。

上面我们对中国传统文化、传统散文做了一些解构，说了一些负面性东西。讲到这里大家会问：难道在你眼里就一无是处，你的散文观是什么？在你的眼里，什么样的散文才是好散文？这就是我们的“下讲”。我提出来和大家一起交流，不一定对。

第一、真正的好散文，是“情、事、理”合而一体的，它是真、善、美，知、情、意的高度完形与统一。散文家的创作过程应该是这样的：让我们以织布为例，以情感为经，以事件为纬，以文学语言为手段，最终为读者提供一种独特的生命的体验，从而彼此产生一种灵魂的碰撞和共鸣。所谓“独特”，就是说“自己的话”、叙述“自己的”人生体验。大家可能已经感觉到了，我的这次讲座中，出现频率最高的字眼是“体验”——独特的生命体验，这个句子我在下面还要不断出现。因为所有的文化、所有的知识、所有的有结论的东西，都不可能是完全一致的。世界上没有完全相同的树叶，人没有完全相同的指纹，我们的独特的生命体验，一个人和一个人完全不一样。大家都知道例子，同样是写《灯光桨影下的秦淮河》，俞平伯和朱自清两位大家，写出来的情调是完全不同的，喜欢文学的朋友都读过。这就是说，每一个人独特的生命体验都是不一样的，我们就是要这个“不一样”的东西。因为独特，因为体现个体，每个人的情感认识出来就不一样，从而彼此产生一种灵魂的碰撞和共鸣，不一样才能碰撞，不一样才能交流，都一样就不用交流了，那就像黄岩的模具，用它生产出的塑料产品是差不多的，工业制品就是要追求一样的。咱们写文章是追求不一样，文章如果都一样了，那么有一篇文章为代表就可以了。

所谓独特，说白了就是讲自己的话，叙述自己的人生体验，不要替别人叙述，不要猜测别人，不要当别人肚子里的蛔虫。比如对上世纪 50 年代末、60 年代初饥饿的“三年困难时期”，不管是天灾还是人祸，感受都是不一样的。每一个下面坐的老先生，有我父辈这么大的，我是1958年出生的，俗话说“记四记事”，三四岁就可记住一点事了，我是对那个饥饿年代有一点记忆的。我看写这样的文章很好，反思共和国是如何一路走过来的。文学是什么？文学就是社会的良心，社会好的一面用不着咱们多说，文学天生就是怀疑的眼光，批判的态度，如果一味地持歌颂的态度，那不是文学而是别的东西，不过咱们也允许人家歌功颂德的东西存在。这些年我做文学月刊编辑，看到许多50后的作者写了很多关于饥饿年代的散文，有些就是光说饥饿怎么残酷，这样的“伤痕文学”很多，写多了也没意思，就是那个样子。但是，恰恰有些文章就不一样，不是人云亦云而是个人的体验，他从那个寒冷饥饿的年代中，恰恰体会到一点珍贵的温暖，这个温暖让你感到一种“含泪的微笑”。在食物极度短缺，几乎要人吃人的时候，恰恰我们民间优秀的品格体现出来。比如说面对很少的食物，在大家就快要饿死的时候，恰恰体现出人类区别于其他动物的人性之美。他写到：你看在我们家，或者在我们周围，食物越少，大家越互相谦让，结果最后都饿得浮肿了。他就想为什么不把食物集中到一个人，十个人都让来让去，十个人都不行了，饿坏了，没有想到让一个人获得健康，他就想到这些问题。他把那个寒冷和饥饿的年代写得很温暖，这就是他在写自己独特的个人体验。所以说，所谓独特就是说自己的话，叙述自己的人生体验，在此，我还要呼吁：散文应该从文字走向体验。

在21世纪的今天,人们文化知识日益提高,网络改变人们对这个世界的感知方式，读者的人文修养和知识学问并不比作家差到哪里去，读文章的人的知识不比写文章人的少，如果我们仍然企图向读者炫耀一种学问或者见闻,将越来越会显得多余,也显得可笑。当下所谓文化大散文已经越来越受到冷落。这种散文受到冷落,也说明人们越来越懂得散文了。21世纪的散文家与读者之间，应该从过去那种给予与接纳的不平等关系，迅速走向一种彼此平等交流的体验共享。以前常说作家是人类灵魂的工程师，作家提供精神粮食，其实完全不是那么一回事，人家读者为什么非要吃你提供的食粮，应该是一种平等的体验共享，就是作家把他的体验写出来引起读者的联想，读者说那个事是这样体验,我和你有什么相似、有什么不同,大家产生一种经验共享,然后才能交流、对撞,才能产生文学的魅力和愉悦。作家和读者只能分享彼此的体验，共同去体验。在这个基础上，我们的散文再去重新寻找它新的增长点或者新的表达空间，在风格上或美的抒情,或真的纪实;或细腻或奔放,或幽默或沉稳都可以。这是我的第一个观点,不一定对。

我的第二个观点，好的散文家从一开始便将小说和诗歌等诸多因素融入到散文写作，通过对自由精神的追求，让散文呈现出诗性的表达，可以让语言在审美当中得以解脱超越；好的散文往往是成功的跨越了题材的局限，在拓宽散文边界的同时汲取了其他艺术营养。这些现象虽然看似随意，而且还在有意识地打破各种疆域,对其他文学样式进行跨界和“侵入”。但是从更高的意义来说，它在更虔诚地推崇着散文那种随意而独特的品质。散文的品质就应该是随意而独特。所以我们说到这里，就可以把现在的散文作家或者散文作者分为三种类型，第一种是回忆型，他的文字内容多见于对往事记忆、童年家族和个人成长的经历，太依赖于题材，它就是一个回放，对自己以往经历的回放，这种文章虽然写好了也算“入品”，也可以拿去发表，但它不是上品，因为仅仅是回忆型的，所以属于“下品”；第二是摹写型，文字内容多见于个人经历目睹和感悟，因为有了个性化的叙述，就显得不一样了，从这里可以看到个人的思想、趣味和精神品位，这个属于“中品”，写到这样已经不容易了。那么“上品”的程度是什么？是先知型。文字的内容多见于纯粹的精神反应、精神波动以及将熟知的事物陌生化，对已发生事件的延伸思考，这个当属“上品”。这里我想多说几句，现在确实有这样的“上品”稿件，让咱们上岁数的不得不服气当今的少数年轻人。说现在的教育失败，是学校、学院的教育失败，也有人家不失败的。比如说现在新一代年轻人中学得好的，很善于把全人类的文明学到手，人家就是吸收了西方的一些的文学手法，可以把很熟悉的东西写得你感到陌生了，这个不是在装神弄鬼，也不是在故弄玄虚，他就是已经透过现象看到本质，人家讲究观察，观察思考才写作。

我们曾经开玩笑：中央电视台有过三个节目，一个栏目叫《观察与思考》，还有一个栏目叫《焦点访谈》，还有一个栏目叫《经济半小时》，好多人都知道。我开玩笑地比喻，写文章第一步就是“观察与思考”，通过观察事物的表象，思考到事物的本质，得出自己不一样的认识来，这是第一个步骤；第二步就是“焦点访谈”，你观察那么多东西，想到那么多东西，很好很多，但是一篇文章只能说透一个东西，把这个东西聚焦到一个点上，像用一个放大镜对着太阳照一张纸，纸张会燃烧起来。到我们拿起笔的时候，那就是“经济半小时”了，那就很容易了，前面两个步骤是比较费功夫的。所以说，与其说通晓文章作法练一手好文笔，倒不如训练自己的观察和思考方法，观察思考如果对头的话，然后还有一个焦点访谈，才能突破一个小口。从小处入手才能拓宽，到我们落笔成文的时候，那就是半个小时、一个小时的事情。

第三，我以为好散文与流派无关。真正有追求的写作者从来就不喜欢扎堆儿起哄，他像一头孤独的巨兽一样思考着，磨炼着自己的爪牙也就是笔，冷静地观察分析着事物中需要用文学表达的东西。当灵感像猎物一样出现的时候，他会义无反顾地扑上去，发出致命的一搏，于是一篇震撼人心的作品就产生了，这就是文学创作的过程。咱们举一个外国人的例子：1933年流亡在法国的俄罗斯作家伊凡.布宁，住在名为普罗旺斯的偏远小镇的破旧小屋里，接到来自瑞典文学院的通知，告诉他获得了当年的诺贝尔文学奖。授奖的理由是为了表彰“他的艺术才能，使俄罗斯古典传统在散文中得到了继承”。他对俄罗斯社会和环境清澈而准确富有特色的描写，以人物的心理特征为主要目标的现实主义叙述，是对列夫·托尔斯泰的直接继承，也是对整个俄罗斯文学的一份贡献。布宁是在这样一个文化背景下长大的：以民间文化为主流的俄国文学已在欧州文坛上占了一席崇高的地位，当布宁始终沿着写实主义的道路进行创作时，他的同辈文友们却热衷于“时尚文风”，如象征主义、新自然主义、原始主义、未来主义以及其他种种名称的流派。多少年过去了，伊凡·阿列克谢耶维奇·布宁依然没有被全世界真诚的读者忘记，而当时那在所谓的流派早已成为过眼烟云。

中国八九十年代也出现过一些文学潮流，好多人搞一些先锋派试验，咱们浙江的余华，还有马原等人搞一些学习西方的东西，结果都宣告失败，大家现在要么就放下笔写不了，到大学当老师，要么又回到现实主义的写法。我和台州的钱国丹老师讲了，他说不好意思，我也追过一阵风，也学着把句子写得像参考消息一样，欧化的句子，像从外文翻译过来。那阵子在全盘西化的时候大家都在追风，现在大家又都回到现实主义写法，所有人的文风都回归朴实，都开始说人话了。当时不是说人话，起码不是说中国人的话。

再说中国古代和现代的两个例子：魏晋时，曹操和他下面的一帮子文人们当初并没有打出“建安文学”的旗号，孙犁和赵树理当初也没有打出“荷花淀派”和“山药蛋派”。但并不妨碍这些流派的形成，也不妨碍他们成为这些流派的鼻祖或说领军人物。所以说，一个流派的形成有它的主观和客观因素，而不是强拉硬扯地鼓噪。客观因素是社会环境，主观因素是这么一些文人有相同的文学志趣和写作理念。当然，流派形成更重要的原因是：必须有一大批过硬的作品来佐证这个流派的特色，而且，他们共同的文学特点为广大读者所认可。当下的散文流派很多。流派多是好事，是散文繁荣的大前提，如果都是杨朔式的散文，一个模式面世，那还算什么繁荣？散文家们个人阅历不同，文学观点和素养不同，产生不同散文流派也是很正常的事情。但是，我们还不能忽视这样一种现象：个别人在没有成熟理念和作品情况下，提出一些让人无法认同的概念。客观地说，这些概念未必不好，只是目前还没有形成流派的条件和可以佐证流派的有力作品。这样未免就有些急功近利，对散文写作也不是好事。只会让人联想到丰子恺笔下的漫画人物：三尺小童头顶大人的帽子，手提大人的皮包，脚上趿拉着大人的皮鞋。如此这般，真正是滑稽搞笑。现在，界定散文水平高低的标准很模糊。同一篇散文，阅读者的经历和素养不同，对作品的理解和评价也会不同。所以胡适先生的话对散文写作很有益处——少提些主义，多谈些问题。散文流派与政治团体不同，政治团体如果没有明确主义，就没有奋斗目标，就无法号召和动员。而散文则相反，你有好作品，读者认可，然后再提流派也不迟。散文创作中过份地强调所谓“流派”，并以某一流派、某一代表作者的某一篇代表作品为号召或旗帜，难免在短期内会吸引一批追随者跟风。盲目跟风的结果便是对某一题材、某一写作手法的大批“克隆”，也就是学者们所说的“同质化”。好多散文作品，没有作者自己个人的痕迹。如果作者对散文文体本身没有注入自身的东西，那么写作就变得毫无意义。这种“扎堆儿”聊天式的文章，还是越少越好。

咱们知道好多古代的陶瓷匠艺人，当时他们地位很低，官窑瓷器上也不允许他们署名。在做一个陶瓷的时候，他们就在不起眼的地方留下自己一个手指纹，那么后来我们玩陶瓷、搞收藏的人，慢慢就知道这是某某大师的作品，不是签字，不是盖章，他仅仅留下一个指模。写文章也要留下自己的痕迹，你比如王楚云写金清见闻，如果他不署名我也知道是他的文章，这就对了。不写名字，我一看就知道是哪一位老师的文章，他在文字中留下自己的痕迹，这个痕迹不是签名，也不是盖章。

下面，咱们该轮到说第四个话题，就是散文创作的几个具体问题。前面说了半天例子和理论是为了什么，就是要解决散文创作中的具体问题。这其实和请人吃饭一样，请来了一桌人，其实是想对大家说说最重要的那句话，如果不说后面的具体问题，就等于大家酒也喝了，饭也吃了，没等主人说那句要紧话就稀里糊涂散场了，所以还是让我们回到散文创作的具体问题。说了半天，你让我们提倡什么？怎么写？写什么？所以，下面展开说说。

前面说了传统的散文发展到今天，在许多方面暴露出它与咱们当代人在精神上是脱节的，它美是美，但是精神脱节。其中最致命就是思想的贫瘠，哲理的匮乏。前面我们在第一部分，通过对传统散文进行了解构和重新认识后可以看到，如果一个时代的最高思想成果和理性智慧不能在散文中得到体现，如果散文不能对时代和民族的灵魂加以思考，那是没有创新可言的。为此，新散文必须解决的问题，就是渗透现代人对人生意义的哲理思考；形而下与形而上的融汇——走向象征与超越；继承传统并转化传统，创造新的语言、节奏、表述方式。在这里，让我们结合实际说一说写什么、怎样写的问题。在这个部分，我们不妨说得稍微详细一点。

我们当代的人就要写当代的文章，新散文必须解决的问题就是渗透现代人对人生意义的哲理思考。我自己也写过文言文，有段时间我在老家帮我父亲建了一个传统的四合院，我们那个地方有个古风犹存的乡俗，就是房屋造好后要用毛笔在大红纸上写一篇“赋”或“记”，张挂起来供人欣赏，了解造房子的事由及过程。那么我就写了一篇《造屋记》，我是全用文言写的，人们读了后说还像回事。这个玩玩可以，让人家知道你会这个就行了，你学得不错，你除了会背文言，你还可以毛病不多地用文言写一篇东西，但是这个东西不能当散文玩，这个是自己玩玩的，或者属于老先生所说的“戏墨之作”，仅此而已。现代人要是再去“之乎者也”，尤其思想情调就显得不合时宜，也很可笑。我们这些老头子、半老头子会被年轻人笑话，我们谁也不愿意被人笑话。所以我们提出一个相对于传统散文的“新散文”，这不是流派，我刚才说流派不好，这个新散文是相对前面讲的传统散文而言的。

新散文必须要解决的问题，就是渗透现代人对人生意义的哲理思考，在“形而下”和“形而上”的融汇中走向象征与超越。所谓“形而下”，就是我们的日常琐事，柴米油盐酱醋茶、吃饭睡觉、打情骂俏，这就是形而下的东西；“形而上”，就是要面对这些琐碎的东西，体现我们对人生哲理的思考，这两个形而下和形而上要是融汇成一体了，我们的散文就走向象征与超越。不是单纯地用摄影机拍一遍，再把生活原样回放给你，不是这样的，要走向象征和超越。刚才我说了那么多“反传统”的话，不是在反传统，是为了更好地继承传统、转化传统，最终是为了创造新的语言、节奏和表达方式。我们解构传统散文是为了继承里面的精华，扬弃里面的糟粕。

在这里让我们结合实际，说一说写什么、怎么写的问题，在这个部分我们不妨说得稍微详细一点，如果大家觉得时间长了，咱们就打住。

要说的有六个小问题，第一是关于散文的文采。第二是散文的“亚乡土”写作。大家从字幕上可以看到，加了一个“亚”字，这部分和在椒江说的差不多，但是有变化。第三是散文的底层写作。这次临时加了一个底层写作，因为我听说在路桥有一位打工诗人很出名，我还没有认识他，有机会我想认识他一下。第四散文怎么做到既短又精。第五想讲一下常识性问题，就是各种传媒载体，也就是报纸副刊、纯文学杂志和综合性杂志对散文稿件有什么要求。第六是最后一个，就是对于一个写散文的人来说，应该保持什么样的心态，培养什么样的综合素质。

第一，什么是散文的文采。前些年韩寒等人以“文采欠佳”的理由来笑话人家巴金和茅盾的作品，到现在我也不知道韩寒说的文采是指什么，因为没有看到他们明确的论述。这个问题其实很值得拷问。假如文学概念也有先进和落后之分，健康和陈腐的区别，单纯推崇文采就是落后和陈腐，为什么这样说？文采好一点不好吗？我说是文采好是好，但是不是单纯推崇文采。中国文学的发展相当特殊，既有早熟的一面，也有迟迟未能成熟的一面，过分注重文采就是发育不良的结果。对盲从追捧文采的问题，古人其实也有过警惕。比如《文心雕龙》的作者刘勰，已经明确指出词采泛滥的危害性；诗人杜牧也说过，往往很多简单的道理被咱们古人用华丽的辞藻搞遮蔽了。钱锺书也讥讽贾谊的《过秦论》“词肥义瘠”，像《过秦论》这样的古文，咱们都是作为很重要的经典来背诵的，但是它的开头很浮夸，钱锺书讥讽它的词汇很肥沃，而它的意义却很贫瘠。所谓更高的文学概念不是指辞藻，不是指文采，而且应该指风格、结构、文体、思想之类，这是我们所追求的文学的更高概念。与这些更高的概念相比，文采不过是大人物的一个小跟班，文采只不过是领导的一个生活秘书，文采是皮上附着的毛，而不是毛赖以生存的皮。如果我们拿文采来衡量古希腊的悲剧或者司马迁的《史记》，拿文采来衡量曹雪芹或者海明威，就好比我们戴着老花眼镜去观测太空中的银河星系。受世人公认的文学作品、名著，虽然不应该在文采上有所亏空，但它的成败也不是完全系于文采一身之上。我们的散文也是这样，我个人以为，文章过分地讲求文笔的好坏，折射出一种孱弱的文学观，这个与我们前面讲的就联系上了，古代士大夫文人的文学观是孱弱的，而不是强健的。文笔太差固然不行，但是仅仅文笔好也实在不配自傲。退一步说，即使在讲究语言文字的散文里，对文采的推崇应该有所节制。好比说你这个人酒量好，但是也要有所节制，否则也会喝醉。美妙的文采除了锦上添花以外，它也有副作用，一不留神还能构成一种障眼法，使作者见识上的贫穷得到掩盖。有些作者缺乏见识，用文采来掩饰自己的弱点，其实就是障眼法。而当文采不幸成为一条贼船，被用来偷渡荒悖之念的时候，这种文采就更不敢恭维了。文采如果不能与主体、风格水乳相融，充其量只是一堆美感的噱头，花拳绣腿的文章更不等于文采出众。我们如果盲目推崇文采的地位，只会使我们深陷在一个初级的概念里面，单纯强调文采就是一个初级概念。

我在编辑《华夏散文》的时候，就树立了一个朴素的文风，当然也允许华丽的东西存在，但现实主义必然是朴素的。《华夏散文》之所以得到了业界的认可，就是我们坚持走现实主义的文学道路，倡导朴素清新的文章风格。当然了，我们能够在这里大言不惭地贬低文采的作用，前提是我们的写作已经具备了必要的文采要求。还可以这样说，与其单纯追求文采，倒不如锤炼对语言文字的驾驭能力。文章首先要准确、明白、晓畅，追求的并不全是华丽。这就和练武术一样，我们不在乎一招一式的样子是否好看，首先要有个指哪打哪、一招致命的套路。你想说什么，能够用最少的文字把它说透，再讲究这个字句是否好看。这样，在我们的写作中该文雅则文雅，该蛮野则蛮野，该华丽则华丽，如此才能由文采中突围，向着更高远的目标前行。

第二，说一下散文的“亚乡土”写作。我客居在台州这这里，不免和一些文化圈的朋友喝茶吃饭，谈到了城乡变化的问题，比如说随着城市化的进程，许多失去土地的农民突然得到了政府大笔的土地补偿金。这并没有给他们带来欢乐，却陷入了深深的迷茫和精神上的无所归依，有的人因为钱多了还搞得家败人亡。这就是个“亚乡土”的问题，为什么加一个“亚”字？是相对于中国传统乡土文化而言的。刚才我在上面和包馆长还探讨，中国历来是一个二元体制，历经改朝换代，但是传统的乡村社会很稳定，为什么？有我们的乡绅乡贤在维护。他们创造了一套文化体系和价值体系，就是中国传统的乡土文化。这个乡土文化体系一直到建国前后，直到“土改”才被打破。在座上点年纪的人都经历过土改，它完全颠覆了中国乡间社会的道德规范、价值体系，那么时代进行到我们今天，尤其台州这个地方，城市面积飞速扩张，过去的传统乡土社会成了亚乡土社会。请看这幅油画，这里面反映出农民工各式各样的神态。在这个资本势力步步紧逼的今天，失去土地的乡村显然无法再作为传统意义上的乡村存在。而失地农民、农民工打工者，正在成为一个又一个新的社会学名词现出现。大家请注意这个社会学的名词，叫“失地农民”。我听说，咱们周边椒江、路桥很多村镇，把土地卖了，家里突然有之很多钱——这里有小孩子，很多故事就“少儿不宜”了。反正有钱不干正事，有些拿着钱去找小姐的。小姐问他哪儿的，他说我椒江的；小姐说你这就是用卖了地的钱来这儿，人家就知道他卖了土地得了几个钱，来这儿烧钱，连小姐都看不起他。其实失地农民生存很窘迫，现今的乡村道德情感是离散溃败的。

其实咱们中国真正优秀的东西并不在士大夫官僚那里，而在生活在广大乡村的先贤们那里。他们吸收了儒家、道家、佛家中教化人心的东西,形成了一种乡土的文化和价值体系。这个体系维持了中国几千年农村社会的稳定。很多老人都经历过那种战乱动荡、改朝换代,从大清到民国,你变你的国号,变来变去土地制度不变，中国农村的乡土道德体系不变，所以相当稳定。现在北京、上海好多学者都在研究这个问题,寻找中华民族优秀传统中真正有用的东西在哪里。我也在学习这方面的东西，也同意他们的许多观点，就是说我们的乡邦文化，我们的一些不在官位的乡贤们，多少年来一直在维系着中国人的道德底线。我周围的一些作家在研究土改的课题，我也写过一些有关土改的小说和散文。我发现，自从土改第一次打破了传统的乡村文化道德体系，现在这种资本的大规模入侵，又把残存不多的乡村道德进一步地破坏和清除了。所有的这些不管是历史的当下的，都需要我们在文学作品里探寻乡土的命运,拯救与新生。关于亚乡土叙事,雷达先生这位著名评论家有过论述,他说:“这类作品一般聚焦于城乡结合部或者城市边缘地带，描写了乡下人进城过程中的灵魂漂浮状态，反映出现代化进程中，我国农民必然经历的精神变迁。与传统的乡土叙事相比，亚乡土叙事中的农民，整个体现的是一种与城乡两不搭界的迷惘与期待。说你是农民，你没有土地；说你是市民，你还没有市民所具备的基本专业技能,文化素养不够,只有迷盲与期待。由此可见,亚乡土叙事的出现和形成，让我们敏锐地感知到时代的变化，这里面的积极意义值得我们写散文的学习和肯定。但总体上我们散文没有形成像人家小说和诗歌那样的亚乡土写作气候。为什么新时期的乡土散文会在整体上缺少亚乡土叙事？首先，散文作品的建构特点和散文作家的生存特点，不利于乡土散文中的亚乡土叙事形成。它不是主动进取，人家小说家从特定的生活积累和知识结构出发，自觉选择自己熟悉或者感兴趣的素材和题材，沿着一定的价值取向和审美思路，尽力向生活和精神的纵深处开拓；而散文更多地表现出审美的被动性和偶然性。也就是说生活里的散文作家，往往首先在无意中还停留这种状态：先是被一些外界事物所感染和打动，然后才情不自禁拿起笔来有感而发，将心中的所思所感化为文章。自觉地追求精神层面的东西，来探求社会深入变化的东西，在散文中还不多见。

（投影仪演示）

下面有一张照片请大家看一下，是我前几天来南官书院大门外这个地方拍的。大家从这张照片里可以看出什么？上面是台州学院创意设计中心垂挂的很多字幅，反映着很前卫的东西，代表咱们现代的文明。下面坐着一些老人家，有些也不老，仔细看他们各自的神态，尤其这位的形体动态，与上面的现代感很不和谐。上面那些前卫的符号和下面这些人的精神状态，本身就构成了一个反讽，这就是一篇散文的好题材。咱们可以想象，画面里肯定有原来是农民的老人家，是吧？你看一个人一个样，就和时代背景构成了一个反讽，是不是？所以说散文题材到处都是。在这种情况下，我们笔下的乡土文化可以凭借记忆想象和惯性，向传统形态的深处延伸。我们原来写乡土的东西很多，但顶多是一种表层的惯性和延伸，却无力完成与时俱进的亚乡土叙事。当我们搞清了乡土散文之所以缺少亚乡土叙事的原因以后，今天的散文创作应该何去何从，大家就自然得出一个结论来。

第三，说一下散文的底层写作。（投影仪演示）我再让大家看一幅照片，这也是我拍的，想用它说明底层写作。我们在座的现在衣食无忧，其实在我们看到或看不到的地方，还大量生存着许多底层的民众。这个画面讲述的是我老家山西偏远农村特有的现象：中间这个她就是从云贵川买来的媳妇，为了传宗接代，结果连续生了两个女儿，然后就受到乡亲们的歧视和白眼。这个场面是农村的一个酒席，大家可以看到人们的各种眼神。我只在画面留了一个桌角，因为这不重要，只是交代一个场合。这个戴眼镜的是老支书，后面拿烟的是会计，我故意留了他半个脑袋，因为他是会计，他应该很聪明，留半个脑袋也够用了。中心人物就是这位母亲和她的两个女儿，特别是小女孩的眼神，大家看这个眼神，直让人心里震颤，于是我就拍了下来，大家可以从中读到很多东西。“底层”这个概念本来是指社会上经济、政治地位最低的弱势群众，还有处于边缘状态的社会群体。“底层”和“草根”又相提并论。草根这个说法的典故来自于美国的淘金时代，当时淘金的人们发现山坡上野草最茂盛的地方，下面藏着金子的可能性最大，于是出现了一个流行语“grass-root”，我英语不好就不读了，后来这个词被引进到社会学领域。所谓草根、底层，还有一个文化意义上的内涵，指的是底层民众没有话语权，不是不让他说话，是不让他在一定的社会平台上说话。他自己在生活中可以说话，可以说话不等于有话语权。他日常说的话，不是这个意思。也就是马克思所说的“被表述者”——他被人家表述。还有王小波说的“沉默的大多数”。(投影仪演示)下面又是一张我拍的照片，这几年我在许多时候靠拍一些纪实片来保存记忆。这里是我小时候的一个同学。他下岗了在街头卖肉，见到我的时候坐着，就起来跟我打招呼，想站起来又没有站起来，大家可以看到他的尴尬神态。作家莫言提出过一个观点，他认为底层写作有两种，一种是为老百姓写作，大家注意这个“为”，一种是作为老百姓写作，我赞成后者。仅仅是一字之差，一个是“为”，我为老百姓写作，“为”就是俯视的。应该是“作为”，我就是老百姓，我作为个老百姓来写作，我们赞成后者。这些年来出现了打工文学，一批来自深圳的打工者用饱蘸血泪的诗歌来表述打工的真实生活，很值得我们关注。咱们路桥那位很了不起的打工诗人，有机会我要拜访一下。

德国的大诗人海涅说过一段话，他说：“一个人的生命，难道不像是一代人的命运一样珍贵吗？要知道，每一个人都有一个与他同生共死的完整的世界，每一座墓碑下都有着这部世界的历史。”海涅把每一个人的价值提高到这个位置，这就是人道主义，这就是所说的对人性的关怀。在我们的明清小说里，比如《水浒传》，从人物描写来说，最精彩和最闪光的就是其中的下层人物，比如说阮氏三雄，比如说李逵，多少活生生的形象使我们记住，反倒是那个皇帝的形象并不明显，那么多底层人物的形象却栩栩如生。还有鲁迅笔下的孔乙己、祥林嫂，这些都属于底层被侮辱和被迫害的人。（投影仪演示）这是我拍的一张山西煤矿的照片，像华能、鲁能这些大的财团到山西挖煤，把地下河挖断了，地表水也搞污染了，把老百姓祖祖辈辈吃的水挖没了。我们那时候都吃地下水，都是水井。水井其实是打到地下的河里去，很干净的水，结果他们乱挖滥采把地下水系搞破坏掉了，地上面流着的是污水。这是一个没有水吃的一个农村妇女，我问你怎么捂着脸？她说她上火了在牙疼。这些照片很形象地说明现在底层的生存状态。

目前，底层写作已经逐渐成为文学创作的主流，其原因大致说来有两个方面：一、文学是社会的反映，经济发展的同时不可忽视的一面是：社会分层越来越明显，贫富悬殊越来越大，一些现实是触目惊心、不容置若罔闻的；二、不少作家身上毕竟继承了传统文人铁肩担道义，妙手著文章，代民立言，为民请命的道德品格。我们作为一个有良知的知识分子，应该更具有悲悯之心、同情之心、慈悲之心，更多地关注社会现实，为实现社会的公正、公平鼓与呼。在实际生活中，应该更多地关注弱势群体，在底层的位置上思考、写作，就不会被媚俗的、做秀的、粉饰的大众文化所淹没，保持一个文人独立思考的品质。而散文对底层生存状态的表现，不能仅仅停留于物质生活的匮乏而带来的窘迫，而应将底层民众的内心痛苦与精神突围作为表现重点，这才算是走进了文学。《华夏散文》期待着出现一批贴近时代、贴近生活、贴近劳动民众的散文力作；期待着涌现一批表现普通民众、开掘底层民众美丽心灵和崇高思想境界的严肃的散文作家。

（投影仪演示）这又是我拍的一幅照片，三个小孩拿着染色的小鸡当宠物。小鸡孵出来，当时就能分出公鸡和母鸡，小公鸡就被扔了。一些精明商家捡回来，把它染了颜色再卖给孩子们。现在小孩各种玩具都有，就是缺少活生生的东西。他们就买了被废弃后染上颜色的小鸡，很高兴。请大家注意这个照片的背景，这里是山西的一个矿区，这三个孩子应该是矿上职工的孩子，我跟他们做过交谈。有意思的是，正好三个小鸡也是红黄绿三个原色，我叫它（他）们“染色小鸡”，这个照片同样也能提供给我们一些思考。

第四，说一下散文怎么才能写得既精又短。精短散文很好发表，影响很大的《读者》去年选了《华夏散文》的不少作品，很多都是精短散文，1500字以下的。我们写散文应该先写精短的散文，一些大报纸的副刊和杂志都喜欢用。我们知道，衡量散文作品整体质量的优劣高下，并不在于篇幅的大与小、文字的长与短。史铁生的《我与地坛》灵思翻飞，长达一万四千多字，成为新时期散文的代表作之一；而鲁迅《野草》中的篇章，大都是凝练精约的千字文，最终亦无愧于现代文学的不朽经典。以上都是被中外散文创作实践证明了的事实，已经没有多说的必要，所以散文好不好不在于长与短。为了提倡精短散文，我们《华夏散文》月刊从去年第八期开设“短笛横吹”栏目，每期发表八九篇，这已成为所有散文杂志中的一个亮点，到现在已经出现了不少好的短文，被多家选刊转载，连我这个编稿子的执行主编也跟着得稿费。

那么，散文怎么才能做到严格意义上的既精又短？而真正优秀的精短散文应该具备什么样的审美特征？

首先是题材选择，写作精短散文应该坚持小处着眼、点上切片。小处着眼还不够，集中在一个点上也不够，点上还要切片，选一个断面，注意选择生活的微观场景。大家注意，是选择微观场景和身边的细节体验，对微观和细节加以生发与点染，或者表达一片情趣，或者感悟一种意象，或者描绘一幅图景，或者讲述一段经历，都紧扣着微观的生活现象和具体的生命体验，折射出精短散文特有的“小处着眼”的选材意识，用心而稳妥地量体裁衣，如此这般，问题与题材才能有机契合，为作品实现成功甚至完美奠定了基础，这是选材。

其次，就艺术构思而言，写作精短散文应当善于提炼恰当的“文眼”。大家都知道文眼。抓住富有闪光之处或者充满内涵的特殊物象，实施以巧取胜的谋篇布局。当我们一旦受到篇幅精短的限制，就不得不在寻找聚焦点和强化突破上下苦心。大家整天说文章开的口要小，不能开的口大，里面才可以开掘深，这样才能构思灵巧、笔力集中。所以不仅篇幅精粹、少中见多，而且情绪起伏、感人至深，同样可以见到散文精短的优势，这是构思。

三是就思维方式而言，写作精短散文应善于逆向思维，讲究反弹琵琶，好多事情可以反着写，逆向思维更体现出人的智慧来，是比常规思维更优秀的智慧，这样才能别开生面。在散文创作中，顺向的思维固然十分重要,也比较常见。而逆向思维同样必不可少,更能见到作品的深度。尤其是我们打造精短散文，选择逆向思维不仅有利于形成波澜起伏、出奇制胜的效果，而且还可以凭借陡转的情势，省却若干铺垫和交代。大家都知道写文章，这个铺垫和交代有时候很必要,没有还不行。但是铺垫和交代过多了,又容造成了行文的拖沓，我们用逆向思维可以有效化解这个问题，由此实现叙述的言简意赅。这种峰回路转有效地强化了作品的艺术辐射力，从而使一篇精短散文显现出博大的境界。

最后就表现手法而言，写作精短散文应当更多地运用象征、隐喻、意境、拟人等诗性手法,让笔下的艺术形象虚实相生而意韵丰富，这样作品就有“诗性”了。因为诗性的表达,形成了难能可贵的审美张力,让人浮想联翩,意味无穷。

上面我们集中说了散文的亚乡土、底层叙事、如何精短这些话题，不管是哪一样，都强调要把自己的切身体验投注进去。这种体验可以是亲身经历，也可以是别人的遭遇，不管是别人的还是自己的，都应当在你的内心激起波澜。

第五个问题，说一下各种载体发表散文作品的不同要求。我上面列举了亚乡土、底层、精短,都是目前最受主流文学报刊欢迎的题材或者写法，也说明当今文学和散文应该向着它应该去的地方回归。应该去的地方是什么?是现实主义,甚至是批判现实主义。凡是可以发表或者展示散文作品的地方如文学刊物，分为综合文学刊物和纯散文刊物，比如《人民文学》《当代》《收获》是综合文学刊物，里面小说、诗歌、散文都有；还有的像北京的《华夏散文》、天津的《散文》、广州的《随笔》，它们是纯散文刊物。这两者稍微也有区别，综合型的文学杂志发我们的散文作为点缀和配角，所以你要研究它的办刊思想。还有一种就是报刊上文学副刊和专题栏目，这个量很大，咱们台州各报也有专栏。还有我们难免被人请去给一些图文杂志、一些宣传版面配一些文字，也可以被请去为一些影视专题片写一些配词，还难免在自己的博客上写写文章，这些都是散文，我们都叫做“载体”。同样是散文，大家注意区分它们之间在要求上有什么细微的区别，这样投稿会方便一些。去年初，我专门对《华夏散文》开设的栏目做过这样的描述：让我们在“文心走笔”中，以文、史、哲的眼光观照过去与未来；在“山水清音”的游历中，浸润人文思考；在“方域风土”的憧憬中，表达对大自然的皈依情结；在“尘世物语”的独白中，反省对社会人生的理解；在“情海微澜”的荡漾中，抚摸人间的冷暖；在“碎影流年”的反刍中，回味远去了的苦辣酸甜；在“多维视角”的审视中，求解人类生存与发展的奥义……现在，我们又相继增设了“生命体验”“90 方阵”等栏目，从来稿、发稿情况看，大家的实际水平，远远超出了我原初的希望。

作为一个散文作者，最好要对以上各种载体的用稿要求有所了解。而在当今跨文体写作的时代，这个文体也不是绝对的，最主要的是要根据各自的生活资源、知识结构、学养积累、专擅长项来进行散文写作。我们说做人做事要老实，但是写文章的手法不能太老实。我们更高的要求，是同时能练就几套笔墨。像书法家一样各种书体都可以写，像我们去卡拉OK唱歌一样，能模仿各种音色，根据不同的题材和要求，让文字在不同的风格之间腾挪跳跃，转换自如，写什么像什么，那么我们就成了成熟的作家。好多成熟的作家有这个本事，那就是“见人说人话，见鬼说鬼话”，在这儿不是贬义的，是褒义的。写古代的事情让你感到字里行间每个文字都古意盎然；写年轻人的东西，又让你感到很时髦前卫。同一个人能写出几套笔墨来，这需要训练。好的散文往往都是成功地跨越了题材形式，在拓宽散文边界的同时汲取了其他艺术营养，这种现象看似随意，但是从更高的意义上来说，它正在捍卫散文随意而独特的品质。只有这些，我们所说的新散文才能创新，我们才能跳出传统散文的窠臼。所以说，好的写家从一开始便将诗歌、小说等因素融入到散文写作中，通过对精神自由的追求，让散文呈现出诗性的表达。

第六个也是最后一个话题，说说作为一个散文写作者，写好散文应该保持什么样的心态？培养什么样的综合素质？写散文第一可以养性了，第二可以磨性子，第三可以放性子。散文是要说真话，是要抒发自己的性情，越是性情中人越容易写出好散文。我们在写作中是否还出现过这样的情况？大家想一下，有时自己认为是随手拈来、并不看重的作品，到了编辑老师那里却如获至宝，赶紧排到显要的位置；有些很用时费力，雄心勃勃地写出一篇自己认为的“大作”，寄出去以后却如石沉大海，哪家杂志也不用，这是为什么？我们处于业余状态的散文爱好者，其实最容易一个不小心就写出一篇连自己都惊讶的佳作——“这是我写的吗？竟然这么好”，就会被自己感动，这是不是我写的？写得这么好，这就是业余状态的可贵之处。专业作家他有他的困难，什么事情一旦成为职业，往往就成了痛苦的劳役。其实文学并不是聪明人的事，散文也是这样。柳青说过：“文学是愚人的事业。”雷达先生也有一段很精彩的话：“我一向认为，精于权术，城府深藏，把自己包得严严的，‘成熟’得滴水不漏的人，是不大可能写出好散文的。他经商，会财源滚滚；他从政，会扶摇直上；他整人，会口蜜腹剑；他恋爱，会巧舌如簧；他治学，会偷梁换柱；他偶尔也会‘幽默’一下，结果弄得大家鸦雀无声。他在很多领域都会成功，唯独写不出一篇好散文”。所以，写散文要做一个性情中人。法国的散文大家蒙田也说过：“如果我希求世界的赞赏，我要人物在这里看到我的平凡，纯朴和天然的生活，无拘束，也无造作，因为我所描绘的就是我自己。”

在我编稿的过程当中有这样的情形，常常产生一种幻觉。当我打开一篇稿子的时候，虽然和这个作者从没见过面，可我会看到一个活生生的性情中人站在我面前，甚至还有一张狡黠的笑脸。能够给人这样活色生香的形象，是因为作者没有把自己隐藏起来，他把自己交给读者，他写得真实。

前面所讲，似乎让我们感觉散文好象没有章法，几乎排除了所有的规律和模式。但散文创作是零公里长跑，是写作者的家底，如果你写一手好散文，写其他体裁都会很漂亮，因为你是一个从容的写作者。我们要做一个从容的写作者，不要做一个浮躁的写作者，不仅仅是一位涉猎广泛有学养的人，最好还应该是一个散淡的、理性的、睿智的、宽容大度的“达人”。因此无须为人们设置什么条条框框，只需安静地写出一两篇散文就可以了，这种状态往往会得到读者的认可，也会给自己带来意料之外的惊喜。

话说到此，今天我对散文的发言就可以结束了。在这里，我要感谢南官书院的山长、路桥图书馆馆长包国武先生提供的平台，同时感谢书院工作人员对这次讲座提供的服务，还要深深地感谢在座的各位老师、先生们，感谢你们在春节将至、事务繁忙的时光，来听我絮絮叨叨。谢谢大家！以上就谈这么一些，有什么问题咱们可以换一个场合再来互动。同时，欢迎大家给我们《华夏散文》写稿。谢谢！

主持人：本次讲座到此结束，谢谢薛老师给我们的精彩讲课。下面我们将进行抽奖，请薛老师抽出三位幸运听众！

后　记

没有想到，在我客居江南已届十载之时，胡乱涂抹的文字会被出版社付印；更没有想到，在我辈心目中高山仰止的韩石山先生,会为这本书欣然作序。

想我涉世以来，做事全凭兴趣驱使，写东西亦如此。举凡能被文友记起的篇什,如做为书名的《最后的鲁班》,还有获冰心奖的《游走的鼓班》,其实都是和《山西文学》鲁顺民聊天侃出来的。他听得有意思,说写下来发一发吧。本来就是亲身经历的凡人小事,于是心无挂碍一气呵成,不仅连上两期《山西文学》的首篇,还入了韩先生的法眼。

其实,我与先生只见过一面,之后再无交结。时过多年，先生还记起我这些文字，不禁让我想到林语堂笔端的苏东坡，老夫子眼中之人无所谓好坏，只有会写文章和不会写文章之分。先生高看于我,并在《序》中不吝溢美之辞，我想绝不是他圆滑世故。像韩先生这样如夫子一般的人物，或许是觉得我这后生文字，有几分和他相近的味道罢了。

年头岁尾,易生感慨。昨天,我拍摄了一枝早开的梅花,并配以“江南无所有,聊寄一枝春”的古人诗句发给家乡旧友,可惜没有韩先生的微信。我心里明白，这本书不仅仅是一本散文集，而是师友们在遥远的北方，给我补过的一次成人典礼。

幸甚至哉，感而为记。

2019 年 1 月 8 日于江湖之远斋